# ONE, TWO, BUCKLE MY SHOE

AGATHA CHRISTIE COMPLETE COLLECTION

# ONE, TWO, BUCKLE MY SHOE

**하나, 둘, 내 구두에 버클을 달아라** 애거서 크리스티 장편 소설 | 유혜경 옮김

황금가지

# ONE, TWO, BUCKLE MY SHOE
*by Agatha Christie*

## 정식 한국어 판 출간에 부쳐

나는 한국에서 우리 할머니의 작품을 정식으로 출간한다는 소식을 듣고 무척 기뻤다. 할머니가 1920년부터 1970년 무렵까지 오랜 세월에 걸쳐 집필한 작품들은 21세기인 지금 읽어도 신선하고 재미있다. 등장 인물들이 워낙 자연스러워서 요즘 사람들과 다를 바 없고 이들이 등장하는 상황과 장소가 전 세계 사람들의 애정과 향수를 자극하기 때문이다. 한국 독자들은 이번에 새로 나온 정식 한국어 판을 통해 그 동안 접하지 못했던 애거서 크리스티의 일부 작품들을 읽을 수 있을 것이다. 덕분에 한국에 새로운 세대의 애거서 크리스티 팬들이 탄생할지도 모르겠다는 생각을 하면 가슴이 벅차다.

애거서 크리스티는 대표적인 두 명의 주인공으로 기억되는 작가이다. 14권의 작품에 등장하는 마플 양은 영국의 작은 시골 마을에서 평온한 나날을 보내며 뜨개질과 수다로 소일하는 미혼의 할머니이지만, 놀라운 기억력과 날카로운 두뇌 회전으로 주변에서 벌어진 살인 사건을 해결한다.

그리고 마플 양과 상반되는 성격을 지닌 에르퀼 푸아로는 자신만 만하고 콧수염을 포함한 자신의 외모와 벨기에라는 국적에 대한 자부심이 상당하다. 그는 이집트와 이라크를 비롯한 세계 각지에서 수수께끼를 해결하며 『오리엔트 특급 살인 Murder On The Orient Express』, 『나일 강의 죽음 Death On The Nile』, 『애크로이드 살인 사건 The Murder Of Roger Ackroyd』 등 애거서 크리스티의 여러 대표작에 모습을 드러낸다.

황금가지의 대담하고 참신한 표지와 전반적인 디자인 덕분에 작품의 성격이 잘 살아난 것 같아 기쁘다. 또한 한국 독자들이 할머니의 원작이 지닌 참된 묘미를 느낄 수 있도록 충실한 번역을 위해 애써 준 점도 높이 사고 싶다.

할머니의 작품이 20세기의 그 어떤 작가들보다 많이 팔리고 있는 이유는 나이와 국적에 상관없이 읽을 수 있는 재미와 감동을 갖추었기 때문이다. 모쪼록 한국 독자들도 황금가지에서 선보이는 애거서 크리스티 작품들을 즐겁게 감상하기를 바란다.

매튜 프리처드

애거서 크리스티의 손자

ACL 이사장

탐정 소설과 크림을 좋아하는 도로시 노스에게 이 책을 바칩니다.

크림이 없을 때 이 책이 대신 위로가 되길 바라면서!

하나, 둘, 내 구두에 버클을 달아라.

셋, 넷, 문을 닫아라.

다섯, 여섯, 막대기를 집어 들어

일곱, 여덟, 똑바로 세워라.

아홉, 열, 튼실하게 살찐 암탉

열하나, 열둘, 밝혀 내야 한다.

열셋, 열넷, 하녀들이 사랑을 호소하다.

열다섯, 열여섯, 부엌의 하녀들

열일곱, 열여덟, 시중드는 하녀들

열아홉, 스물, 내 접시가 비었다네.

# 차례

# 하나, 둘,
## 내 구두에 버클을 달아라

몰리 씨는 아침 식사 시간에 기분이 썩 좋지 않았다. 베이컨이 마음에 들지 않는다고 불평을 했고, 커피는 어째서 질척한 흙탕물 모양새인지 궁금해했으며, 또 아침 식사용 시리얼은 날이 갈수록 더 형편없어진다고 투덜댔다.

몰리 씨는 턱선이 뚜렷하며 그 끝은 호전적인 느낌을 주는 작달막한 사내였다. 집안 살림을 봐주는 그의 누이는 오히려 덩치가 큰 것이, 여자 보병 같았다. 그녀는 생각에 잠긴 표정으로 몰리 씨를 눈여겨보다가 목욕물이 또 차가웠느냐고 물었다.

몰리 씨는 마지못해 아니라고 대답하고는 신문을 흘긋 보며 정부가 이제는 무능력 상태에서 진짜 저능의 상태로 옮겨가고 있는 것 같다고 말했다.

몰리 양은 깊고 낮은 목소리로 그것은 정말 망신스러운 일이라고 맞장구를 쳤다.

전에는 그녀도 그저 단순히 정부가 어떤 권력을 갖더라도 늘 유익하다고만 생각했었다. 그래서 정부의 현재 정책이 어째서 지지부진, 비상식적이고, 우둔하며 솔직히 자멸적인 것인지 이유를 설명해 달라고 몰리 씨를 졸랐다.

몰리 씨는 이 문제들에 대해 충분히 설명하고 나서, 혐오스러운 커피를 두 잔째 마셨다. 그러면서 진짜 불만을 털어놓았다.

"여자들이란 다 똑같아! 신용도 없고, 자기중심적이야. 어쨌든 믿을 만한 존재가 못 돼."

몰리 양이 미심쩍은 표정으로 물었다.

"글래디스?"

"방금 전갈을 받았어. 아주머니가 뇌졸중으로 쓰러져서 서머싯 (잉글랜드 남서부의 주 — 옮긴이)으로 가야한다는군."

몰리 양이 말했다.

"짜증나겠네, 그렇지만 글래디스 잘못도 아닌걸."

몰리 씨는 울적한 표정으로 고개를 가로저었다.

"아주머니가 진짜 뇌졸중으로 쓰러졌는지 알 게 뭐야? 글래디스와 그 미덥지 않은 젊은 놈이 서로 짠 일인지 알 게 뭐냐고. 그런 나쁜 놈은 처음 봤어!"

"아이, 아냐, 글래디스가 그런 일을 했을라고. 글래디스는 얼마나 양심적인데."

"그거야 그렇지."

"똑똑하고 정말 일밖에 모르는 처녀라고 그랬잖아."

"그래, 그랬지. 한데 그건 그 미덥지 않은 놈이 오기 전 얘기야. 요즘 글래디스가 아주 달라졌어. 영 딴판이라고. 얼이 빠져서는 불안해하고 툭하면 신경질이고."

보병 같은 누이는 깊은 한숨을 토하며 말했다.

"어쨌거나 여자들은 사랑에 빠지게 되어 있어. 그건 어쩔 수 없다니까."

몰리 씨는 퉁명스레 내뱉었다.

"그렇다고 내 비서로서의 업무에 지장이 가면 쓰나. 게다가 오늘은 특히 너무 바빠! 아주 중요한 환자가 몇 사람 올 텐데. 아, 정말 짜증나는군!"

"그렇겠다. 그나저나 새로 온 급사는 어때?"

헨리 몰리는 울적한 표정으로 대답했다.

"내 평생 그런 애는 처음 봤어! 이름 하나 제대로 못 쓰는데다 그렇게 무뚝뚝할 수가 없다니까. 영 나아질 기미가 안 보이면 해고하고 다시 찾아봐야겠어. 요즘 교육이 뭐가 좋다는 건지 통 알 수가 없어. 기억하는 건 고사하고, 무슨 말을 해도 한 마디 못 알아듣는 바보 집단을 만들어 놓으니, 원."

그는 시계를 흘긋 들여다보았다.

"가야겠어. 오전이 꽉 차서 빡빡해. 게다가 그 세인즈버리 실이라고 하는 여자가 치통이 심하다니 어딘가에 끼워 넣어야 하고. 라일리한테 가라고 했더니, 들은 척도 안 하는군."

"들을 리가 없지."

몰리 양은 열렬하게 맞장구를 쳤다.

"라일리는 아주 유능한 의사야. 정말 실력 있는 의사지. 일류대학 출신에다 일에서도 정말 현대적이고."

"손을 떨잖아. 내가 보기엔 술을 마시는 것 같은데."

몰리 양이 말했다.

어느덧 기분이 좋아진 몰리 씨가 소리 내어 웃고는 말했다.

"오늘도 1시 30분에 샌드위치 먹으러 올라오겠습니다!"


엠버라이어티스 씨는 사보이 호텔에서 이쑤시개로 이를 쑤시면서 혼자 싱긋 웃었다.

만사가 술술 풀리고 있었다.

이번에도 역시 운이 좋았다. 그 천치에다 수다스러운 여편네에게 몇 마디 상냥한 말을 던진 것이 그렇게 많은 보답으로 돌아올 줄이야. 아, 그래! 네 떡을 물 위에 던지라.(성경 구절로, 남을 먼저 대접해야 나도 대접을 받을 수 있다는 의미 — 옮긴이) 엠버라이어티스는 언제나 친절한 사람이었다. 게다가 너그럽기까지! 앞으로는 더 너그러워질 수 있으리라. 자비로운 환상들이 그의 눈앞에 떠올랐다. 꼬마 디미트리와 자신의 좁은 식당에서 고군분투하고 있는 착한 콘스탄토폴루스, 그 두 사람에게 얼마나 즐거운 선물인가…….

이쑤시개가 엉뚱한 곳을 쑤시자 엠버라이어티스 씨는 움찔했다. 미래에 대한 장밋빛 환상은 사라지고 대신 당장 눈앞의 걱정들이 밀려왔다. 그는 혀로 부드럽게 입 안을 핥았다. 그리고 수첩을 꺼냈다. 12시, 퀸 샬럿 가(街) 58번지.

방금 전의 의기양양한 기분으로 다시 되돌아가보려고 했으나 허사였다. 눈앞에 보이는 것은 밋밋한 몇 글자뿐이었다.

"퀸 샬럿 가 58번지, 12시."

사우스 켄싱턴에 위치한 글렌가우리 코트 호텔에선 이미 아침 식사 시간이 끝나 있었다. 세인즈버리 실 양은 호텔 로비에 앉아 볼리토 부인과 이야기를 나누고 있었다. 두 사람은 일주일 전 세인즈버리 실 양이 도착한 다음 날, 식당에서 서로 가까운 테이블에 앉았다가 친구가 되었다.

세인즈버리 실 양이 말했다.

"있잖아요, 쑤시던 게 정말 가라앉았어요! 치통은 아니에요! 아무래도 전화를 해야 할까 봐요……."

볼리토 부인이 그녀의 말을 가로막았다.

"그럴 게 뭐 있어요. 치과의사한테 가면 될 것을요."

볼리토 부인은 굵고 낮은 목소리에 키가 훤칠하고 당당했다. 세인즈버리 실 양은 마흔 댓 살의 나이에 희끗하게 센 머리를 아무렇게나 곱슬곱슬하게 말아 올린 여자였다. 입은 옷은 엉성했지만 그것이 오히려 예술적이었으며 코안경은 언제나 떨어질 듯 걸려 있었다. 그녀는 보통 수다쟁이가 아니었다.

세인즈버리 실 양이 생각에 잠긴 표정으로 말했다.

"그런데 정말 하나도 안 아프다니까요."

"말도 안 돼, 어젯밤에 거의 한숨도 못 잤다고 해놓고서."

"그건 그래요……, 한숨도 못 잤어요. 그런데 지금은 신경이 죽었나 봐요."

"그럼 더더욱 치과에 가 봐야겠네요."

볼리토 부인이 단호하게 말했다.

"누구나 치과 가는 건 미루고 싶어 하지만, 그거야 겁이 나서 그러는 거죠. 한시라도 빨리 해치우는 게 나아요!"

세인즈버리 실 양의 입술이 들썩거렸다. 자신의 주장을 굽히지 않고 중얼거리고 있었다. '그렇죠, 부인의 이가 아니니까!'

하지만 실제로는 다른 말이 튀어 나왔다.

"부인 말씀이 옳아요. 그리고 몰리 선생님은 워낙 조심스러운 분이라서 정말 하나도 아프지 않을 거예요."


이사회가 끝났다. 회의는 순조롭게 진행되었다. 보고도 훌륭했다. 의견의 불일치는 없었던 모양이다. 그러나 신경이 예민한 새뮤얼 로더스타인 씨는 뭔가 찜찜했다. 회장의 태도에서 무엇인가 다른 뉘앙스가 묻어났다.

한 번, 또는 두 번인가 회장의 어조에서 냉랭함, 떨떠름함이 느껴졌다. 지금 진행되고 있는 사항들 때문은 아니었다.

혹시 남모르는 어떤 걱정이라도? 하지만 로더스타인은 아무래도 앨리스테어 블런트에게서 남모를 걱정이라는 것은 연상할 수 없었

다. 앨리스테어 블런트는 그만큼 냉정한 사람이었다. 그리고 너무나
도 평범한 사람이었다. 매우 속속들이 영국적인.

물론 간의 문제일 수도 있었다. 로더스타인 씨라면 간 때문에 간
혹 심기 불편한 적이 있긴 했지만 앨리스테어가 간에 대해 불평하
는 것은 아직 들어본 적이 없다. 그의 몸은 자신의 두뇌와 재력만큼
이나 건강했다. 그것은 남을 성가시게 하는 원기 왕성함이 아니라
그저 조용한 행복이었다.

그래도 분명 뭔가가 있었다. 회장의 손이 한두 번 얼굴을 만지작
거리지 않았던가. 턱을 고이고 앉아 있던 것도 평소 그의 자세가 아
니다. 그리고 실제로 한두 번, 분명히 넋이 나간 것 같기도 했다.

그들은 회의실을 나와 계단을 내려갔다.

로더스타인이 물었다.

"안 태워드려도 괜찮으시겠습니까?"

앨리스테어 블런트는 미소를 지으며 고개를 가로저었다.

"내 차가 기다리고 있소."

그러곤 시계를 흘긋 쳐다보았다.

"다시 시내로 들어가는 길이 아니라서."

그는 잠시 말을 멈추었다.

"사실은 치과에 예약을 해놨소이다."

그제야 수수께끼가 풀렸다.


에르퀼 푸아로는 택시에서 내려 택시비를 치른 다음, 퀸 샬럿 가

58번지의 벨을 눌렀다.

잠시 후 급사 제복을 입은 한 소년이 문을 열었다. 주근깨투성이 얼굴에 빨간 머리, 그리고 착실해 보이는 소년이었다.

에르퀼 푸아로가 물었다.

"몰리 선생님 계신가?"

그는 몰리 씨가 잠깐 외출을 했거나, 병이 났거나, 혹은 오늘 환자를 보지 않았으면 좋겠다는 어처구니없는 희망을 마음속에 품어보았다. 부질없지만 말이다. 급사 소년은 뒤로 물러섰고, 에르퀼 푸아로는 안으로 들어섰다. 그러자 문은 돌이킬 수 없는 잔인한 운명처럼 조용히 닫혔다.

급사 소년이 물었다.

"실례지만 성함이?"

푸아로는 소년에게 이름을 말해 주었다. 그러자 복도의 오른 쪽에 있는 문을 열어 안내했고 그는 대기실로 들어갔다.

대기실은 매우 고상한 감각으로 장식된 방이었지만, 에르퀼 푸아로의 눈에는 무어라 형언할 수 없이 음침해보였다. 윤이 나는 (모조품인) 셰라톤 테이블에는 신문과 잡지들이 가지런히 놓여 있었다. (또한 모조품인) 헤플화이트 양식의 장식장에는 도금한 셰필드 산(産) 촛대들과 이편(식탁 중앙에 놓는 장식용 스탠드로 주로 꽃이나 과일을 얹어둠 — 옮긴이)이 하나 있었다. 맨틀피스(벽난로 앞면 주위의 장식적 구조물 전체 — 옮긴이)에는 청동 시계 하나와 청동 꽃병 두 개가 있었다. 창문에는 파란 벨벳 커튼이 쳐져 있었고 의자에는 빨간 새와 꽃들이 그려진 제임스 1세 시대 디자인의 덮개가 씌워져 있었다.

그중 한 의자에 콧수염을 짙게 기르고 안색이 누리끼리한, 군인처럼 보이는 신사가 앉아 있었다. 그 신사는 마치 해충이라도 발견한 듯 푸아로를 쳐다보았다. 그 순간 그에게 아쉬운 것은 총이 아니라 파리 잡는 분무약인 것 같았다. 푸아로는 혐오스러운 눈길로 그 신사를 쳐다보며 혼자 중얼거렸다.

"정말이지 태어난 순간 그 비참한 생을 끝내 줬어야 마땅한 불쾌하고 멍청한 영국인들이 항상 있어."

그 군인 같은 신사는 한동안 더 노려보다가 《타임스》를 와락 집어 들고는 푸아로를 보지 않기 위해 의자를 돌려세웠다. 그러고는 편히 자리를 잡고 앉아 신문을 읽었다.

푸아로는 《펀치》 잡지를 집어 들었다.

그는 꼼꼼하게 잡지를 훑어보았지만 재미있는 기사라곤 한 줄도 찾지 못했다.

"애로우 범비 대령님?"

급사 소년이 다가와 그 군인 같은 신사를 데리고 나갔다.

푸아로가 그런 이름이 실제 존재할 수 있는 가능성에 대해 곰곰이 생각하고 있었던 그때, 문이 열리고 삼십 대로 보이는 한 청년이 들어왔다.

그 청년이 테이블 곁에 서서 불안하게 잡지들을 뒤적거리는 동안, 푸아로는 곁눈질로 그를 쳐다보았다. 참 불쾌하고 위험한 인상이라고 생각하며 절대 살인범이 아니라는 확신은 못하리라 여겼다. 어쨌든 그 청년은 에르퀼 푸아로가 여태까지 잡아들인 그 어떤 살인자들보다 훨씬 더 살인자처럼 보였다.

급사 소년이 문을 열고 허공에 대고 말했다.

"피어러 씨."

푸아로는 그것이 자신을 부르는 것이라고 정확히 판단하며 자리에서 일어섰다. 급사 소년은 그를 데리고 복도 안쪽으로 들어가 모퉁이를 돌아섰다. 두 사람은 모퉁이에 있는 소형 엘리베이터를 타고 3층으로 올라갔다. 여기서 소년은 푸아로를 데리고 복도를 지나 작은 대기실로 들어가는 문을 열고 안으로 안내했다. 그곳에서 소년은 두 번째 문을 노크하더니 대답을 기다리지 않고 곧바로 문을 열었으며, 푸아로가 안으로 들어가는 동안 뒤에 서 있었다.

물 흐르는 소리가 들리는 방 안으로 들어선 푸아로는 등 뒤로 문을 닫으면서, 벽에 붙은 세면기에서 익숙한 자세로 손을 씻는 몰리 씨를 발견했다.

위대한 사람들의 삶에도 굴욕적인 순간들은 있는 법이다. 아무리 위대한 영웅이어도 날마다 같이 지내는 시종에게는 여느 평범한 사람과 다르지 않다는 속담도 있지 않은가. 이 속담에다 치과에 가는 순간 스스로 영웅인 사람은 아무도 없다는 말을 덧붙일 수 있을 것이다.

에르퀼 푸아로는 이런 사실을 병적으로 깊이 의식하고 있었다.

그는 자기 자신에 대해 늘 자신감을 갖고 있던 사람이다. 모든 면에서 그 누구보다 잘난 에르퀼 푸아로가 아닌가. 하지만 지금 이 순간, 그는 어떤 식으로도 우월감을 느낄 수 없었다. 사기는 꺾일 대로 꺾여 있었다. 그는 치과 진료 의자를 무서워하는, 평범하고 겁 많은 그런 사람이었다.

몰리 씨는 손을 씻고 난 다음, 노련한 의사답게 말했다.

"이맘때면 날씨가 따뜻해야 하는데 별로 그렇지가 않네요?"

몰리 씨는 정해진 자리, 즉 치과 진료 의자를 향해 조용히 걸어갔다. 그리고 능숙한 솜씨로 의자의 머리 받침을 아래위로 움직여 높이를 조절했다.

에르퀼 푸아로는 심호흡을 하고 나서 앞으로 걸어가 의자에 앉았다. 그리고 몰리 씨가 만지작거리는 머리 받침대에 고개를 올려놓았다.

"거기요."

몰리 씨는 지나치게 쾌활한 어조로 말했다.

"거기가 편하시죠? 어떠세요?"

푸아로는 음침한 어조로 아주 편안하다고 대답했다.

몰리 씨는 작은 테이블을 돌려 더 가까이 끌어당긴 다음 조그만 거울을 집어 들고 기구를 손에 쥐고서는 자신의 일에 착수할 준비를 마쳤다.

에르퀼 푸아로는 의자의 팔걸이를 단단히 붙잡고 눈을 질끈 감은 다음 입을 벌렸다.

"특별히 불편하신 데라도?"

몰리 씨가 물었다.

입을 벌린 상태에서 말을 한다는 것이 어려웠던 만큼, 에르퀼 푸아로는 엉겁결에 특별히 불편한 곳이 없는 것으로 간주되었다. 실제로 이 치료는 푸아로의 꼼꼼함과 깔끔함에서 비롯된, 일 년에 두번 받는 정밀 검사였다. 물론 특별한 이상은 없다. 그리고 뒤에서 두번째, 치통이 있는 어금니를 몰리 씨가 못 보고 지나칠 수도 있다. 물론 지극히 유능한 몰리 씨가 그럴 리는 없지만 말이다.

몰리 씨는 치아 하나하나를 가볍게 두드리고 자세히 들여다보며, 또 무어라 혼자 중얼거리면서 천천히 검사를 했다.

"저기 안쪽 필링(치아 충전재 — 옮긴이)이 약간 내려앉았네요. 뭐 심각한 건 아니지만요. 잇몸은 아주 건강한 것 같아 다행이군요."

몰리 씨는 의심스러운 곳에서 잠시 멈추어 정밀 검사를 하느라 얼굴을 찡그렸다. 아, 또 다행히 지나갔다. 이번에는 아랫니 차례였다. 하나, 둘, 세 번째? 아니다. '개가 토끼를 봐 버렸군.' 에르퀼 푸아로의 어휘 선택이 틀리긴 했다.

"여기 문제가 약간 있군요. 치통은 없으셨고요? 흠, 의외네요."

검사는 계속되었다.

마침내 몰리 씨는 흡족한 표정으로 상체를 젖혔다.

"심각한 건 없네요. 다만 필링할 것 두 개와 윗니에 충치가 하나 있어요. 오전 중에 다 끝낼 수 있을 것 같습니다."

몰리 씨가 스위치를 켜자, 윙 하고 기계 돌아가는 소리가 들렸다.

그는 드릴의 갈고리를 벗기고, 아주 조심스러운 동작으로 드릴에 바늘을 끼웠다.

"아프면 아프다고 말씀하세요."

이렇게 툭 내뱉고서는 무시무시한 작업을 개시했다.

손을 들거나 몸을 움츠린다거나, 심지어 외마디 소리를 지를만한 틈도 없었다. 바로 그 순간 몰리 씨는 드릴을 멈추고 "헹구세요."라고 간단히 지시한 다음 약간의 소독을 하고 나서, 새로 바늘을 갈아 끼우고 다시 작업을 시작했다. 드릴이 주는 고문은 고통보다는 공포였다.

몰리 씨가 필링을 준비하는 동안, 대화가 다시 시작되었다.

"오늘 아침에는 제가 직접 해야 합니다. 네빌 양이 휴무예요. 네빌 양 기억하시죠?"

푸아로는 모르면서도 그렇다고 했다.

"친척 하나가 아파서 시골에 갔어요. 꼭 바쁜 날에 그런 일이 생기지요. 오늘 아침 환자들이 벌써 밀려 있어요. 무슈 푸아로 앞의 환자가 늦게 오는 바람에요. 그런 일이 생기면 오전이 몽땅 날아가 버리니까 아주 짜증이 나지요. 또 예약하지 않은 다른 여자 환자도 봐야 했는데, 그 환자 치통이 워낙 심해서 말이죠. 이런 경우에 대비해 오전에는 언제나 15분 정도 여유 시간을 비워놓습니다. 그런데도 정신이 없네요."

몰리 씨는 회반죽을 자세히 들여다보며 잘게 부쉈다. 그러곤 다시 말을 꺼냈다.

"늘 느끼는 거지만요, 무슈 푸아로. 거물들, 그러니까 중요한 사람들은 언제나 시간을 잘 지킵니다. 절대 상대방을 기다리게 하지 않지요. 가령 왕족들은 빈틈없이 격식을 차리지 않습니까. 이런 대도시에서도 거물들은 마찬가지예요. 오늘 오전에는 앨리스테어 블런트라고 아주 중요한 손님이 오시기로 되어 있지요!"

몰리 씨는 의기양양한 목소리로 그 이름을 말했다.

입에 물린 솜과 혀 밑에서 꼴꼴거리는 유리관 때문에 말을 할 수 없는 푸아로는 애매한 소리를 냈을 뿐이다.

앨리스테어 블런트! 그것은 요즘 사람들을 전율하게 하는 이름이었다. 공작도 아니고 백작도 아니고 수상도 아닌, 그저 평범한 앨리스테어 블런트 씨. 일반 대중에게 얼굴이 거의 알려지지 않은 채 이따금 신문 잡지의 짧은 기사에 조용히 실리는 인물일 뿐 호화스러운 인물과는 단연 거리가 멀었다.

그는 영국에서 가장 큰 은행의 행장이면서 조용하고 특징 없는 한 명의 영국인이었다. 막대한 부를 소유한 인물. 정부에 '예스'와 '노'를 말할 수 있는 인물. 조용하고 겸손한 삶을 살며 절대 대중 앞에 나타나거나 연설을 하지 않는 사람. 그러나 두 손에 막강한 권력을 거머쥔 사람.

선 채로 푸아로의 입 안을 들여다보며 필링을 홈에 박아 넣는 몰리 씨의 목소리에서는 여전히 숭배하는 어조가 묻어났다.

"그분은 언제나 예약 시간에 정확하게 옵니다. 자동차는 돌려보내고 사무실까지 걸어갈 때가 많지요. 교양 있고 조용하고, 잘난 체

하지 않는 사람이에요. 골프를 즐기고 정원 가꾸는 일에 푹 빠져 있답니다. 그 사람이 유럽의 절반을 살 수 있다는 거, 꿈에도 모르셨죠? 그저 선생님이나 저처럼 평범한 사람인데 말이에요."

푸아로는 이렇게 즉석에서 사람을 한데 엮는 것에 순간적으로 화가 치밀었다. 물론 몰리 씨가 좋은 치과의사인 것은 확실하다. 그렇지만 런던에 훌륭한 치과의사는 얼마든지 있는 반면 에르퀼 푸아로는 단 한 사람뿐인 것이다.

"자, 헹구세요."

몰리 씨가 말했다.

"이건 히틀러와 무솔리니, 그리고 나머지 그들 모두에게 대답해 주는 말이에요."

몰리 씨는 두 번째 치아로 넘어가면서 덧붙였다.

"우리 영국은 요란스럽게 떠들어대지 않아요. 영국의 왕과 여왕이 얼마나 민주적인가 보세요. 물론 선생님 같은 프랑스 사람은 공화국 사상에 익숙하시겠지만……."

"난 프라스 사라이 아니라…… 베기에 사라이에요."

"저런……."

몰리 씨는 유감스럽게 혀를 끌끌 찼다.

"충치 구멍을 완전히 말려야 해요."

그는 충치 구멍으로 가차 없이 뜨거운 바람을 갖다 댔다.

그러고 나서 다시 말했다.

"벨기에 분인 줄 몰랐어요. 아, 그러셨군요. 레오폴드 왕이 아주 훌륭하다고 들었어요. 저는 왕족의 전통을 굳게 믿는 사람이에요. 아시다시피 훈련도 잘 되어 있고요. 왕족들이 사람들의 이름과 얼굴을 기억하는 훌륭한 태도를 좀 보세요. 그 모든 것이 훈련의 결과지요. 물론 그런 데 원래 소질이 있는 사람도 있긴 하지만요. 제 경우가 그래요. 이름은 기억 못해도 얼굴은 절대 잊어버리지 않거든요. 가령 전에 봤던 환자들의 얼굴은 절대 잊어버리는 법이 없어요. 이름은 중요하지 않아요. 물론, '전에 어디서 만났더라?' 이렇게 중얼거릴 때도 있지만 그렇게 잊어버렸다가도 결국 생각나거든요. 한 번 더 헹구세요."

입 안이 헹구어지자, 몰리 씨는 환자의 입 속을 꼼꼼히 들여다보았다.

"음, 다 잘 된 것 같군요. 아주 천천히 다물어 보세요……. 편하세요? 필링을 전혀 못 느끼시겠죠? 다시 벌려 보세요. 아, 다 잘 된 것 같군요."

에르퀼 푸아로는 의자에서 내려왔다.

"안녕히 가십시오, 무슈 푸아로. 우리 집엔 범죄자가 나타나지 않았으면 좋겠는데요?"

푸아로는 미소를 지으며 말했다.

"여기 올라오기 전엔 모두가 저를 범인 보듯 보던 걸요! 이젠 달라질 것 같습니다."

"아, 네, 전과 후는 아주 많은 차이가 있지요! 우리 치과의사들도 이젠 전처럼 그렇게 극악한 사람들이 아니랍니다. 엘리베이터를 불러 드릴까요?"

"아니, 아닙니다. 그냥 걸어 내려가겠습니다."

"그럼 그러시죠. 엘리베이터는 계단 바로 옆에 있어요."

푸아로는 밖으로 나갔다. 문을 닫는 순간 물 흐르는 소리가 들렸나.

그는 층계참을 두 개나 걸어 내려갔다. 마지막 계단에 내려서자, 영국계 인도인 대령이 배웅을 받으며 나가는 것이 보였다. 불길한 인상은 전혀 아니군, 푸아로는 유쾌한 기분으로 생각했다. 혹시 그가 수많은 호랑이를 죽인 사수는 아닐까. 아니면 제국의 식민지에 필요한 사람인지도.

푸아로는 걸어 두었던 모자와 지팡이를 가지고 나오기 위해 대기실로 들어갔다. 놀랍게도 불안해 보이던 청년은 아직 대기실에 있었다. 환자로 보이는 또 다른 한 남자는 《필드》를 읽고 있었다.

푸아로는 다시금 상냥한 마음으로 그 청년을 요모조모 뜯어보았다. 마치 살인을 하고 싶은 사람처럼 여전히 사납게 보이긴 했지만, 진짜 살인자는 아니라는 너그러운 생각이 들었다. 이제 이 청년은 고문을 끝내고 행복하게 미소를 지으며, 성큼성큼 계단을 내려올 것이다. 아픈 사람이 없기를 바라면서 말이다.

급사 소년이 안으로 들어와 자신 있고 또렷한 어조로 말했다.

"블런트 씨."

테이블에 있던 사내가 《필드》를 내려놓고 일어섰다. 중키에 중년의 나이, 뚱뚱하지도 마르지도 않은 사내였다. 세련된 옷차림에 조용한 분위기였다.

그 사내는 급사를 따라 밖으로 나갔다.

영국에서 제일 큰 부자이며 가장 막강한 권력자 가운데 한 사람. 하지만 그 역시도 다른 사람과 마찬가지로 치과의사에게 가야하며 다른 사람들과 똑같은 기분을 느끼고 있을 것이다.

머릿속으로 이런 생각을 하며 에르퀼 푸아로는 모자와 지팡이를 집어 들고 문으로 다가갔다. 나가기 전 언제나처럼 뒤를 슬쩍 훑어 보는 순간, 그 청년이 틀림없이 지독한 치통을 앓고 있을 거라는 뜻 밖의 생각이 머릿속을 스치고 지나갔다.

푸아로는 복도의 거울 앞에 잠깐 멈추어, 몰리 씨가 만지는 바람 에 살짝 헝클어진 콧수염을 매만졌다.

그가 흡족하게 콧수염 정리를 끝냈을 때, 엘리베이터가 다시 내 려왔으며 급사 소년이 귀에 거슬리는 소리로 휘파람을 불며 복도 안쪽에서 모습을 드러냈다. 소년은 푸아로를 보자 갑자기 휘파람을 멈추고 현관문을 열어 주기 위해 다가왔다.

택시 한 대가 치과 앞에서 멈추더니 발 한 쪽이 택시에서 튀어나 왔다. 푸아로는 흥미로운 시선으로 그 발을 뜯어보았다.

고급 스타킹을 신은 단정한 발목에 거칠지 않은 발, 하지만 구두 는 별로였다. 번쩍이는 커다란 버클이 달린 최신식 에나멜가죽 구 두에서 푸아로는 절레절레 고개를 흔들었다.

세련되지 않아, 너무 촌스러워!

그 숙녀가 택시에서 내리는 와중에 다른 쪽 발이 택시 문에 걸리면서 구두 버클이 떨어져나갔다. 버클은 쨍그랑 소리를 내며 보도에 떨어졌다. 푸아로는 당당하게 앞으로 뛰어나가 버클을 집어 들고 후후 불어 먼지를 털어냈다.

저런! 사십 대보다는 오십 대에 더 가까운 여자. 게다가 코안경과 헝클어진 누런 잿빛 머리에 칙칙하고 인위적인 녹색의 꼴사나운 옷차림이라니! 그녀는 푸아로에게 고맙다는 인사를 하는 와중에 코안경과 핸드백을 계속해서 차례로 떨어뜨렸다.

당당한 자세에서 공손한 자세로 바뀐 푸아로가 코안경과 핸드백을 집어주었다.

그녀는 퀸 샬럿 가 58번지 계단으로 올라갔고, 푸아로는 잔돈의 팁을 바라는 택시 운전사의 혐오스러운 기대감을 꺾어놓고 말았다.

"이제 가셔도 좋습니다, 엥(웅)?"

택시 운전사는 침울하게 대답했다.

"아, 네."

"나도 가도 되지요, 한시름 놓았으니!"

푸아로는 택시 운전사의 미심쩍은 표정을 놓치지 않았다.

"이봐요, 난 맨 정신입니다. 방금 치과에 다녀왔는데 이제 6개월 동안 다시 안 가도 된다 이 말씀이죠. 생각만 해도 상쾌하군."

## 셋, 넷,
## 문을 닫아라

2시 45분, 전화벨이 울렸다.

에르퀼 푸아로는 맛있게 먹은 점심을 소화시키며 기분 좋게 안락의자에 앉아 있었다.

전화벨이 울려도 그는 꼼짝하지 않고 다만 충직한 조지가 와서 받아주기를 기다렸다.

조지가 "잠시만 기다리십시오."라는 말과 함께 수화기를 내려놓자, 푸아로는 "에 비엥(그래)?"이라고 말했다.

"재프 경감님이십니다."

푸아로는 수화기를 귀에 갖다 댔다.

"에 비엥(그래), 몽 비외(자네) 별일 없나?"

푸아로가 말했다.

"푸아로, 자넨가?"

"그렇다네."

"오늘 아침 치과에 갔었다면서? 그게 사실인가?"

푸아로는 혼잣말로 중얼거렸다.

"런던 경시청은 모르는 게 없군!"

"이름은 몰리, 퀸 샬럿 가 58번지?"

"맞네."

푸아로의 목소리가 바뀌어 있었다.

"그런데 왜?"

"순수한 목적의 방문이었겠지? 그러니까 그 의사 양반에게 겁을 주거나 뭐 그런 일 때문에 갔던 건 아니겠지?"

"물론 아니지. 충치 세 개를 치료하고 씌웠다네."

"자네가 보기엔 그 친구 어떻던가? 거동이 수상쩍지 않았나?"

"아니, 그렇지 않던데. 왜 그래?"

재프의 목소리가 냉정하게 굳어졌다.

"자네가 다녀가고 얼마 안 있어 스스로 총을 쐈다네."

"뭐라고?"

재프는 날카로운 어조로 물었다.

"자네도 놀라운가?"

"솔직히 놀랍네."

재프가 말했다.

"그 일로 기분이 아주 별로일세……. 자네와 얘기를 좀 하고 싶은데, 자네가 이리로 오긴 힘들겠지?"

"지금 어디 있는데?"

"퀸 샬럿 가."

푸아로가 말했다.

"내가 지금 그리로 가겠네."


58번지의 문을 열어 준 사람은 한 경찰관이었다. 그 경찰관이 정중하게 말했다.

"무슈 푸아로?"

"그렇습니다."

"경감님은 위에 계십니다. 3층에요, 아시죠?"

에르퀼 푸아로가 말했다.

"오늘 아침에 다녀간 곳입니다."

방에는 세 남자가 있었다. 푸아로가 들어서자 재프 경감이 고개를 들고 말했다.

"어서 오게, 푸아로. 시신을 막 옮기려던 참이었네. 한번 보겠나?"

카메라를 든 채 시신 곁에 무릎을 꿇고 있던 사내가 일어섰다.

푸아로가 앞으로 나섰다. 시신은 벽난로 앞에 누워 있었다.

죽은 몰리 씨는 생전의 모습과 별반 다르지 않았다. 오른쪽 관자놀이 바로 아래 까맣고 작은 구멍이 나 있었다. 소형 권총 한 자루가 시신의 오른손 부근 방바닥에 떨어져 있었다.

푸아로는 천천히 고개를 가로저었다.

재프 경감이 말했다.

"됐어, 이제 시신을 옮기도록 해."

그들은 몰리 씨를 들어냈다. 방 안에는 재프와 푸아로 두 사람만이 남았다.

재프가 말했다.

"모든 절차를 나 마쳤네. 지문이나 등등."

푸아로가 의자에 앉으며 말했다.

"얘기 좀 해 보게."

재프는 입술을 오므렸다가 이윽고 말했다.

"스스로 목숨을 끊었을 수도 있어. 자기 스스로 총을 쐈을 수 있지. 총엔 그 친구 지문밖에 없고……. 하지만 석연치가 않아."

"뭐가 석연치 않은데?"

"글쎄, 우선 스스로 총을 쏠 만한 이유가 없어. 몸도 건강했고, 돈도 잘 벌고 있었고, 겉으로 보기엔 특별한 걱정도 없고 말이야. 적어도 여자 관계는 없었어."

재프는 자신의 말을 정정했다.

"우리가 아는 한은 말이야. 침울하다거나 딱히 기분이 저조했던 것도 아니고 또 그럴 만한 사람인 것 같지도 않아. 내가 불안한 이유는 어느 정도 자네가 한 말 때문이기도 해. 오늘 아침에 그 친구를 봤다고 하지 않나. 그런데 자네가 아무 눈치도 못 챘다는 게 조금 마음에 걸리네."

푸아로는 고개를 가로저었다.

"조금도 이상한 점이 없었네. 뭐라고 할까, 그러니까 아주 정상이었어."

"그럼 그게 오히려 이상하지 않은가? 어쨌든 한참 일하는 시간에 스스로 총을 쏴서 자살을 했을 거라곤 생각하기 힘들지 않은가 말일세. 저녁까지 기다렸다가 자살을 하면 몰라도. 그래야 자연스럽단 말이지."

푸아로는 맞장구를 쳤다.

"언제 일어난 일인가?"

"정확히는 알 수 없네. 총소리를 들은 사람이 아무도 없는 것 같아. 내가 보기에도 총소리가 들렸을 것 같지는 않네. 이 방과 복도 사이에 문이 두 개나 있고 또 문 가장자리를 초록색의 두꺼운 천으로 둘러놓았어. 치과 진료 의자에 앉은 환자들의 소음이 밖으로 새 나가지 않도록."

"그럴 수 있지. 마취를 한 환자들도 시끄럽게 굴 때가 있으니까."

"그래, 그리고 바깥 길에는 차가 많아서 아마 못 들었을 거야."

"발견된 건?"

"1시 30분 경, 급사인 앨프리드 빅스에 의해서. 누구 말을 들어봐도 아주 영리한 아이는 아닌 것 같아. 몰리 씨의 12시 30분 예약 환자가 계속 기다리게 한다고 소동을 일으켰던 모양이야. 1시 10분경에 급사가 올라가서 문을 두드렸다고 하더군. 대답이 없었는데도 막상 안으로 들어가 볼 생각은 못했나 봐. 이미 몰리한테 꾸지람을 들었던 터라 실수를 할까 봐 불안했던 거지. 급사는 다시 내려갔고, 그 여자 환자는 1시 15분에 성을 벌컥 내며 가 버렸다더군. 그 환자도 그럴 만해. 거의 45분을 기다린 데다 배도 고팠을 테니까."

"그 환자는 어떤 사람인데?"

재프는 이를 드러내고 싱긋 웃었다.

"급사 말로는 셔티 양이라고 하던데, 예약 기록부에 있는 이름은 커비였어."

"어떤 시스템으로 환자들이 들어가는지 혹시 아나?"

"몰리가 다음 환자를 볼 준비가 되면 저기에 있는 버저를 누른다 네. 그럼 급사가 환자를 데리고 들어가는 거지."

"그리고 몰리가 마지막으로 버저를 누른 건?"

"12시 5분에. 그래서 급사가 기다리고 있던 환자를 데리고 들어 갔어. 예약 기록부를 보니 사보이 호텔의 엠버라이어티스 씨더군."

푸아로의 입가에 희미한 미소가 떠오르더니, 중얼거렸다.

"우리 급사가 그 이름을 어떻게 불렀을지 궁금하군!"

"뒤죽박죽이었겠지. 웃고 싶으면 당장 가서 물어볼까?"

푸아로가 말했다.

"그럼 그 엠버라이어티스 씨는 몇 시에 병원에서 나갔지?"

"급사는 그 사람이 나가는 걸 못 봤다는군, 그래서 알 수 없어. 벨 을 눌러서 엘리베이터를 부르지 않고 그냥 계단을 걸어 내려가는 환자들도 많다 보니."

푸아로는 고개를 끄덕였다.

재프가 덧붙였다.

"내가 사보이 호텔에 전화를 했네. 엠버라이어티스 씨는 정말 정확하더군. 현관문을 닫으면서 시계를 보니 12시 25분이었대."

"중요한 얘기는 없던가?"

"없었어. 다만 그때까지도 치과의사는 지극히 정상이고 차분했다고 하더군."

"에 비엥(그래), 그럼 아주 분명한 것 같군. 12시 25분에서 1시 30분 사이에 무슨 일이 일어났던 거지. 아무래도 앞쪽에 더 가까울 테고."

푸아로가 말했다.

"그래, 그렇지 않았다면……"

"그렇지 않았다면 다음 환자를 위해 버저를 눌렀겠지."

"맞아. 의학적 증거를 봐도 그게 일리가 있어. 2시 20분에 경시청 의사가 시신을 조사하긴 했는데 통 입장을 밝히려고 하지 않아. 요즘이야 다 그렇지만, 개개인의 특성에 따라 너무 다르다나. 하지만 몰리가 1시 이후에 총에 맞진 않았을 거라고 하더군. 아마도 그 이전인 것 같은데 확답을 피하고 있어."

푸아로가 생각에 잠긴 표정으로 말했다.

"그렇다면 12시 25분에는 정상적인 의사였으며, 기분 좋고 점잖은데다 멀쩡했단 말이로군. 그 다음에는? 자포자기하고 괴로워하다가, 자네 말대로 스스로 총을 쐈다?"

"참 재미있군. 재미있다고 할 수밖에."

재프가 말했다.

"재미있다는 것은 적합한 표현이 아닐세."

푸아로가 말했다.

"물론 실제로 재미있다는 게 아니라 그냥 하는 말이야. 이상야릇하다고 해두지."

"권총은 자기 것이었나?"

"아니, 아니었네. 그 친구는 권총이 없었어. 아예 가져 본 적이 없었어. 그 친구 누이 말로는 집 안에 그런 물건은 없었다는군. 대부분의 집엔 없지. 물론 스스로 목숨을 끊기로 작정했다면 권총을 구해 왔을 수도 있지만 그거야 곧 알게 될 테고."

푸아로가 물었다.

"또 마음에 걸리는 건 없나?"

재프는 자신의 코를 문질렀다.

"글쎄, 시신이 누워 있던 모양이 마음에 걸려. 사람이 그런 식으로 넘어질 것 같진 않단 말이야. 왠지 딱 떨어지지가 않아! 게다가 카펫에 흔적도 한두 군데 있고. 마치 뭔가를 질질 끌고 간 것 같은 흔적 말이야."

"그럼 그게 결정적인 단서가 되겠군."

"그래, 그 괘씸한 급사 놈. 아무래도 그 녀석이 몰리를 발견했을 때 시신을 옮기려고 했던 것은 아닌가 하는 생각이 드는데. 물론 아니라고 딱 잡아떼지만, 녀석은 겁을 먹고 있었어. 그런 녀석들이야 다 똑같지. 부주의하게 실수를 해서 욕을 먹으면 자동적으로 거짓말을 한다고."

푸아로는 주의 깊게 방 안을 둘러보았다.

문 뒤 벽에 붙은 세면기, 문 맞은편에 있는 높직한 서류 정리용

캐비닛, 치과 진료 의자와 창문 가까이에 있는 기구들. 그리고 죽 훑어나가니 벽난로와 시신이 누워 있는 뒤쪽이 눈에 들어왔다. 그리고 벽난로 근처 벽에는 쪽문이 나 있었다.

재프는 푸아로의 눈길을 쫓았다.

"저쪽에 아주 작은 사무실이 하나 있어."

그는 문을 활짝 열어젖혔다.

재프가 말한 대로 책상 하나, 알코올램프와 홍차 도구가 놓인 테이블 하나, 그리고 의자 서너 개가 고작인 작은 방이었다. 다른 문은 더 없었다.

"그의 비서가 일하던 곳이야, 네빌 양이라고. 오늘은 출근을 안 한 모양이야."

재프가 설명했다.

재프의 시선이 푸아로의 눈과 마주쳤다. 푸아로가 말했다.

"몰리한테 직접 들은 얘기네. 그것 또한 자살을 방증하는 요소 아니겠나?"

"그럼 누군가가 비서를 불러냈다는 건가?"

재프는 잠시 뜸을 들였다가 대답했다.

"만약 자살이 아니라면, 살해된 거야. 하지만 왜? 아주 다른 식으로 문제에 접근해야 할 것 같군. 죽은 의사는 조용하고, 악의가 없는 친구 같았어. 그런 친구를 죽이고 싶어 할 사람은 누굴까?"

푸아로가 말했다.

"죽일 만한 사람이 누굴까?"

재프가 말했다.

"그 질문에 대한 대답은…… 애매모호해! 그의 누이가 위층 아파트에서 내려와 쐈을 수도 있고, 하인 중에 하나가 들어와 쐈을 수도 있지. 또 동업자인 라일리가 쐈을 수도 있고, 급사인 앨프리드나 환자 중에 한 사람이 그랬을 수도 있네."

재프는 잠시 숨을 돌리고 나서 다시 덧붙였다.

"또는 엠버라이어티스가 쐈을 수도 있어……. 제비 뽑기로 당첨되기 가장 쉬운 상대지."

푸아로는 고개를 끄덕거렸다.

"하지만 그 경우엔 이유를 밝혀야하네."

"물론이지. 다시 원점으로 돌아왔군, 왜 그랬을까? 엠버라이어티스는 지금 사보이 호텔에 머물고 있어. 돈 많은 그리스 사람이 찾아와서 멀쩡한 치과의사를 죽이고 싶은 이유가 뭘까?"

"그게 바로 우리의 고민거리 아니겠나. 동기 말이야!"

푸아로는 어깨를 으쓱했다. 그리고 말했다.

"아무래도 애매한 사람이 잘못 죽은 것 같군. 수수께끼 같은 그리스인, 돈 많은 은행가, 유명한 탐정…… 이런 사람들이 총에 맞으면 얼마나 자연스러워! 정체를 알 수 없는 외국인들은 스파이 활동에 연루되어 있을 수 있고, 부유한 은행가들에겐 유산 때문에 목숨을 노리는 친척이 있을 수 있고, 또 유명한 탐정들은 범인들에겐 위험 인물일 수 있으니까."

"그런데 가엾은 몰리는 그 누구한테도 위험 인물이 아니었어."

재프는 비관적인 어조로 말했다.

"모르는 일이지."

재프가 푸아로를 향해 휙 돌아서며 물었다.

"무슨 생각나는 거라도 있나?"

"없네. 그냥 무심코 한 말일세."

푸아로는 몰리가 사람 얼굴을 잘 기억한다고 했던 것과 환자들의 얼굴은 잊지 않는다는 말 등 무심코 던졌던 몇 마디 얘기를 재프에게 해 주었다.

재프는 미심쩍은 표정을 지었다.

"그럴 수도 있겠지. 하지만 그건 좀 무리가 있어. 자신의 정체를 밝히고 싶지 않은 누군가가 있을 거야. 혹시 오늘 아침 다른 환자들 중에 그런 사람 못 봤나?"

푸아로가 중얼거렸다.

"대기실에서 정말 살인범같이 생긴 청년을 보긴 했지!"

재프는 깜짝 놀라 물었다.

"어떻게 생겼는데?"

푸아로는 빙그레 웃었다.

"몽 셰르(여보게), 그건 내가 여기 도착하고 나서야! 나는 불안한 데다 이런 저런 상상에 시달렸다고……. 즉 기분이 좋지 않았고 모든 것이 음산해 보였지. 대기실, 환자들, 계단에 깔린 카펫조차도! 사실 그 청년은 치통이 심한 것 같았어. 그게 전부일 텐데!"

"그럴 수도 있겠지. 그렇지만 그래도 한번 조사를 해 보겠네. 자살이건 아니건, 모든 사람을 다 조사해 볼 생각이야. 우선 몰리 양과 좀 더 얘기를 해 봐야겠어. 겨우 한두 마디 주고받은 게 전부니까. 물론 그녀에겐 충격이겠지만 그렇다고 용의선상에서 벗어날 순 없지. 지금 가서 만나보세나."

훤칠한 키에 험상궂게 생긴 조지나 몰리는 두 남자가 하는 말을 듣고는 묻는 말에 또박또박 대답을 했다. 그녀는 목소리에 힘을 주며 말했다.

"헨리가 자살을 했다는 게 믿어지지 않아요……. 정말 믿어지지 않아요!"

푸아로가 말했다.

"자살이 아니라고 생각하시나요, 마드무아젤? 그럼……, 타살이란 말씀이군요."

조지나는 잠시 멈추었다가 다시 천천히 덧붙였다.

"사실은 타살도 아닌 것 같아요."

"하지만 아주 불가능한 일도 아니지 않습니까?"

"그럴 리가 없어요. 아시다시피 제가 아는 한도에서 말씀을 드리는 건데, 제가 알기로 헨리의 정신 상태에는 아무 문제가 없었어요……. 자살을 할 만한 이유가 조금도, 전혀 없어요!"

"오늘 아침에 몰리 씨를 보셨습니까? 그러니까 진료를 시작하기 전에?"

"네, 아침 먹으면서요."

"기분이 저조하다거나 하지 않고 평소와 똑같았나요?"

"걱정이 조금 있었지만 자살할 정도는 아니었어요. 그냥 약간 예민했을 뿐이죠!"

"왜 그랬나요?"

"오전에 할 일이 많았거든요. 게다가 비서 겸 조수가 결근을 했고요."

"네빌 양 말인가요?"

"네."

"네빌 양은 주로 무슨 일을 했습니까?"

"모든 서신 왕래를 맡아서 했고, 환자 예약을 전담했어요. 차트를 기록하고, 또 기구 소독하는 일과 진료하는 동안 충전재를 갈아 주는 일도 했어요."

"네빌 양은 몰리 씨와 오래 일했습니까?"

"3년이요. 믿을 만한 사람이고 우리 둘 다 아주 좋아했어요."

푸아로가 말했다.

"네빌 양은 친척이 아파서 결근을 했다는데, 몰리 씨한테 그 얘기를 들으셨나요?"

"네, 네빌 양의 친척 아주머니가 편찮으시다는 전보를 받았어요. 그래서 아침 일찍 기차를 타고 서머싯으로 갔었죠."

"그래서 몰리 씨가 그렇게 언짢아하셨나요?"

"네……에."

몰리 양의 대답에서 주저하는 기색이 희미하게 엿보였다. 아니 약간 허둥대고 있었다.

"그러니까 헨리를 냉혹하다고 하시면 안 돼요. 그저 잠깐 그렇게 생각했을 뿐이에요."

"네?"

"아! 그러니까 글래디스가 일부러 결근을 했을 수도 있다는 거지요. 하지만 제발 제 말을 곡해하지 말아 주세요. 저는 글래디스가 절대 그런 일을 할 리가 없다고 생각해요. 헨리에게도 그렇게 말했다고요. 하지만 글래디스가 어울리지 않는 청년과 약혼을 한 것은 사실이거든요. 그것 때문에 헨리가 안절부절 못했죠. 그리고 그 청년이 글래디스에게 결근을 하라고 꼬드긴 건 아닌가 하고 생각했던 거예요."

"그럴 수도 있을까요?"

"아뇨, 전 그럴 리가 없다고 생각해요. 글래디스는 아주 양심적인 아가씨예요."

"하지만 그 청년이 부추겼을 수도 있지 않습니까?"

몰리 양은 비웃는 투로 말했다.

"굳이 말하자면, 그럴 수도 있죠."

"그 젊은 친구는 뭘 하는 사람입니까? 그나저나 그 친구 이름이 뭡니까?"

"카터요, 프랭크 카터. 보험 회사 직원이에요, 아니 직원'이었'죠. 몇 주 전에 실직을 했는데 아직 다른 직장을 못 구한 것 같아요. 저도 전적으로 동감이지만요, 헨리 말로는 완전히 건달이래요. 사실은

글래디스가 그 사람에게 저축한 돈에서 얼마간을 빌려줬는데 헨리
는 그것 때문에 몹시 언짢아했어요."

재프가 날카롭게 물었다.

"몰리 씨가 네빌 양에게 파혼하라고 설득했나요?"

"네, 그랬어요, 맞아요."

"그럼 그 프랭크 카터는 몰리 씨를 아주 못마땅하게 생각했겠
군요."

몰리 양이 거칠게 말했다.

"지금 프랭크 카터가 헨리를 쏘았다는 얘기시라면……, 그건 말
도 안 돼요. 헨리가 글래디스에게 카터와 헤어지라고는 했지만, 글
래디스는 그 조언을 듣지 않았거든요. 바보처럼 프랭크에게 푹 빠
져서는."

"몰리 양이 생각하시기에, 몰리 씨에게 원한이 있었던 사람은 더
없나요?"

몰리 양은 고개를 가로저었다.

"동업자인 라일리 씨와는 잘 지냈습니까?"

몰리 양이 심술궂은 어조로 대답했다.

"아일랜드 사람과 사이좋게 지내길 바랄 수 있나요!"

"그게 무슨 말씀이십니까, 몰리 양?"

"그러니까, 아일랜드 사람들은 성질이 급해서 뭐든 법석을 떨어
야 직성이 풀리잖아요. 라일리 씨는 걸핏하면 정치 얘기로 논쟁을
벌였죠."

"그게 전부인가요?"

"그것뿐이에요. 라일리 씨는 여러 가지 면에서 만족스럽지 않았지만, 전공 분야에서는 정말 솜씨가 뛰어났대요. 헨리가 그렇게 말했어요."

재프가 붙고 늘어졌다.

"만족스럽지 않다니, 어떻게 말입니까?"

몰리 양은 약간 주저하다가 심술궂게 말했다.

"술을 너무 많이 마셔요……. 하지만 더 이상은 묻지 마세요."

"그 일로 그 사람과 헨리 사이에 무슨 문제는 없었나요?"

"헨리가 그 사람에게 한두 번 언질을 준 정도예요. 치과의사가 손을 떨면 안 되고, 또 술 냄새를 풍기면 신뢰가 떨어지니까요."

몰리 양은 설교를 하듯 덧붙였다.

재프는 수긍하는 뜻에서 고개를 까딱하고는 이어 말했다.

"혹시 몰리 씨의 재정 상태에 대해 말씀해주실 수 있나요?"

"헨리는 수입이 많아서 저축을 많이 했어요. 그리고 우리는 아버지가 남겨주신 유산에서 나오는 수입이 각자 약간씩 있어요."

재프는 가벼운 기침을 하며 중얼거렸다.

"혹시 몰리 씨가 유언을 남기셨나요?"

"네, 남겼어요. 내용이 뭔지도 알고 있죠. 글래디스 네빌에게도 100파운드를 남겨준다는. 그쪽으로 안 갔으면 전부 저한테 올 돈이고요."

"그렇군요. 지금은……."

그때 문을 쾅쾅 두드리는 소리가 들렸고, 이내 앨프리드의 얼굴이 보였다. 그는 눈을 부릅뜨고 두 방문객을 꼼꼼히 훑어보면서 고함을 질렀다.

"네빌 양이에요! 돌아오셨는데 걱정을 아주 많이 하고 계세요. 들어와도 괜찮은지 여쭤봐 달래요."

재프는 고개를 끄덕였다. 그러자 몰리 양이 말했다.

"들어오시라고 해, 앨프리드."

"알겠습니다."

앨프리드는 대답을 한 다음 이내 사라졌다. 몰리 양은 한숨을 내쉬며 또박또박 말했다.

"저 골칫덩이."

글래디스 네빌은 키가 크고 하얀 피부에 금발이고 약간 빈혈기가 있는 28세의 처녀였다. 그녀는 몹시 당황한 표정이었지만 이내 유능하고 총명한 모습으로 돌아왔다.

재프는 몰리 씨의 문서를 훑어본다는 구실로 몰리 양을 따돌리고 나서, 네빌 양을 수술실 옆에 딸린 작은 사무실로 데리고 들어갔다.

네빌 양이 두어 번 같은 말을 반복했다.

"정말 믿을 수가 없어요! 몰리 선생님이 그런 일을 저지르셨다는 게 믿어지지 않아요!"

또한, 그에게 걱정거리나 괴로워하는 기색이 전혀 없었다고 강조했다.

그러자 재프가 입을 열었다.

"네빌 양은 오늘 결근을 하셨던데……."

그녀가 그의 말을 가로막았다.

"네, 모든 것이 사악하고 노련한 장난 같아요! 사람이 어떻게 그런 지독한 일을 할 수가 있지요? 정말이지 상상이 안 돼요."

"그게 무슨 말씀이십니까, 네빌 양?"

"사실 아주머니께는 아무 문제가 없었어요. 물론 차도도 전혀 없긴 하셨지만요. 제가 갑자기 나타나자 영문을 몰라 하시더군요. 물론 저는 너무 다행이었지만 정말 미치는 줄 알았어요. 그런 전보를 보낸 것도 그렇고 저를 걱정하게 한 것도 그렇고 전부 다요."

"그 전보를 가지고 계십니까, 네빌 양?"

"기차역에서 버린 것 같아요. '어제 아주머니 뇌졸중. 즉시 와주기 바람.' 이렇게 적혀 있었어요."

"기억을 정확하게 하고 계시군요, 어쨌든……."

재프는 작은 소리로 점잖게 기침을 했다.

"네빌 양의 친구인 카터 씨가 전보를 보낸 게 아니었나요?"

"프랭크가요? 뭣 때문에요? 아! 알겠어요, 그러니까 우리 두 사람이 음모를 꾸몄단 말씀이신가요? 아뇨, 절대 아니에요, 경감님. 우린 그런 일을 할 위인들이 못 돼요."

그녀는 정말로 분개하는 것 같았으며 재프는 그녀를 달래느라 약간의 곤혹을 치렀다. 하지만 특별히 오늘 아침 환자들에 관한 대답을 요구하자 그녀는 다시금 유능한 원래의 모습으로 돌아갔다.

"이 기록부에 전부 다 있어요. 벌써 다 보신 것 같은데요. 대부분의 환자들은 제가 알아요. 10시는 솜스 부인, 틀니를 새로 하러 오신 거예요. 10시 30분에 그랜트 부인, 나이가 드신 부인인데 론데스 광장에 사시죠. 11시에는 무슈 에르퀼 푸아로, 정기적으로 오세요. 아, 바로 이분이세요……. 죄송해요, 무슈 푸아로. 정말 너무 가슴 아파요! 11시 30분에 앨리스테어 블런트 씨, 이분은 은행가이신데 이분과는 간단한 약속이에요. 몰리 선생님께서 지난번에 충전재를 준비해 두셨거든요. 그리고 세인즈버리 실 양, 이분은 급히 전화를 하셨어요. 치통이 심하다고해서 몰리 선생님이 특별히 시간을 내주 셨죠. 실 양은 정말 수다쟁이라 쉴 새 없이 떠드는데다 까다로워요. 그리고 12시엔 엠버라이어티스 씨예요. 새로 온 환자인데 사보이 호텔에서 예약을 했어요. 몰리 선생님은 외국인과 미국인 환자들이 많으세요. 그리고 12시 30분에 커비 양. 커비 양은 워딩(영국 남부 해안도시 — 옮긴이)에서 올라오시고요."

푸아로가 물었다.

"내가 여기 도착했을 때 키가 크고 군인 같은 신사가 있었는데, 그 사람은 누군가요?"

"라일리 선생님의 환자분일 거예요. 그분의 기록을 찾아서 보여드릴까요?"

"고맙습니다, 네빌 양."

그녀는 잠시 자리를 비웠다. 그리고 몰리 씨의 기록부와 비슷한 장부를 가지고 돌아왔다.

그녀가 큰소리로 읽었다.

"10시, 베티 히스, 아홉 살 소녀네요. 11시, 아버크롬비 대령."

"아버크롬비! 쎄 떼 싸(그거였어)!"

푸아로가 중얼거렸다.

"11시 30분, 하워드 레이크스 씨. 12시, 반스 씨. 이게 오늘 오전 환자들입니다. 물론 라일리 선생님은 몰리 선생님처럼 그렇게 빡빡하게 예약이 되어 있지 않으시죠."

"라일리 씨의 그 환자들에 관해 아무 말씀이라도 좀 해 주시겠습니까?"

"아버크롬비 대령은 오랜 단골이시고, 히스 부인의 자녀들도 라일리 선생님께 오셨어요. 레이크스 씨나 반스 씨에 대해선 말씀드릴 것이 없네요, 이름은 들어본 것 같긴 한데. 아시다시피 전화는 모두 제가 받으니까요……."

재프가 말했다.

"우리가 라일리 씨에게 직접 물어보지요. 가급적 빨리 만나보고 싶군요."

네빌 양이 밖으로 나가자 재프가 푸아로에게 말했다.

"엠버라이어티스만 빼곤 모두가 몰리 씨의 오래 된 환자들이군. 아무래도 엠버라이어티스 씨와의 대화가 몹시 흥미롭겠어. 몰리 씨가 살아 있는 마지막 모습을 본 사람이니까. 살아 있는 몰리 씨를 마지막으로 본 게 언제인지 확인을 해야겠어."

푸아로는 고개를 가로저으며 천천히 말했다.

"동기를 밝혀야 해."

"알고 있네. 그게 난제가 될 걸세. 경시청에 가면 엠버라이어티스에 관해 뭔가가 있을 거야."

재프가 날카롭게 말했다.

"푸아로, 자넨 생각이 많은 것 같군!"

"생각을 좀 하고 있었어."

"무슨 생각?"

푸아로는 희미하게 미소를 지으며 대답했다.

"왜 재프 경감일까?"

"뭐라고?"

"'왜 재프 경감일까?'라고 했네. 자네 지위 정도의 경관에게도 자살 사건을 맡기나?"

"사실은 우연히 그 시간에 내가 근처에 있었던 탓이라네. 위그모어 거리에 있는 래버넘에 말일세. 그러니까 말하자면 편법 시스템에 의한 결과이지. 거기서 이쪽으로 오라는 전화를 받았네."

"하지만 왜 굳이 자네한테 전화를 했을까?"

"아하, 그건 아주 간단해. 앨리스테어 블런트 때문이야. 앨리스테어 블런트가 오늘 아침 여기 왔었다는 소식을 듣자마자, 담당 경위가 경시청으로 왔더군. 블런트 씨는 요즘 우리가 신경 쓰고 있는 사람이거든."

"그럼 그자를 제거하고 싶어 하는 사람들이 있다는 뜻인가?"

"분명 있고말고. 우선 빨갱이들이 있고…… 또 블랙셔츠 당원들 (이탈리아의 국수 당원 ― 옮긴이)도 있지. 현 정부를 뒤에서 든든히

후원하고 있는 게 바로 블런트와 그의 당원들이거든. 든든하고 막강한 보수당의 자금줄. 그래서 오늘 아침 그 사람에게 불리한 수상쩍은 일이 조금이라도 있다면, 철저하게 수사를 하고 싶은 거네."

푸아로는 고개를 끄덕였다.

"대충 짐작은 했네. 나도 그런 느낌을 받았어."

그는 의미심장하게 두 손을 흔들었다.

"일이 얽혔군. 적절한 희생자는, 아니 희생자가 됐어야 하는 사람은 앨리스테어 블런트였는데. 아니면 겨우 시작에 불과한 것일까? 어떤 조직적인 행동의 시작? 냄새가 나…….. 냄새가 난단 말이야……."

그는 허공에 대고 코를 킁킁거렸다.

"이 일 뒤에 분명 큰 돈이 얽혀 있어!"

재프가 말했다.

"상상력도 풍부하셔라."

"쓰 뽀브흐(불쌍한 녀석) 몰리는 이 게임에서 졸(卒)에 불과했다고 생각해. 아마 그 친구가 뭔가를 알고 있었을지 몰라. 블런트에게 그걸 말했을 수도 있고, 아니면 몰리가 블런트에게 누설할지도 모른다는 경계를 받았을 수도 있어……."

글래디스 네빌 양이 안으로 들어오자 푸아로는 입을 다물었다.

"라일리 선생님은 발치 환자 때문에 지금 바쁘세요. 특별히 문제가 없다면 10분 후에 시간이 나실 텐데, 괜찮으세요?"

제프는 좋다고 했다. 그리고 기다리는 동안 급사인 앨프리드와 다시 얘기를 해 보겠다고 청했다.

앨프리드는 불안한 반면 즐겁기도 했지만 그동안 일어났던 모든 일로 인해 꾸지람을 들을지도 모른다는 병적인 두려움에 시달렸다. 그는 몰리 씨의 치과에서 일한 지 겨우 2주일이 되었으며, 그 2주간 시종일관 저지른 온갖 실수들로 인한 끊임없는 잔소리에 풀이 꺾여 있었다.

"선생님은 평소보다 약간 더 화를 내셨어요."

앨프리드가 대답하기 시작했다.

"그 밖에는 기억나는 게 없어요. 선생님이 자살을 하시리라곤 꿈에도 생각 못했어요."

푸아로가 끼어들었다.

"오늘 아침에 있었던 일 중 기억나는 것은 모두 말해야 한다. 너는 아주 중요한 증인이고 네 기억은 우리한테 매우 도움이 될 거야."

앨프리드의 얼굴은 빨갛게 물들었으며 가슴은 부풀어 올랐다. 재프 경감에게는 이미 아침에 있었던 일을 간략하게 말한 상태였다. 이젠 마음껏 떠들어도 좋을 것 같았다. 그는 뿌듯한 우쭐함에 사로잡혔다.

"다 말씀드릴게요, 뭐든 묻기만 하세요."

그가 말했다.

"그럼 먼저 오늘 아침에 특별히 이상한 일은 없었니?"

앨프리드는 잠깐 생각하다가 이내 시무룩한 어조로 말했다.

"없었던 것 같아요. 그냥 평소와 똑같았어요."

"낯선 사람이 찾아오진 않았어?"

"아뇨."

"환자들 중에도 없었어?"

"환자늘이라니 무슨 말씀이신지. 예약을 하지 않은 사람은 아무도 없었는데, 혹시 그런 뜻이었나요? 환자들은 모두 다 예약 장부에 있는 분들이었어요."

재프는 고개를 끄덕였다. 푸아로가 물었다.

"누군가 밖에서 들어올 수는 없었을까?"

"없어요, 그럴 수가 없어요. 열쇠가 없으면 못 들어와요."

"하지만 치과 밖으로 나가기는 아주 쉽지?"

"아, 네. 손잡이를 돌리고 밖으로 나가서 문을 당겨 닫기만 하면 되요. 손님들에게도 늘 그렇게 말씀드려요. 제가 다음 환자를 모시고 엘리베이터를 타고 올라가는 도중에 손님들이 계단으로 내려가는 경우도 종종 있고 해서요."

"그렇구나. 자, 그럼 오늘 아침에 누가 제일 먼저 왔는지, 또 그 밖의 얘기를 좀 해보렴. 이름이 생각나지 않으면 인상착의를 설명해."

앨프리드는 잠시 생각에 잠겼다가 말했다.

"꼬마 여자애를 데리고 온 숙녀분은 라일리 선생님의 환자였고, 숩 부인인가 뭐 그런 이름의 부인이 몰리 선생님 환자로 오셨어요."

푸아로가 말했다.

"그래 좋아, 계속해."

"그 다음에 상류층처럼 보이는 나이든 숙녀분이 다임러(고급 승용차 — 옮긴이)를 타고 오셨어요. 그 숙녀분이 나가시자, 군인처럼 생긴 신사분이 오셨고요. 그리고 그 다음에 바로 선생님이 오셨죠."

앨프리드는 푸아로에게 고개를 끄덕여보였다.

"그랬지."

"그 다음에 미국인 신사분이 오셨어요……."

재프가 날카롭게 물었다.

"미국인?"

"네, 젊은 신사요. 완전히 미국인이었어요. 목소리를 들으면 알 수 있거든요. 그런데 일찍 왔어요, 원래는 11시 30분에 예약이 되어 있었는데……. 게다가 그 진료 시간조차 지키지 않았어요."

재프가 민첩하게 물었다.

"그게 무슨 소리냐?"

"그 사람이 아니라 라일리 선생님이 11시 30분에 버저를 누르셔서 제가 그 사람을 부르러 들어갔는데, 사실은 시간이 약간 지나서 11시 40분쯤이었을 거예요. 그런데 그 사람이 없더라고요. 보나마나 겁이 나서 가 버린 거죠!"

앨프리드는 총명한 표정으로 덧붙였다.

"환자들이 가끔 그래요."

푸아로가 말했다.

"그럼 그 사람은 내가 나간 직후에 가 버린 거였겠구나?"

"맞아요. 선생님이 가신 것은 롤스로이스를 타고 온 신사를 제가 모시고 올라간 다음이었어요. 거참, 무지하게 멋진 차였는데. 11시 30분에 오신 블런트 씨 말예요. 그리고 제가 밑으로 내려와서 선생님을 배웅하는데 한 숙녀분이 들어오셨어요. 무슨 베리 실 양인가 하는 분이셨죠. 그 다음에 저는 사실 간식을 먹기 위해 급히 부엌으로 내려갔는데 제가 부엌에 있을 때 버저가 울렸어요……. 라일리 선생님의 부저요. 그래서 다시 올라왔더니만 말씀드렸다시피 그 미국인이 도망을 쳤어요. 제가 라일리 선생님께 가서 말씀을 드렸더니 선생님은 약간 욕을 하셨어요. 원래 그러시거든요."

푸아로가 말했다.

"그 다음엔?"

"가만있자, 그 다음엔 무슨 일이 있었더라? 아, 네, 몰리 선생님의 버저가 울렸어요. 실 양 순서였지요. 그 부자 숙녀분이 내려와서 가실 때 저는 다른 여자분을 모시고 엘리베이터를 타고 있었어요. 다시 내려와 보니까 신사 두 분이 와 계셨고요. 한 사람은 키가 작고 목소리가 아주 귀에 거슬렸는데, 이름은 기억이 안 나요. 라일리 선생님 환자였어요. 그리고 뚱뚱한 외국인 신사가 몰리 선생님 환자로 왔어요.

실 양은 오래 걸리지 않았어요. 15분을 넘지 않았으니까요. 그분을 배웅하고 나서 그 외국인을 모시고 올라갔어요. 그 직전엔 다른 신사분을 라일리 선생님께 막 모시고 들어 갔었고요."

재프가 말했다.

"그럼 엠버라이어티스 씨가 나가는 건 못 봤니? 그 외국인 말이다."

"네, 못 본 것 같아요. 혼자 나갔을 거예요. 그 두 신사분이 나가는 건 못 봤어요."

"12시 이후에는 어디에 있었니?"

"저는 항상 엘리베이터 안에 앉아 있어요. 현관문 벨이 울리거나 버저가 울리기를 기다리면서요."

푸아로가 말했다.

"혹시 책을 읽고 있진 않았니?"

앨프리드는 다시금 얼굴을 붉혔다.

"책을 읽는다고 일에 지장은 없어요. 게다가 그것 말고 할 수 있는 게 없는 것 같아서요."

"그렇겠구나. 그래 뭘 읽고 있었니?"

"『11시 45분의 죽음』요. 미국 추리 소설이에요. 아주 재미있어요. 정말 흥미로워요! 처음부터 끝까지 총잡이에 관한 얘기예요."

푸아로는 희미하게 미소를 지으며 말했다.

"네가 있던 곳에서 현관문이 닫히는 소리를 들을 수 있니?"

"누가 나가는 소리요? 안 들릴 걸요. 그러니까 누가 나가도 제가 알 수가 없어요! 보시다시피 엘리베이터는 복도 끝에서 오른쪽에, 게다가 약간 모퉁이를 돌아서 있잖아요. 하지만 벨은 엘리베이터 바로 뒤에서 울려요. 버저도요. 그래서 벨과 버저 소리는 도저히 못 들을 수가 없어요."

푸아로는 고개를 끄덕였고 재프는 재차 물었다.

"그 다음에는 어떻게 됐지?"

앨프리드는 기억을 더듬느라 눈살을 찌푸렸다.

"마지막에 숙녀분인 셔티 양이 기다리고 있었어요. 저는 몰리 선생님이 버저를 누르기를 기다렸지만 아무 소리도 들리지 않았고 그래서 1시 예약 시간을 기다리고 있던 그 숙녀분이 화가 나서 그냥 가셨어요."

"미리 올라가서 몰리 씨가 준비가 다 되었는지 알아볼 생각은 못 했니?"

앨프리드는 아주 단호하게 고개를 가로저었다.

"그런 생각은 못 했어요, 꿈에도요. 왜냐하면 마지막 신사분이 아직 위층에 계신 줄 알았으니까요. 그래서 버저가 울리기만 기다렸어요. 물론 몰리 선생님이 자살을 하신 걸 알았더라면……."

앨프리드는 음울한 표정으로 고개를 가로저었다.

푸아로가 물었다.

"대개 앞의 환자가 내려가기 전에 버저가 울리니, 아니면 후에 울리니?"

"경우에 따라 달라요. 대개는 환자가 계단을 내려오고 나면 버저가 울려요. 만약에 환자가 엘리베이터 벨을 누르면 제가 환자들을 태우고 엘리베이터를 내려가는 동안에 버저가 울리기도 해요. 하지만 정해져 있진 않아요. 가끔 몰리 선생님은 몇 분 정도 있다가 버저를 누르기도 하세요. 만약에 선생님이 바쁘시면 환자가 방을 나가자마자 누르시기도 하고요."

"그렇군……."

푸아로는 잠시 멈추었다가 다시 덧붙였다.

"몰리 씨가 자살한 걸 보고 많이 놀랐니, 앨프리드?"

"정말 깜짝 놀랐어요. 제가 알기론 선생님은 자살을 하실 만한 이유가 없으세요……. 아!"

앨프리드의 눈동자가 동그랗게 커졌다.

"저…… 사실은 살해당하신거죠, 그렇죠?"

푸아로는 재프가 미처 말할 겨를도 없이 끼어들었다.

"살해당했다고 한다면, 덜 놀랄 것 같니?"

"글쎄요, 잘 모르겠어요. 정말이에요. 몰리 선생님을 죽이고 싶어 할 사람이 누가 있을까요. 선생님은…… 정말 아주 평범한 분이신데. 정말로 살해당하신 건가요?"

푸아로는 심각한 목소리로 말했다.

"모든 가능성을 따져봐야지. 그래서 네가 아주 중요한 증인이라고 한 거야. 네가 오늘 아침 있었던 모든 일을 기억해 내는 게 중요하다."

푸아로는 힘을 주어 말을 했고 앨프리드는 애써 기억을 떠올리려고 인상을 썼다.

"그 이상은 생각이 안 나요, 선생님. 정말이에요."

앨프리드의 어조는 애처로웠다.

"그래 됐다, 앨프리드. 그럼 오늘 아침에 환자들 말고 들어온 사람이 없다는 게 확실한 거지?"

"낯선 사람은 없었어요. 네빌 양의 약혼자가 왔었는데……, 안타깝게도 네빌 양을 못 만났어요."

재프가 날카롭게 물었다.

"그게 몇 시였지?"

"12시 조금 넘어서요. 오늘은 네빌 양이 안 계시다고 하자, 몹시 난처해하더니 기다렸다가 몰리 선생님을 만나겠다고 했어요. 몰리 선생님은 점심 시간까지 바쁘시다고 했지만, '괜찮아, 기다릴게.'라고 말했어요."

푸아로가 물었다.

"그래서 기다렸어?"

앨프리드의 눈가에 놀란 표정이 떠올랐다. 앨프리드가 말했다.

"아……, 정말 꿈에도 생각 못 했어요! 그 사람은 대기실로 들어갔는데, 나중에 보니 그곳에 없었어요. 기다리는 것이 지겨워서 다음에 다시 오려고 했나 봐요."


앨프리드가 방에서 나가자, 재프는 날카로운 어조로 말했다.

"저 애한테 살인 얘기를 꺼내는 것이 현명하다고 생각하나?"

푸아로는 어깨를 으쓱했다.

"현명하지 않을 것도 없지……. 그럼 저 애가 보고 들은 모든 암시적인 것이 자극을 받아 다시 생각날 수도 있고, 또 여기서 일어나는 모든 일에 신경을 곤두세울 것 아닌가."

"그렇다고 소문이 너무 빨리 퍼지는 것도 우리가 원하는 일이 아닐세."

"몽 셰르(친구), 그렇지 않을 걸세. 앨프리드는 탐정 소설을 많이 읽는데, 특히 범죄 소설에 홀딱 빠져 있어. 앨프리드가 무심코 누설하는 말은 뭐든 녀석의 상상력에서 나온 줄 알 텐데 뭘 그래."

"글쎄, 자네 말이 맞을 지도 모르겠군, 푸아로. 이제 라일리가 무슨 말을 하는지 들어보세."

라일리 씨의 진찰실과 사무실은 2층에 있었다. 2층에 있는만큼 널찍했지만 조명이 약간 어두웠으며 시설도 그다지 화려하지 않았다.

라일리 씨는 키가 크고 까무잡잡한 젊은 의사였으며, 머리카락이 아무렇게나 이마에 내려와 있었지만 매력적인 목소리와 예리한 눈매의 소유자였다.

"라일리 씨, 저희는 선생께서 이 문제에 어떤 단서를 주실 수 있으리라 기대하고 있습니다."

자신을 소개한 다음 재프가 말했다.

"그렇다면 잘못 짚으셨습니다. 가능하지 않은 일이네요."

라일리 씨가 대답했다.

"다만 헨리 몰리 이후로는 스스로 목숨을 끊는 사람이 더 없을 겁니다. 그가 죽지 않았더라면 제가 자살을 했을 텐데 말입니다."

"어째서 그런 말씀을 하시는 겁니까?"

푸아로가 물었다.

"전 정말 걱정이 태산이니까요."

라일리가 대답했다.

"무엇보다, 돈 문제지요! 저는 아직까지 수입보다 지출이 많습니다. 하지만 몰리는 아주 신중한 사람이었어요. 빚도 없고 다른 돈 문제도 없다는 것을 확인하실 수 있을 겁니다. 그건 확실해요."

"애정 문제는요?"

재프가 물었다.

"몰리가요? 몰리는 사는 재미라곤 눈곱만큼도 없는 사람이에요! 누이의 손아귀에 쥐여 살았으니까요, 가엾은 사람!"

재프는 라일리에게 아침에 만났던 환자들에 관해 자세히 물었다.

"모두들 솔직하고 숨길 게 없는 사람들이에요. 꼬마 베티 히스는 아주 착한 아이고, 그 가족들도 모두 제게 치료를 받았지요. 아버크롬비 대령 역시 오래된 단골이고요."

"하워드 레이크스 씨는 어떻습니까?"

재프가 물었다.

라일리는 이를 드러내며 환하게 웃었다.

"미리 가 버린 환자요? 처음 온 환자예요. 그 환자에 대해서는 아는 것이 없어요. 오늘 아침에 전화를 해서 특별히 예약을 해 달라고 하더군요."

"어디서 전화를 했습니까?"

"홀본 팰리스 호텔에서요. 미국인인 것 같던데."

"앨프리드도 그렇게 말하더군요."

"앨프리드가 알 겁니다. 우리 앨프리드는 영화 팬이니까요."

라일리가 말했다.

"그럼 다른 환자는요?"

"반스요? 작달막한 사람인데 아주 재미있고 꼼꼼합니다. 원래 공무원이었는데 지금은 퇴직해서 일링 가에 살고 있어요."

재프는 잠깐 멈추었다가 다시 물었다.

"네빌 양에 대해선 어떻게 생각하시나요?"

라일리 씨는 눈썹을 치켜 올렸다.

"오, 아름다운 금발의 아가씨 말인가요? 글쎄요, 늙은 몰리와 네빌의 관계는 밋밋하기 그지없었죠. 물어보나 마나예요."

"그런 뜻이 아니었는데."

재프는 약간 얼굴을 붉히며 말했다.

"제 실수군요. 죄송합니다, 제가 좀 속물스러워서요. 셰르셰 라 팜므……, 즉 '사건 뒤에 여자가 있다'는 식인 줄 알고 그만."

라일리는 푸아로에게 덧붙였다.

"불어를 써서 죄송합니다. 그런데 발음 좋지 않습니까? 이래봬도 수녀님들에게 받은 교육입니다."

재프는 그런 경박함이 못마땅했다. 푸아로가 물었다.

"네빌 양의 약혼자 청년에 대해 알고 계신 거라도 있으신가요? 이름이 카터라고 하던데, 프랭크 카터."

"몰리는 그 청년을 좋지 않게 생각했어요. 네빌 양과 헤어지게 하려고 애썼지요."

라일리가 말했다.

"그게 카터를 자극했을 수도 있었겠네요?"

"아마 몹시 불쾌했겠죠."

라일리는 기분 좋게 맞장구를 쳤다.

그리고 잠시 숨을 돌린 후에 덧붙였다.

"죄송합니다만, 지금 조사하고 계신 것이 살인 사건이 아니라 자실인가요?"

재프가 민첩하게 물었다.

"만약 살인 사건이라면, 하고 싶은 말씀이 있으신가요?"

"저는 범인이 아닙니다. 조지나라면 모를까! 극기심이 강한 엄격한 여자니까요. 하지만 정직한 건 사실입니다. 물론 제가 황급히 위층으로 올라가 늙은 몰리를 쏠 수도 있었겠지만, 절대 아닙니다. 사실 몰리를 죽이고 싶어 하는 사람이 있다는 것은 상상이 안 됩니다. 몰리가 스스로 목숨을 끊었다는 것도 마찬가지고요."

라일리는 목소리를 바꾸며 덧붙였다.

"정말 안타깝게 생각해요……. 제 태도를 보고 판단하시면 안 됩니다. 아시죠, 그저 불안해서 그러는 겁니다. 늙은 몰리를 너무 좋아했기 때문에 보고 싶을 것 같아요."

재프는 수화기를 내려놓았다. 푸아로를 향해 돌아서는 그의 얼굴이 몹시 험상궂었다.

재프가 말했다.

"엠버라이어티스 씨 기분이 썩 좋지 않아……. 오늘 오후에는 아무도 만나지 않겠다는군. 나를 만나기로 했는데……. 나를 따돌리진 못할걸! 혹시 도주할지 몰라 사보이 호텔에 미행할 사람을 심어 놨네."

푸아로는 생각에 잠긴 표정으로 말했다.

"자네는 엠버라이어티스가 몰리를 쐈다고 생각하나?"

"모르겠어. 하지만 죽기 전에 몰리를 마지막으로 본 것이 그 사람 이잖아. 게다가 새로 온 환자였고. 그 친구 말로는 12시 25분에 몰리가 멀쩡한 걸 보고 나왔다고 하더군. 사실일 수도 있고 아닐 수도 있지. 만약 그 시각에 몰리가 멀쩡했다면, 그 다음에 무슨 일이 있었는지 다시 생각해 봐야해. 다음 예약 시간까지 5분 정도 시간이 남아 있었어. 그 5분 동안 누군가 들어와서 그를 만나진 않았을까? 카터? 아니면 라일리? 도대체 무슨 일이 있었을까? 시간이 중요한 변수이긴 한데, 몰리는 12시 30분, 늦어도 12시 35분에는 사망했어……. 그렇지 않았다면 버저를 눌렀거나 전갈을 보내 커비 양에게 진료를 할 수 없다는 말을 전했겠지. 살해된 것이 아니라면, 누군가가 그에게 몹시 마음 상하는 말을 해서, 그 때문에 자살을 한 거고."

그는 잠시 숨을 돌렸다.

"오늘 아침 그가 진료한 환자들과 얘기를 해 볼 참이야. 그들 중 누군가에게 무슨 말을 했을 수도 있고 그것이 정확한 단서를 제공할지도 모르니까."

그는 손목시계를 흘끗 들여다보았다.

"앨리스테어 블런트 씨가 4시 15분에 잠깐 시간을 내주겠다고 했어. 먼저 그 사람한테 가 보자고. 집이 첼시 강둑 쪽이야. 그러고 나서 엠버라이어티스한테 가는 길에 세인즈버리 실이란 여자를 만나 보세. 그리스 친구에게 태클을 걸기 전에 먼저 우리가 캐낼 수 있는 모든 것을 알고 싶어. 그 다음에 자네가 '살인범'같이 생겼다고 했넌 그 미국인과 얘기를 해 보고 싶은데."

에르퀼 푸아로는 고개를 가로저었다.

"살인범같이 생긴 것이 아니라 치통 때문이었다니까."

"어쨌든 레이크스 씨를 만나세. 대충 짐작으로 헤아리기엔 그의 행동이 너무 수상쩍어서 말이야. 그리고 네빌 양의 전보와 그녀의 아주머니, 또 약혼자도 체크해 봄세. 그래, 모든 것과 모든 사람을 일일이 다 확인해야지!"


앨리스테어 블런트는 일반 대중의 눈에 띈 적이 한 번도 없었다. 아마도 매우 조용하고 내향적인 사람일 것이다. 게다가 수 년 동안 왕이 아니라 여왕의 부군으로 활동했기 때문이리라.

원래 처녀 적 이름이 안홀트였던 레베카 산세베라토가 런던에 도착했다. 세상에 환멸을 느긴 마흔 다섯의 여자였다. 친가와 외가 모두가 부유한 왕족 출신이었다. 어머니는 로더스타인 유럽 가문의 상속인이었고, 아버지는 안홀트 미국 은행의 행장이었다. 불행한 죽음을 맞은 두 오빠에 이어 비행기 사고로 죽은 사촌으로 인해 레베카 안홀트는 거대한 재산의 유일한 상속인이 되었다. 그녀는 유명한 유럽 귀족인 펠리페 디 산세베라토 왕자와 결혼을 했다. 좋은 가문에서 자랐음에도 행실은 악명 높은 건달과의 2년에 걸친 불행한 결혼 생활 끝에, 3년 후 마침내 이혼하고 아이의 양육권을 얻어냈다. 몇 년 뒤 아이는 죽고 말았다.

고통에 마음이 상할 대로 상한 레베카 안홀트는 뛰어난 머리로 사업에 눈을 돌렸다. 사업 수완은 타고난 것이었다. 그녀는 아버지와 공동으로 은행 사업에 뛰어들었다.

아버지가 죽고 난 뒤에도 그녀는 여전히 막대한 재산을 가지고 금융 세계에서 막강한 인물이 되었다. 그리고 런던으로 왔고 런던 은행의 한 젊은 동업자가 여러 가지 서류를 들고 그녀를 만나기 위해 클래리지로 찾아왔다. 6개월 뒤, 레베카 산세베라토와 앨리스테어 블런트가 결혼한다는 소식에 전 세계가 흥분했다. 앨리스테어 블런트는 그녀보다 거의 스무 살이나 젊은 청년이었다.

물론 조롱도 있었고 냉소도 있었다. 레베카는 남자에 관한 한 구제불능의 바보라고 그녀의 친구들은 걱정했다. 첫 번째 조롱의 대상은 산세베라토였고, 다음은 이 젊은 남자였다. 말할 것도 없이 그는 오로지 돈 때문에 그녀와 결혼하는 것이었으며, 그녀는 두 번째 재앙을 맞이하고 있었다! 하지만 모든 사람의 놀라움에도 불구하고 결혼 생활은 성공적이었다. 앨리스테어 블런트가 그녀의 돈을 다른 여자들을 위해 탕진할 거라고 걱정했던 사람들의 예언이 빗나간 것이다. 그는 조용히 아내에게 헌신했다. 심지어 10년 뒤 아내가 죽은 다음, 그는 그녀의 막대한 유산 상속자로서 모든 관계를 끊고 도망갈지도 모른다는 추측이 난무했지만, 막상 그는 재혼하지 않았다.

그는 여전히 조용하고 검소한 삶을 살았다. 돈에 관한 그의 특별한 재능은 그의 부인에 못지않았다. 그의 판단과 거래는 완벽했고 그의 청렴결백함은 모든 의심을 초월했다. 그는 뛰어난 능력으로 안홀트 가문과 로더스타인 가문의 막대한 물권을 지배했다.

그는 사교계에는 거의 출입하지 않았으며 켄트와 노포크에 각각 집을 한 채씩 갖고 그곳에서 흥겨운 파티가 아닌 조용하고 촌스러운 친구들과의 주말을 보냈다. 그는 골프를 몹시 좋아했으며 또 적당히 잘 쳤다. 그리고 정원에 관심이 많았다.

재프 경감과 에르퀼 푸아로가 낡은 택시를 타고 흔들리며 찾아간 이는 바로 그런 사람이었다.

고딕 양식의 저택은 첼시 강둑에서 유명한 곳이었다. 집 안은 값비싸면서도 단순한 장식들로 화려했다. 그다지 현대적이진 않아도 지극히 편안했다.

앨리스테어 블런트는 그들을 기다리게 하지 않고 즉시 맞이했다.

"재프 경감님?"

재프는 앞으로 나아가 에르퀼 푸아로를 소개했다. 블런트는 흥미롭게 그를 쳐다보았다.

"물론 성함을 들어서 알고 있습니다, 푸아로 씨. 그것도 아주 최근에, 어디였더라……."

그는 눈살을 찌푸리며 잠시 생각했다.

푸아로가 말했다.

"무슈, 오늘 아침에 쓰 뽀브흐(가엾은) 몰리 씨의 대기실에서요."

앨리스테어 블런트의 표정이 환해지며 말했다.

"맞아요, 어디선가 만난 건 알았는데."

그는 재프를 돌아보았다.

"제가 뭘 도와드릴까요? 가엾은 몰리 선생에 관한 소식을 듣고 정말 마음이 안 좋았습니다."

"놀라셨습니까, 블런트 씨?"

"많이 놀랐습니다. 물론 그분에 관해선 아는 것이 거의 없지만 자살을 할 사람 같진 않았는데."

"오늘 아침에 몰리 씨가 몸도 건강하고 기분도 좋아 보이던가요?"

"그랬던 것 같아요……. 네, 그랬어요."

앨리스테어 블런트는 잠시 숨을 돌렸다가 다시 덧붙였다.

"솔직히 말씀드리자면, 저는 치과에 가는 것을 정말 겁내는 사람입니다. 또 그 무시무시한 드릴 같은 것이 입 안에서 돌아가는 것이 얼마나 싫은지요. 그래서 나머지 다른 것은 사실 눈에 잘 들어오지 않았습니다. 치료가 끝나기 전까지는 그렇지요. 끝나고는 가려고 일어나기 바쁘고요. 몰리 씨는 지극히 자연스럽게 보였는데요, 기분도 좋고 또 바쁘고."

"몰리 씨를 자주 보셨습니까?"

"이번이 세 번째인가 네 번째인 것 같아요. 작년까지는 치아에 이상이 전혀 없었는데, 이제 약해지고 있나 봅니다."

에르퀼 푸아로가 물었다.

"원래 누구한테 소개를 받으셨습니까?"

블런트는 눈살을 찡그리며 기억을 더듬으려 애썼다.

"어디 봅시다……. 사실은 쿡쿡 쑤시는 치통이 있었는데, 누군가 퀸 샬럿 가의 몰리를 찾아가 보라고 했었고…… 누군지 통 기억이 안 나는군요. 죄송합니다."

푸아로가 물었다.

"혹시 기억이 나시면, 저희에게 좀 알려주시겠습니까?"

앨리스 블런트는 호기심 어린 표정으로 푸아로를 쳐다보았다. 그리고는 물었다.

"물론입니다……. 그런데 왜 그러시죠? 그게 중요합니까?"

"아주 중요할 것 같습니다."

푸아로가 말했다.

재프와 푸아로가 저택의 계단을 내려가고 있을 때 자동차 한 대가 집 앞에서 멈추어 섰다. 스포츠카였다. 운전대 밑에서 몸부림을 치며 사지를 빼내야 할 것 같은 그런 자동차였다.

젊은 여자는 예상대로 움직이며, 주로 팔과 다리가 두드러져 보였다. 두 사람이 거리로 나서기 위해 방향을 틀었을 때 그녀가 마침내 자동차에서 내렸다.

여자는 두 사람을 살피며 보도에 서 있다가 갑자기 활기찬 목소리로 고함을 질렀다.

"안녕하세요!"

두 사람은 그것이 자신들에게 던지는 인사말이라는 것을 깨닫지 못하고 아무도 뒤를 돌아보지 않았다. 그러자 여자가 다시 한 번 인사를 했다.

"안녕하세요! 안녕하세요! 거기 두 분!"

두 사람은 걸음을 멈추고 미심쩍은 표정으로 뒤를 돌아다보았다. 여자는 그들을 향해 걸어왔다. 팔과 다리에 대한 인상은 여전했다. 키가 크고 날씬했으며, 얼굴은 지성미와 생기가 넘쳤고 그 덕분에 별로 예쁘지 않은 얼굴을 만회해 주고 있었다. 햇볕에 짙게 그을린 피부가 까무잡잡했다.

그녀는 푸아로에게 말을 걸었다.

"전 그쪽 선생님이 누구신지 알아요……. 탐정이시죠, 에르퀼 푸아로 탐정!"

미국인 억양이 묻어나는 그녀의 목소리는 부드러우면서도 깊었다.

푸아로가 말했다.

"제가 뭐 도울 일이라도, 마드무아젤."

그녀의 눈길이 푸아로의 곁에 있는 재프에게 옮겨졌다.

푸아로가 말했다.

"재프 경감이십니다."

그녀의 눈이 휘둥그레졌다. 심히 놀란 듯 했다. 그녀는 약간 숨가쁜 목소리로 말했다.

"여긴 무슨 일로 오셨어요? 설마 앨리스테어 이모부에게 무슨 일이 있는 건 아니죠?"

푸아로가 얼른 대답했다.

"왜 그런 생각을 하십니까, 마드무아젤?"

"별일 없나요? 아, 다행이다."

재프가 푸아로의 질문에 이어 물었다.

"왜 블런트 씨에게 무슨 일이 생겼을 거라고 생각하시나요? 미스……?"

재프는 미심쩍은 듯 말을 멈추었다.

여자는 기계적으로 대답했다.

"올리베라, 제인 올리베라예요."

그러곤 가볍게 억지웃음을 터뜨렸다.

"현관에 형사들이 있으면 자연스럽게 다락방에 폭탄 같은 것을 떠올리지 않나요?"

"다행히도 블런트 씨는 별일 없으십니다, 올리베라 양."

그녀는 푸아로를 정면으로 마주보았다.

"이모부께서 무슨 일로 경감님께 전화를 하셨나요?"

재프가 말했다.

"저희가 전화를 드린 겁니다, 올리베라 양. 혹시 오늘 아침에 있었던 자살 사건에 대해 어떤 단서를 주실까 해서요."

그녀가 날카롭게 물었다.

"자살요? 누가요? 어디서요?"

"몰리 씨. 치과의사예요, 퀸 샬럿 가 58번지의."

"어머!"

제인 올리베라는 아연실색했다.

"이런!"

그녀는 연신 깜짝 놀라며 눈살을 찌푸리다가 불쑥 내뱉었다.

"아, 말도 안 돼!"

그녀는 인사도 없이 느닷없이 돌아서서 고딕 양식의 저택 계단을 뛰어 올라서는 열쇠로 문을 열고 안으로 들어갔다.

"저런! 심상치 않은 말이군."

재프는 그녀를 바라보며 말했다.

"흥미로워."

푸아로가 조심스럽게 말했다.

재프는 정신을 차리고 흘끗 시계를 들여다보았다. 그리고는 다가오는 택시를 불러 세웠다.

"사보이 호텔로 가는 길에 세인즈버리 실을 태우면 되겠네."


세인즈버리 실 양은 글렌가우리 코트 호텔 로비에서 희미한 불빛 아래 홍차를 마시고 있었다.

그녀는 사복 차림 경관의 출현에 몹시 당황했다. 하지만 즐거운 흥분인 것 같았다. 푸아로는 안타깝게도 아직 그녀가 구두 버클을 꿰매지 않은 것을 깨달았다.

세인즈버리 실은 주변을 흘끗 돌아보며 피리 같은 목소리로 말했다.

"어머나, 경감님. 어디로 가야 조용히 얘기를 할 수 있을지 모르겠네……. 너무 어려워요, 하필 티타임이라서……. 경감님, 차 한 잔

드시지요, 같이 오신 친구분도……."

"저는 괜찮습니다, 마담. 이쪽은 무슈 에르퀼 푸아로입니다."

재프가 말했다.

"정말요?"

세인즈버리 실이 말했다.

"그럼 두 분 다 차는 안 드세요? 아, 그럼 응접실로 가죠. 아주 복잡하긴 하지만요……. 참, 거기 구석진 곳이 한 군데 있어요. 사람들이 막 나가려는 참이네요. 저쪽으로 가시죠."

그녀는 응접실에 이어진 골방 안, 비교적 한적한 곳에 놓인 소파와 의자 두 개가 있는 쪽으로 먼저 걸어갔다. 푸아로와 재프는 그녀의 뒤를 따랐다. 푸아로는 세인즈버리 실 양이 도중에 흘린 스카프와 손수건을 집어 들었다.

그는 그녀에게 스카프와 손수건을 돌려주었다.

"어머, 고마워요……. 내가 이렇다니까. 자, 경위님, 아니 경감님이시죠? 이제 뭐든 물어보세요. 모든 게 너무 애처로워요, 가엾은 사람……. 그 선생님이 무슨 걱정이라도 있었나 봐요? 하긴 사는 게 다 걱정이지!"

"무슨 걱정이 있어 보였습니까, 세인즈버리 실 양?"

"글쎄요……."

세인즈버리 실 양은 잠시 생각하다가, 이윽고 마지못해 입을 열었다.

"그런 것 같지는 않았어요! 그렇지만 내가 눈치를 못 챘을 수도 있지요……. 그런 상황에서는 특히. 나는 정말 겁쟁이인가 봐요."

세인즈버리 실 양은 킥킥대고 웃으면서 새둥지 같은 자신의 곱슬
머리를 토닥거렸다.

"치과에 가셨을 때 대기실에 다른 사람은 없었습니까?"

"가만 있자……. 그래, 내가 들어갔을 때 한 청년이 있었어요. 험
악해 보이는 얼굴로 혼자 중얼거리기도 하고 또 잡지책을 뒤적이기
도 해서 어디가 아픈가 보다고 생각했죠. 그런데 갑자기 벌떡 일어
나 가던데요, 치통을 참을 수 없었는지."

"그 청년이 진료실을 다녀와서 치과를 나갔는지는 모르시지요?"

"그건 모르겠어요. 그냥 더 기다릴 수가 없이 당장 의사를 만나야
할 사람처럼 보였어요. 한데 그 청년이 만나려던 사람이 몰리 씨가
아니었을 수도 있어요. 왜냐하면 몇 분 있다가 급사가 들어와서 저
를 몰리 씨에게 데리고 갔으니까요."

"나오실 때 대기실을 다시 들르셨나요?"

"아뇨, 몰리 씨 방에서 이미 모자도 썼고 머리도 올렸기 때문에
그럴 필요가 없었어요."

세인즈버리 실 양은 덧붙였다.

"어떤 사람들은, 아래층 대기실에서 모자를 벗지만 나는 절대 그
러질 않아요. 내 친구 하나가 하도 황당한 일을 당했거든요. 그러니
까 아주 새 모자였는데 그 모자를 의자에 조심스럽게 벗어놓고 나
중에 내려와 보니, 세상에 맙소사, 어떤 꼬마가 그 모자를 깔고 앉아
서 완전히 뭉개놨더랍니다. 망가진 거죠, 완전히 말예요!"

"속수무책이었겠군요."

푸아로가 공손하게 말했다.

"전적으로 그 엄마 잘못이지요. 엄마가 아이를 봐야죠. 애들 자체가 해롭지는 않지만, 그래도 애들은 늘 감시를 해야 해요."

"그럼 퀸 샬럿 가 58번지에서 만난 환자는 치통을 앓던 그 청년이 전부인가요?"

재프가 말했다.

"내가 몰리 씨 진료실로 올라가는데, 한 신사가 계단을 내려와 나가는 걸 봤어요……. 아! 생각나요, 내가 막 치과에 도착했을 때 아주 특이하게 생긴 외국인이 치과에서 나왔어요."

재프는 헛기침을 했다. 푸아로는 점잔을 빼며 말했다.

"그게 바로 접니다, 마담."

"어머나!"

세인즈버리 실 양은 그를 자세히 들여다보았다.

"맞네요! 죄송해요, 내가 워낙 근시라서……. 게다가 여기는 너무 어둡잖아요……. 안 그래요?"

그녀는 말꼬리를 흐리며 두서없이 중얼거렸다.

"정말로 내가 사람 얼굴 기억하는 기억력 하나는 끝내준답니다. 그런데 여기는 불빛이 너무 흐리네요, 그렇죠? 본의 아니게 실수를 해서 정말 죄송합니다!"

두 사람은 세인즈버리 실 양을 안심시켰다. 이번에도 재프가 물었다.

"몰리 씨가 정말 아무 말도 안했습니까? 가령 그날 아침에 하기 싫은 면담이 있다거나, 뭐 그런 말은 없었나요?"

"아뇨, 없었는데요. 정말 없었어요."

"엠버라이어티스라는 환자 얘기는 안 하던가요?"

"아뇨, 안 했어요. 정말 아무 말도 안 했어요……. 다만, 그러니까 치과의사가 의례껏 해야 하는 말 외에는."

푸아로는 머릿속으로 재빨리 기억을 더듬었다. '헹구세요, 조금 더 크게 벌리세요, 이제 천천히 다무세요.'

재프는 다음 단계로 넘어가 있었다. 세인즈버리 실 양은 심리에서 증거를 제공해야 할 필요가 있었다.

처음에는 당황하여 비명을 질렀지만, 결국 세인즈버리 실 양은 기분 좋게 수락했다. 시험 삼아 물어본 재프의 질문에 세인즈버리 실 양의 모든 인생사가 풀려나왔다.

그녀는 6개월 전 인도에서 영국으로 건너왔다. 그동안 여러 호텔과 하숙집을 전전하며 살다가 가정적인 분위기가 매우 마음에 들어 마침내 글렌가우리 코트로 정착한 것이다. 인도에서는 주로 캘커타에 머무르면서 선교도 하고 웅변술도 가르쳤다.

"정확한 발음의 토종 영어가 가장 중요해요, 경감님."

세인즈버리 실 양은 억지웃음을 지으며 새치름한 표정을 지었다.

"저는 소녀 시절 무대에 섰답니다. 아! 아주 작은 역할이었지요, 지방을 떠돌았고요. 하지만 저는 아주 큰 야망을 품고 있었어요, 극단에서 일하는. 그리고 세계 각지를 돌며 공연을 하는 것이요, 셰익

스피어, 버나드 쇼.”

그녀는 한숨을 쉬었다.

“우리 불쌍한 여자들의 문제는 가슴이에요. 가슴에서 우러나는 자비심, 충동적이고 무모한 결혼. 아아, 가엾은! 거의 결혼하자마자 헤어졌어요. 슬프지만…… 제가 속은 거지요. 그래서 처녀 적 이름을 다시 썼어요. 한 친구가 고맙게도 약간의 자본을 대주어서 웅변 학교를 세울 수 있었어요. 아주 훌륭한 아마추어 연극 협회를 세우는데도 도움을 주었고요. 우리에 대한 비평이 어땠는지 보여드려야 하는데.”

재프 경감은 그것의 위험함을 잘 알고 있었다! 그는 세인즈버리 실 양의 마지막 말을 피했다.

“그리고 혹시 심리의 증인으로 제 이름이 신문이 나게 되면, 철자를 정확히 써주세요. 마벨르 세인즈버리 실……. 마벨르는 M, A, B, E, L, L, E이고 실은 S, E, A, L, E예요. 그리고 옥스퍼드 레퍼토리 극장에서 「뜻대로 하세요(As You Like It)」에 제가 출연한다는 말을 굳이 하시겠다면…….”

“물론, 물론입니다.”

재프 경감은 적당히 그 자리를 피했다.

택시에서 그는 한숨을 내쉬며 이마를 문질렀다.

“필요하면 저 여자에 관해 확인해 보는 것이 좋을 거야, 거짓이 아닌 것이 있다면 말일세. 하지만 난 안 믿네!”

푸아로는 고개를 가로저었다.

"거짓말쟁이들은 그렇게 정황적이지도 않고 그렇게 장황하지도 않아."

재프가 덧붙였다.

"그 여자가 혹시 심리에 꽁무니를 빼면 어쩌나 걱정했네. 대부분의 중년 독신녀들처럼 말이야…… 그런데 배우라 열정적인가 봐. 그 여자로선 남의 주목을 받을 수도 있고!"

푸아로가 말했다.

"정말로 그 여자를 심리에 내세우고 싶은가?"

"꼭 그런 것은 아니고 경우에 따라서."

그는 잠시 숨을 돌렸다가 덧붙였다.

"나는 이제 이 사건이 자살이 아니라는 확신이 드네, 푸아로. 이건 자살이 아냐."

"그럼 동기는?"

"아직은 알 수 없지. 혹시 몰리가 엠버라이어티스의 딸을 유혹하진 않았을까?"

푸아로는 말이 없었다. 요염한 눈매의 그리스 처녀를 유혹하는 역할의 몰리 씨를 떠올려보려고 했으나, 안타깝게도 실패하고 말았다.

푸아로는 재프에게 몰리 씨에게는 사는 재미가 없었다고 했던 라일리 씨의 말을 상기시켜 주었다.

재프가 막연하게 말했다.

"아, 그래, 크루즈 여행에서 무슨 일이 일어날지 자네가 알 리가 없지!"

그러곤 흡족한 표정으로 덧붙였다.

"이 친구와 얘기를 해 보면 우리 입장을 더 잘 알 수 있을 걸세."

그들은 택시비를 지불하고 사보이 호텔로 들어갔다.

재프는 엠버라이어티스가 몇 호실에 있는지 물었다.

호텔의 프런트 직원은 두 사람을 기묘한 표정으로 쳐다보고는 되물었다.

"엠버라이어티스 씨요? 죄송합니다만, 그분은 만나실 수가 없습니다."

"아하, 난 만날 수 있습니다만."

재프가 험악하게 대꾸했다. 그는 푸아로를 옆으로 밀치고 신분증을 꺼내 보여 주었다.

프런트 직원이 말했다.

"그게 아니라, 엠버라이어티스 씨는 30분 전에 세상을 뜨셨습니다."

에르퀼 푸아로에게 그것은 마치 어떤 문이 천천히, 그러나 굳게 닫히는 것과도 같았다.

## 다섯, 여섯,
## 막대기를 집어 들어

24시간이 지난 뒤 재프는 푸아로에게 전화를 걸었다. 그의 어조
는 비통했다.

"중지시켜! 모든 일을!"

"그게 무슨 소린가?"

"몰리는 자살한 거야. 동기를 찾았어."

"동기가 뭔데?"

"엠버라이어티스의 사망에 관한 의사의 보고를 받았네. 전문 용
어를 쓰진 않겠지만 간단히 말해서 아드레날린과 노보카인(치과용
국부 마취제 — 옮긴이) 과다 복용으로 죽은 거야. 심장에 부담을 준
거고, 그래서 쓰러진 걸세. 그 가련한 사람이 어제 오후에 기분이 나
쁘다고 말했을 때, 결국은 진실을 말하고 있었던 거야. 그렇게 된 걸
세! 아드레날린과 프로카인(국부 마취제 — 옮긴이)은 치과의사가 잇

몸에 주사하는 약이야. 국부 마취제지. 몰리는 실수로 과다 주입을 했어. 그리고 엠버라이어티스가 가고 나자, 자신이 한 일을 깨닫고 현실을 맞닥뜨릴 수가 없어서 스스로 총을 쏜 거라고."

"갖고 있지도 않은 총으로?"

푸아로가 물었다.

"원래 갖고 있었는지도 모르지. 가족이라고 다 아는 건 아니니까. 자네도 이따금 놀라잖나, 가족들이 모르는 것들로 인해!"

"그건 그래, 그렇지."

재프가 대꾸했다.

"그래, 그렇게 된 거라고. 앞뒤가 완전하게 들어맞는 논리적인 설명이야."

푸아로가 말했다.

"그런데 말일세, 친구, 그게 썩 납득이 안 간단 말이야. 환자들이 그 국부 마취제에 호의적이지 않은 반응을 보이긴 하네. 아드레날린 특이 체질은 이미 잘 알려져 있는데다 프로카인과 결합하면 아주 적은 양으로도 유해한 효능이 나타나고. 하지만 그 약을 쓴 의사나 치과의사가 스스로 목숨을 끊을 만큼 그렇게 걱정스러운 약은 아니란 말일세."

"그래, 하지만 지금 자네는 마취제의 복용이 정상인 경우를 말하고 있는 걸세. 그 경우엔 관련 의사에게 특별한 비난이 가해지지 않아. 죽음을 유발한 것은 환자의 특이 체질이니까. 하지만 이 경우엔 분명 결정적인 과다 복용이라는 요인이 있어. 아직 정확한 양을 추출해 내지는 못했지만……. 양의 분석은 한 달쯤 걸리는 것 같아. 하지만 정상적인 양보다 많은 건 확실해. 그건 몰리가 틀림없이 실수를 했다는 뜻이야."

"그렇더라도, 그건 어디까지나 실수네. 형사상의 문제가 아니란 말일세."

푸아로가 말했다.

"그렇긴 하지만 진료 행위에 결코 도움이 되진 않겠지. 실제로 완전히 파산할 수도 있어. 얼이 빠져서는 환자에게 치사량의 독을 주사한 치과의사를 찾아갈 환자는 아무도 없으니까."

"그런 일이 생기다니 신기하군."

"그런 일이 생길 수도 있어. 의사들에게도 생기고 약사들에게도 생기지. 수년 동안 조심조심 신뢰를 쌓았는데, 한순간의 부주의로 환자를 죽이면 곤혹을 치르게 될테고……. 몰리는 여린 사람이었어. 일반 의사의 경우엔 대개 비난을 같이 듣거나 함께 책임을 질 수 있는 약사나 조제사가 있지만, 이 경우엔 몰리가 단독 책임자야."

푸아로가 이의를 제기했다.

"죽으면서 무슨 메시지를 남기지도 않았잖아? 자신이 저지른 일을 고백하면서 말이야. 결과를 맞닥뜨릴 수가 없다거나, 뭐 그런 종류의 말도 없이……. 누이에게도 한 마디 없었고."

"내가 아는 한은. 불현듯 자신이 저지른 일을 깨닫고 혼비백산한 나머지, 가장 빠른 방법을 택했던 거야."

푸아로는 대답하지 않았다.

재프가 말했다.

"나는 자네를 잘 알아, 친구. 자네는 일단 사건에 열중하면 그것이 살인 사건이길 바라지. 이번 건을 자네가 추적하도록 한 책임자는 바로 나라는 거 인정하네. 그래, 내 실수야. 인정하네."

푸아로가 말했다.

"아무래도 다른 설명이 있을 것 같은데."

"다른 설명이야 많지. 나도 생각해 봤어. 그런데 모든 것이 너무 터무니없어. 엠버라이어티스가 몰리를 쏘고 집으로 가서 양심의 가책에 시달리다가, 몰리의 진찰실에서 훔쳐온 약을 써서 자살을 했다고 치자. 자네는 그게 가능하다고 생각할지 모르지만, 난 절대 그럴 수 없다고 생각하네. 우리 경시청에 엠버라이어티스의 기록이 있어. 아주 흥미롭더군. 그리스에서 아주 작은 호텔 관리인으로 시작해서 정치에 뛰어 들었더라고. 독일과 프랑스에서 스파이 활동을 하면서 푼푼이 돈을 모았네. 하지만 그런 식으로 빨리 부자가 되지 못했고, 와중에 한두 번 돈을 갈취한 적도 있다고 하더군. 우리의 엠버라이어티스 씨는 별로 착한 사람이 아니야. 작년에는 인도에 있었는데 그곳 왕자에게서 돈을 갈취했다는 소문이 있어. 문제는 이런 소문의 진실을 확인할 수 없었다는 거지. 미꾸라지처럼 요리조리 잘도 빠져 나간 게야!

또 다른 가능성이 있네. 그가 어떤 건을 잡았고 그것으로 몰리를 공갈 협박해 왔을지도 몰라. 황금 같은 기회를 잡은 몰리는 아드레날린과 노보카인을 그에게 과다 주사했어. 아드레날린 특이 체질,

뭐 그런 식의 불행한 사고로 넘어가기를 기대하면서 말이야…….
그런데 그 사람이 가 버리자 몰리는 양심의 가책을 느끼고 자살을
했다? 물론 가능한 일이지만, 몰리가 용의주도한 살인자로는 보이
지 않아. 아냐, 내가 처음 얘기했던 대로 피곤한 날 아침에 일어난
순수한 실수야. 그렇게 결론을 내려야겠어, 푸아로. A.C.와도 얘기를
해 봤는데, 그 친구도 그렇게 생각하고 있더군."

"알겠네,"

푸아로는 한숨을 쉬며 말했다.

"알겠네……."

재프가 살갑게 말했다.

"자네 기분은 잘 알아. 하지만 매번 흥미진진한 살인사건을 맡을
수는 없지! 그럼 또 보세. 골치 아프게 해서 미안하네. 내가 할 수
있는 말은 이것뿐일세."

그는 전화를 끊었다.


에르퀼 푸아로는 멋진 최신식 책상에 앉아 있었다. 그는 최신식
가구를 좋아했다. 그에게는 신식 가구의 딱딱한 각과 튼튼함이 구
식 가구의 부드러운 윤곽보다 더 쾌적했다.

그의 앞에는 간단한 이름과 설명이 적힌 네모난 종이 한 장이 놓
여 있었다. 그중 몇 개의 문장에는 물음표가 붙어 있었다.


엠버라이어티스. 스파이활동. 영국에 온 것도 그 목적? 작년에는

인도에 있었음. 불안과 소요 시기 동안. 공산당 요원일 수도 있음.

여백이 이어졌다. 그리고 다른 이름.

프랭크 카터? 몰리는 그를 못마땅하게 생각. 최근 해고. 그 이유는?
하워드 레이크스?

그 다음 문장은 따옴표로 적었다.

'하지만 그건 말도 안 된다!'

에르퀼 푸아로의 머릿속은 의문으로 가득 찼다. 창밖에선 새 한
마리가 둥지를 짓기 위해 잔가지를 나르고 있었다. 계란형의 머리를
한쪽으로 갸우뚱한 채 앉아 있는 에르퀼 푸아로도 새처럼 보였다.
그는 조금 더 밑에 또 다른 이름을 썼다.

반스 씨?

그는 잠시 멈추었다가 다시 썼다.

몰리의 진료실? 카펫의 자국. 가능성.

그는 한동안 마지막에 썼던 이름을 곰곰이 생각했다.

그러고는 자리에서 일어나 모자와 지팡이를 챙겨 가지고 밖으로 나갔다.


45분 뒤, 에르퀼 푸아로는 일링 브로드웨이의 지하철역에서 나왔다. 그리고 5분 뒤, 목적지인 캐슬가든스 가(街) 88번지에 도착했다.

그곳은 두 집이 나란히 붙은 작은 연립주택이었다. 깔끔한 앞마당에 감탄한 듯 에르퀼 푸아로는 고개를 끄덕거렸다.

"감탄스러울 정도로 좌우대칭이 맞는군,"

그는 혼자 중얼거렸다.

반스 씨는 집에 있었고 푸아로는 작지만 빈틈없는 거실로 안내되었다. 그곳에 들어서자 반스 씨가 푸아로에게 다가왔다.

반스 씨는 반짝이는 눈빛에 머리가 벗어진 작달막한 사내였다. 그는 푸아로가 하녀에게 주었던 명함을 왼손으로 만지작거리며 안경 너머로 방문객을 훔쳐보았다.

새침한 듯한 작은 가성의 목소리로 반스 씨가 입을 열었다.

"그래요, 그래⋯⋯. 무슈 푸아로? 영광입니다."

"이렇게 불쑥 찾아뵈어 정말 죄송합니다."

푸아로는 격식을 차려 인사를 했다.

"그게 좋지요. 시간도 아주 좋고요. 6시 45분이라⋯⋯, 요즘 같은 절기엔 사람을 집에 붙잡아 두기에 아주 적절한 시간이지요."

그는 손사래를 쳤다.

"앉으시지요, 무슈 푸아로. 아무래도 퀸 샬럿 가 58번지 사건 때문에 오신 것 같은데, 맞지요?"

푸아로가 말했다.

"맞습니다만, 왜 그런 생각을 하셨습니까?"

"글쎄요, 제가 내무부에서 퇴직을 한 지가 한참 되긴 했지만, 아직 녹이 슬진 않았어요. 극비의 사건이라면, 경찰을 쓰지 않는 편이 훨씬 더 낫지요. 경찰은 주목을 받으니까요!"

푸아로가 말했다.

"이번엔 다른 질문을 드리겠습니다. 왜 극비의 사건이라고 생각하십니까?"

"그럼 아닌가요?"

반스 씨가 물었다.

"글쎄, 극비가 아니라……. 제가 보기엔 극비인데요."

그는 상체를 앞으로 구부리며 코안경으로 의자의 팔걸이를 톡톡 두드렸다.

"첩보 활동에선 잔챙이를 잡아봐야 소용이 없어요, 거물을 잡아야지. 하지만 거물을 잡으려면 잔챙이가 놀라지 않도록 조심을 해야 합니다."

"저보다 더 많이 알고 계시군요, 반스 씨."

에르퀼 푸아로가 말했다.

"저는 아무것도 모릅니다. 다만 그 둘을 한데 넣어야지요."

반스 씨가 대답했다.

"그 둘 가운데 하나는요?"

"엠버라이어티스."

반스 씨가 재빨리 대답했다.

"제가 한 2분 정도 대기실에서 그 사람 맞은편에 앉아 있었는데, 잊으셨군요. 그 사람은 저를 모릅니다. 저야 평범한 사람이니까요. 그것이 나쁘지 않을 때가 있어요. 하지만 저는 그 사람을 아주 잘 압니다. 그가 여기서 무슨 짓을 꾸미고 있는지도 짐작이 갑니다."

"그게 뭡니까?"

반스 씨의 눈동자가 그 어느 때보다 반짝거렸다.

"우리는 이 나라에서 아주 골치 아픈 사람들입니다. 아시다시피 보수적이지요, 철두철미하게요. 우리가 불평불만은 아주 많이 하지만, 그렇다고 민주 정부를 때려 부수고 새로 유행하는 실험을 해 볼 생각은 없는 사람들입니다. 그것이 바로 열심히 노력하는 그 비열한 외국인 선동가를 애끓게 하는 것 아니겠습니까! 그들의 관점에서 봤을 때 문제는 우리 영국이 상대적으로 지불 능력이 있다는 거지요. 현재 유럽의 다른 나라는 거의 그렇지 못하거든요! 영국을 뒤엎으려면…… 정말로 뒤엎으려면, 재정 상태를 망가뜨려야 합니다. 그래서 그런 겁니다! 앨리스테어 블런트 같은 사람이 키를 잡고 있으면 재정 상태를 망가뜨릴 수가 없으니까요."

반스 씨는 잠깐 숨을 돌렸다가 다시 덧붙였다.

"블런트는 어쨌거나 벌어들이는 수입 내에서 생활을 유지하는 사람입니다. 1년에 2펜스를 벌건 100만 파운드를 벌건, 별로 다를 바가 없지요. 그는 그런 사람입니다. 그리고 한 나라가 늘 똑같으면 안될 이유가 없다고도 생각하지요. 값비싼 실험도 필요 없고, 유토피아를 위한 열광적인 지출도 필요 없다는 사람입니다. 바로 그렇기 때문에……."

그는 잠깐 말을 멈추었다.

"그렇기 때문에 어떤 사람들은 블런트를 물러나게 해야 한다고 결심했던 거지요."

"아하……."

푸아로가 입을 열었다.

반스 씨는 고개를 끄덕였다.

"네, 제가 무슨 말을 하고 있는지 잘 압니다. 그들 중엔 꽤 훌륭한 사람들도 있지요. 머리를 길게 기르고 눈빛은 진지한, 보다 나은 세상에 대한 이상으로 가득 찬 사람들요. 턱수염을 기르고 외국 억양을 쓰는 수상쩍은 생쥐들, 뚜쟁이 같은 놈들도 있지요. 하지만 그놈들은 하나같이 같은 생각을 갖고 있습니다. 블런트가 떠나야 한다는 것."

그는 의자를 천천히 앞뒤로 움직였다.

"옛 질서는 쓸어 버려라! 토리 당원들(1688년 제임스 2세를 옹호하고 혁명에 반대하였음 ― 옮긴이), 보수당원들, 완고한 보수주의자들, 고집불통에 의심 많은 사업가들, 이들이 그렇게 생각하는 겁니다. 어쩌면 이들이 맞을지도 모르지요……. 저는 잘 모르겠습니다만, 한 가지는 분명합니다. 옛 질서의 자리에 무언가를 채워야 한다는 것.

글쎄, 우리가 그렇게까지 가야 할 필요가 있을까요. 우린 추상적인 이론이 아니라, 구체적인 현실들과 씨름하고 있는 거니까요. 버팀목을 없애면 건물은 무너지게 마련입니다. 블런트는 그런 버팀목 가운데 하나이고요."

그는 몸을 앞으로 숙였다.

"그들이 블런트를 잡으려고 손을 뻗은 것이에요. 그건 제가 잘 압니다. 그리고 어제 아침 그들이 거의 그를 손에 넣었다는 것이 제 생각입니다, 틀릴 수도 있지만……. 전에도 그런 시도를 했었지요, 그러니까 방법 면에서 말입니다."

그는 잠시 말을 멈추었다가 조용하고 신중하게 세 사람의 이름을 언급했다. 특출 나게 유능한 재무부 장관, 진보적이고 선견지명이 있는 제조업자, 대중의 인기를 얻은 장래가 촉망되는 젊은 정치가. 첫 번째 장관은 수술대 위에서 죽었고, 두 번째 제조업자는 애매한 병으로 죽었으나 사인이 너무 늦게 발견되었으며, 세 번째 정치가는 자동차에 치여 죽었다.

"아주 쉬워요. 마취 전문의가 마취제 주사를 실수로 잘못 놓은 겁니다. 뭐, 그런 일은 종종 일어나지요. 두 번째 경우는 증세가 수수께끼였어요. 의사는 악의가 없는 사람이었는데, 결국 그 증세를 알아내지 못했습니다. 세 번째 경우의 자동차 사고에서는 걱정에 휩싸인 어머니가 아픈 아들에게 가기 위해 급하게 운전을 하고 있었지요. 이건 완전 신파예요……. 배심원단은 그 어머니에게 무죄를 선고했답니다!"

반스 씨는 잠시 숨을 돌렸다.

"모든 것이 아주 자연스러웠고 이내 잊혀졌지요. 하지만 제가 하고 싶은 말은 그 세 사람이 지금 어디에 있느냐, 이겁니다. 마취 전문의는 혼자 힘으로 일류 연구소를 세웠어요, 비용을 누가 대준 것도 아닌데. 그리고 그 의사는 은퇴를 했어요. 요트도 있고 브로즈에 멋진 집도 한 채 있습니다. 그 세 번째 사건의 어머니는 아이들에게 일류 교육을 시키고, 주말엔 말을 태워 주며, 넓은 정원과 작은 목장이 딸린 시골의 멋진 집에서 살고 있지요."

그는 천천히 고개를 끄덕였다.

"모든 직업과 신분마다 유혹에 약한 누군가가 있게 마련이지요. 우리 사건의 문제는 몰리가 유혹에 약하지 않았다는 겁니다."

"정말 그랬다고 보십니까?"

에르퀼 푸아로가 말했다.

반스 씨가 말했다.

"물론이지요. 그런 거물들을 잡기란 쉽지가 않습니다. 경호가 철통같으니까요. 자동차 곡예는 너무 위험하고 또 늘 성공을 하는 것도 아니지요. 하지만 치과 진료 의자에 앉아 있는 사내는 무방비 상태 아닙니까."

그는 코안경을 벗어 닦은 다음 다시 걸치며 말했다.

"그게 제 이론입니다! 몰리는 그 일을 하지 않았다는 것. 하지만 너무 많은 것을 알고 있어서 그들이 제거할 수밖에 없었다는 것."

"그들이라니요?"

푸아로가 물었다.

"제가 그들이라고 할 때는……, 이 모든 일의 배후에 있는 조직을 뜻합니다. 물론 실제로 그 일을 한 것은 단 한 사람이지만요."

"누구요?"

"글쎄요, 짐작은 갑니다만 그저 짐작일 뿐, 아닐 수도 있어요."

반스 씨가 말했다.

푸아로는 나직한 목소리로 말했다.

"라일리?"

"맞습니다! 그가 분명합니다. 그들은 절대 몰리에게 직접 그 일을 시키지 않았을 겁니다. 몰리가 하려던 일은 마지막 순간에 블런트를 라일리에게 넘겨주는 것이었습니다. 갑작스러운 병이나, 그 비슷한 명목 하에 말입니다. 라일리가 실질적인 진행을 했을 겁니다. 그랬다면 또 다른 유감스러운 사고가 발생했을 것이고, 유명한 은행가가 죽었을 테지요. 불행한 젊은 치과의사는 당혹스럽고 괴로운 상태에서 법정에 서겠지만 나중에는 치과 문을 닫고 일 년에 수천만 파운드의 넉넉한 수입을 올리며 어딘가 정착해 있을 겁니다."

반스 씨는 푸아로를 마주보았다.

"제가 너무 소설을 쓴다고 생각하지 마세요. 이런 일은 얼마든지 생기니까요."

"그럼요, 그럼요. 저도 잘 압니다."

반스 씨는 가까운 테이블에 놓인 으스스한 표지의 책을 톡톡 두드렸다.

"저는 스파이 소설을 아주 많이 읽습니다. 개중엔 터무니없는 것들도 있지요. 하지만 재미있게도 현실이 더 터무니없어요. 아름다운 여자 모험가도 있고 외국인 억양을 쓰는 불길하고 음침한 남자들도 있고, 갱단이나 국제적인 단체와 거물급 도둑들도 있습니다! 내가 아는 이런 것들이 책으로 나오는 걸 보면 얼굴이 화끈거릴 겁니다……. 처음에는 아무도 그런 얘길 믿지 않을 테지만요!"

푸아로가 말했다.

"당신의 이론대로라면, 엠버라이어티스가 얻은 것은 뭘까요?"

"확실치는 않아요. 남의 죄를 대신 뒤집어쓸 운명이었을 겁니다. 예전에도 양다리를 걸친 적이 있으니까요. 감히 말씀드리자면 누명을 쓴 거지요. 하지만 그저 추측일 뿐입니다."

에르퀼 푸아로는 나직히 말했다.

"당신의 추측이 정확하다면…… 그 다음엔 무슨 일이 생길까요?"

반스 씨는 자신의 코를 문질렀다.

"그를 다시 잡으려고 할 겁니다. 네, 맞아요. 또 시도를 할 겁니다. 시간이 없어요. 블런트는 자신을 돌보는 사람들을 데리고 있지만 그들은 더 신중을 기해야 할 겁니다. 숲속에서 권총을 들고 숨어 있는 그런 사람이 아니에요. 그렇게 조잡하지 않아요. 상당한 지위에 있는 사람들을 조심하라고 귀띔해 주십시요. 친척들, 옛 하인들, 약을 조제한 약사의 조수, 그에게 포트와인(포르투갈 원산의 적포도주 ─ 옮긴이)을 판 포도주 상인을 조심하라고 말이에요. 앨리스테어 블런트를 제거하는 일은 수백만 파운드의 가치가 있는 일입니다. 그리고 사람들이 받게 될 대가는 엄청나지요. 이를테면 일 년에 4000파운드의 짭짤한 수입?"

"그 정도로 많습니까?"

"그 이상일걸요……."

푸아로는 잠시 잠자코 있다가 말했다.

"처음부터 라일리가 마음에 걸렸습니다."

"아일랜드인인가요? 아일랜드 공화국군(IRA)?"

"그 정도는 아니지만. 아시겠지만, 카펫에 마치 시신을 끌고 간 듯한 자국 하나가 있었어요. 하지만 만약 환자가 몰리를 쏘았다면 진찰실에서 총을 쐈을 테고, 그럼 굳이 시신을 옮길 필요가 없었을 테지요. 그래서 처음부터 진찰실이 아니라 사무실에서 총에 맞은 거라고 의심을 했습니다. 바로 옆방이지요. 그건 그를 쏜 사람이 환자가 아니라 가족 중의 누군가라는 뜻입니다."

"굉장한 추리군요."

반스는 감탄하는 표정으로 말했다.

에르퀼 푸아로는 자리에서 일어나 손을 내밀며 말했다.

"감사합니다. 많은 도움이 되었습니다."


집으로 가는 도중에 푸아로는 글렌가우리 코트 호텔에 들렀다.

그 방문에 대해 그는 다음 날 아침 일찍 재프에게 전화를 걸었다.

"봉주르 몬 아미(안녕하신가 친구), 심리는 오늘 아닌가?"

"오늘이야. 자네는 참석할 텐가?"

"아무래도 힘들 것 같은데."

"하긴 그럴 만한 가치도 없을 걸세."

"참, 세인즈버리 실 양을 증인으로 불렀나?"

"사랑스러운 마벨르……. 그냥 마벨이라고 하지 않고. 이런 여자들을 보면 화가 난단 말이야! 아니, 안 불렀어. 그럴 필요가 없어서."

"그 여자한테 아무 말도 못 들었나?"

"아니, 무슨 말?"

에르퀼 푸아로가 말했다.

"아무래도 그랬을 것 같아서 전화했네. 세인즈버리 실 양이 그저께 밤, 저녁 식사 전에 글렌가우리 코트 호텔에서 나갔는데 다시 돌아오지 않았다는 것을 자네가 알아야 할 것 같아."

"뭐라고? 그럼 그녀가 도망을 갔단 말인가?"

"그럴 수도 있지."

"그런데 왜 그랬지? 자네도 알다시피 그녀는 아무 문제가 없었는데, 솔직하고 떳떳했잖아. 캘커타에 그녀에 관해 전보를 보내놨어. 그건 엠버라이어티스가 죽은 이유를 알기 전이었지만. 그 후라면 굳이 그럴 필요가 없었는데 말이야……. 그리고 어젯밤에 답장이 왔어. 모든 것이 정확했어. 그녀는 수년 동안 인도에서 살았고, 그녀 스스로 했던 말도 다 사실이었고. 다만 결혼에 관해서는 약간 분명하지 않아. 힌두교 학생과 결혼을 했는데 알고 보니 다른 여자가 있었다는군. 그래서 처녀 적 이름을 다시 쓰고 자선사업에 전념했다 하네. 선교사들과는 아주 절친한 사이이고, 웅변을 가르치며 아마추어들의 연극도 도와주고 있어. 사실 지독한 여자긴 해도, 살인사건에 연루된 혐의는 없다고 생각했는데. 지금 자네는 그녀가 떠났다고 하고 있지 않나!"

그는 잠시 숨을 돌렸다가 미심쩍은 어조로 덧붙였다.

"혹시 그 호텔에 싫증이 난 건 아닐까? 아무래도 그런 것 같은데."

푸아로가 말했다.

"짐은 아직 호텔에 있어. 아무것도 가지고 가지 않았다네."

재프가 물었다.

"언제 떠났는데?"

"6시 45분쯤."

"호텔 사람들은 어떻게 하고 있어?"

"아주 난감해하고 있지. 여자 지배인은 몹시 화가 난 것 같았어."

"왜 경찰에 신고를 안 했지?"

"몽 셰르(이봐), 만약 어떤 여자가 하룻밤 호텔을 비웠는데, 돌아와서 경찰을 부른 것을 알면 얼마나 불쾌하겠어. 지금 상황으로는 그럴 것 같지 않지만 말일세. 그 해리슨 부인이라는 여자 지배인은 혹시 사고가 났을지 몰라 여기저기 병원에 전화를 했다는군. 내가 들렀을 때는 경찰에 알리는 걸 고려하고 있었어. 그런데 내가 나타나자 마치 기도에 응답이라도 받은 것 같았나 봐. 나는 자진해서 모든 것을 떠맡고, 신중한 경관에게 도움을 청해 보겠다고 했지."

"신중한 경관이라 함은 소신을 일컫는 듯하구먼?"

"그렇지."

재프가 투덜거렸다.

"알았네. 그럼 심리 끝나고 글렌가우리 코트 호텔에서 만나세."

재프는 여자 지배인을 기다리면서 투덜거렸다.

"그 여자가 왜 사라진 걸까?"

"솔직히 궁금하지?"

두 사람은 거기서 대화를 중단했다.

글렌가우리 코트의 소유주인 해리슨 부인이 나타났기 때문이다.

해리슨 부인은 입심이 좋은 사람이었고 거의 눈물을 글썽이고 있었다. 세인즈버리 실 양에 대해 너무나도 많은 걱정을 하고 있었다. 무슨 일이 생긴 건 아닐까요? 그녀는 재빨리 모든 재앙의 가능성을 따져보았다. 기억 상실, 갑작스러운 병, 뇌출혈, 버스 사고, 폭행 강도 등등.

그녀는 마침내 말을 멈추고 숨을 돌리며 중얼거렸다.

"그렇게 좋은 분이……. 여기서 너무나도 행복하고 편안해 보이셨는데."

그녀는 재프의 요청에 따라 사라진 여자가 묵었던 방으로 그들을 안내했다. 모든 것이 깔끔하고 깨끗하게 정리되어 있었다. 옷은 옷장에 걸려 있었고, 잠옷은 침대에 개켜져 있었다. 그리고 한쪽 구석에는 세인즈버리 실 양의 수수한 트렁크 두 개가 놓여 있었고 화장대 밑에는 구두가 일렬로 가지런히 늘어서 있었다. 튼튼한 단화, 가죽 리본과 장식이 달린 반들반들 윤이 나는 야하고 화려한 하이힐

두 켤레, 새로 산 듯한 단순한 모양의 검정 공단 이브닝 슈즈, 모카신 등. 푸아로는 이브닝 슈즈가 다른 구두에 비해 한 사이즈 작다는 사실을 발견했다. 단서가 될 수도, 아닐 수도 있는 사실이었다. 그는 세인즈버리 실 양이 호텔을 나가기 전에 예전 그 구두의 보조 버클을 꿰맬 시간이 있었는지 궁금했다. 그랬다면 좋았을 텐데. 흐트러진 모습은 늘 거슬렸다.

재프는 화장대 서랍 속의 편지들을 보느라 정신이 없었다. 에르퀼 푸아로는 옷장 서랍을 조심스럽게 잡아당겼다. 서랍은 속옷으로 가득 차 있었다. 그는 다시 얌전하게 서랍을 닫으며, 세인즈버리 실 양은 피부에는 양모를 걸쳐야 한다고 생각하는 모양이라고 중얼거렸다. 그리고 다른 서랍을 열었는데 거기엔 스타킹이 들어 있었다.

재프가 말했다.

"뭣 좀 찾았나, 푸아로?"

푸아로는 스타킹 한 벌을 흔들어 보이며 언짢은 목소리로 말했다.

"25센티미터 남짓의 반들반들한 싸구려 실크 스타킹이야. 2파운드 11실링짜리."

재프가 말했다.

"지금 유언장 액수를 따지고 있는 건 아니겠지. 여기 인도에서 온 편지가 두 통, 자선 단체에서 온 영수증 두어 장이 있군. 청구서는 없어. 존경할 만한 인물이야, 우리의 세인즈버리 실 양은."

"하지만 옷에는 감각이 전혀 없으시군."

푸아로는 애석한 표정으로 말했다.

"옷은 그냥 걸치는 거라고 생각했나 보지."

재프는 두 달 전 날짜의 옛날 편지에 적힌 주소를 받아 적었다.

"이 사람들은 그녀에 관해 뭔가를 알지도 몰라. 받는 주소는 햄스테드 가(街)로 되어 있군. 그곳에 아주 친한 사람이 있는 모양이야."

글렌가우리 코트 호텔에는 세인즈버리 실 양이 밖으로 나갈 당시 흥분을 하거나 걱정을 하던 상태는 아니었다는 쓸모없는 사실 외에는 더 이상 건질 만한 것이 없었다. 홀에서 친구 볼리토 부인을 지나치면서, "저녁 먹고 나서 내가 말했던 그 페이션스(혼자서 하는 카드놀이 — 옮긴이) 보여줄게."라고 큰 소리로 외친 것으로 미루어, 그녀는 다시 돌아올 생각이 분명했던 것 같다.

게다가 글렌가우리 코트에서는 식사를 하지 않을 경우 미리 식당에 알리는 것이 관례였다. 세인즈버리 실 양은 별다른 통고를 하지 않았으므로 그녀가 7시 30분에서 8시 30분까지 제공되는 저녁 식사에 맞춰 돌아올 생각이었다는 것이 더욱 분명해 보였다.

하지만 그녀는 돌아오지 않았다. 크롬웰 가로 나갔다가 사라진 것이다.

재프와 푸아로는 방에서 발견된 편지봉투에 적혀 있는 주소인 웨스트 햄스테드를 찾아갔다.

그곳은 쾌적한 집이었으며 애덤스 가문은 대가족을 이루어 명랑하게 사는 사람들이었다. 그들은 수년 동안 인도에서 살다 왔으며 세인즈버리 실 양에 대해서는 따뜻하게 말해 주었다. 그러나 별반 도움은 되지 않았다.

그들은 최근 한 달여 동안 그녀를 보지 못했다. 사실은 부활절 휴가에서 돌아온 이후 본 적이 없었다. 그 뒤로 그녀는 러셀 스퀘어 근처의 한 호텔에 머물고 있었기 때문이다. 애덤스 부인은 푸아로에게 그 호텔의 주소와 또 스트리트햄에 살고 있는 세인즈버리 실 양의 영국계 인도인 친구들의 주소를 주었다.

하지만 두 사람은 두 군데에서 모두 허탕을 쳤다. 세인즈버리 실 양이 문제의 그 호텔에 묵긴 했지만 호텔에선 그녀에 대해 거의 기억하지 못했으며 도움이 될 만한 것은 전혀 없었기 때문이다. 그녀는 해외에서 살다 온 점잖고 조용한 숙녀일 뿐이었다. 스트리스햄의 사람들 역시 도움이 되지 못했다. 그들은 2월 이후로 세인즈버리 실 양을 본 적이 없었다.

사고의 가능성도 생각해 볼 수 있었지만, 그 가능성 역시 사라졌다. 병원에선 그런 인상착의에 해당하는 사망자는 없다고 했다.

세인즈버리 실 양은 허공으로 사라진 것이다.


다음 날 아침, 푸아로는 홀본 팰리스 호텔로 가서 하워드 레이크스 씨를 찾았다.

그 즈음에는 설사 하워드 레이크스 씨마저 어느 날 저녁 나가서 다시는 돌아오지 않았다는 말을 들었더라도 놀라지 않았을 것이다.

그러나 하워드 레이크스 씨는 홀본 팰리스 호텔에 묵고 있었으며, 아침 식사를 하고 있었다.

아침 식사 테이블에 에르퀼 푸아로가 등장하자 하워드 레이크스 씨의 반기는 태도가 꽤나 어정쩡했다.

비록 푸아로가 희미한 기억 가운데 그를 그렇게 흉악한 사람으로 떠올리려 하지 않았음에도, 레이크스의 찌푸린 얼굴은 여전히 무시무시했다. 그는 초대하지 않은 손님을 노려보며 퉁명스럽게 말했다.

"대체 무슨 일입니까?"

"미안합니다."

에르퀼 푸아로는 다른 테이블에서 의자를 끌어 당겼다.

레이크스 씨가 말했다.

"신경 쓰지 마시고, 그냥 편히 앉으세요."

푸아로는 싱긋 웃으며 그의 말대로 얼른 의자에 앉았다.

레이크스 씨가 퉁명스레 물었다.

"그래, 원하는 게 뭡니까?"

"날 전혀 기억 못하십니까, 레이크스 씨?"

"한 번도 뵌 적이 없는데요."

"그렇지 않아요. 당신은 사흘 전에 적어도 5분 동안 나와 같은 방에 앉아 있었어요."

"무슨 빌어먹을 파티나 뭐 그런 곳에서 만나는 사람들을 모조리 기억할 수는 없죠."

"파티가 아니라, 치과의 대기실이었습니다."

푸아로가 말했다.

눈 깜짝할 사이에 어떤 감정이 청년의 눈가에 떠올랐다가 다시 사라졌다. 그의 태도가 돌변했다. 이제 더 이상 조급하고 무관심하지 않았다. 갑자기 경계하는 태도가 되었다. 그는 푸아로를 마주 보며 말했다.

"그렇군요!"

푸아로는 말을 잇기 전에 그를 자세하게 살펴보았다. 정말 위험한 청년이라고 느껴졌다. 야위고 퀭한 얼굴, 공격적인 턱, 이글이글한 눈동자. 물론 여자들에겐 매력적으로 보일 수 있는 얼굴이었다. 옷매무새는 단정하지 않아 오히려 허름할 정도였으며, 쳐다보는 사람을 의식하지 않을 만큼 조심성 없이 게걸스럽게 식사를 하고 있었다.

푸아로는 그의 인품을 즉시 간파했다.

"생각이 많은 늑대군……."

레이크스가 예민하게 대꾸했다.

"그게 무슨 뜻입니까……? 그런 말을 하자고 여길 오셨나요?"

"내가 찾아온 게 불쾌하십니까?"

"난 선생님이 누구인지도 모릅니다."

"아, 미안합니다."

그 순간 푸아로는 명함 케이스를 꺼냈다. 그리고 명함 한 장을 꺼내 테이블 맞은편으로 건네주었다.

정확히 표현할 수 없는 감정이 다시금 레이크스 씨의 홀쭉한 얼굴에 떠올랐다. 두려움은 아니었다. 두려움이라기보다는 오히려 공격적인 감정이었다.

그는 명함을 가볍게 뒤집었다.

"그런 분이시군요. 소문은 들어서 알고 있습니다."

"많은 분들이 알고 있지요."

에르퀼 푸아로는 겸손하게 말했다.

"선생님은 사설탐정 아니신가요? 비싸신 분. 돈이 문제가 안 될 때, 도망을 치기 위해 뭐든 지불할 용의가 있을 때, 그럴 때 사람들이 고용하는 그런 분!"

에르퀼 푸아로가 말했다.

"식기 전에 커피 드시죠."

상냥하지만 권위 있는 말투였다.

레이크스는 그를 빤히 쳐다보았다.

"대체 선생님은 누구십니까? 말씀해 보시죠."

"아무튼 이 동네 커피는 맛이 없어요."

푸아로가 말했다.

"저도 그렇게 생각합니다."

레이크스 씨는 열렬하게 맞장구를 쳤다.

"커피가 식으면 정말 마실 수가 없지요."

청년은 상체를 앞으로 기울였다.

"뭘 찾고 계신가요? 대체 여기 오신 이유가 뭡니까?"

푸아로는 어깨를 으쓱했다.

"당신을…… 만나고 싶었습니다."

"아, 저를요?"

레이크스 씨가 미심쩍은 어조로 말했다.

그는 눈을 가늘게 떴다.

"선생님이 찾는 게 돈이라면, 사람을 잘못 찾아오셨는데요! 저와 같은 사람들은 자신들이 원하는 것을 살 능력이 못되는 사람들입니다. 선생님에게 돈을 주는 사람들에게로 다시 돌아가시는 게 좋으실 텐데요."

푸아로는 한숨을 내쉬며 말했다.

"난 그 누구한테도 돈을 받은 적이 없습니다……, 아직은."

레이크스 씨가 말했다.

"농담하시는군요."

에르퀼 푸아로가 대꾸했다.

"정말입니다. 내가 지금 이렇게 많은 시간을 쓰고 있는 이유는 무슨 보상을 받자고 하는 것이 아닙니다. 말하자면 호기심을 충족시키기 위해서라고 할까요?"

"제 생각엔 선생께서 이미 예전에 그 넌더리나는 치과의사에 대한 호기심을 충족시키신 것 같은데요."

레이크스가 말했다.

푸아로는 고개를 가로저었다. 그리고 말했다.

"당신은 치과 대기실에 있는 가장 평범한 이유를 간과하고 있는 것 같군요……. 그러니까 치아를 검사받기 위해 기다린다는 이유 말입니다."

"그것이 선생님께서 하신 일인가요? 치아를 검사받기 위해서 기다린 일 말입니까?"

레이크스 씨의 어조에는 경멸적인 불신이 들어 있었다.

"그렇습니다."

"죄송하지만 그 말은 믿어지지 않는군요."

"그렇다면 레이크스 씨는 거기서 뭘 하고 있었습니까?"

레이크스 씨는 갑자기 이를 드러내고 싱긋 웃었다. 그리고 말했다.

"이거 썰렁하군요! 저 역시 치아를 검사받으려고 기다리고 있었습니다."

"치통이 있었나요?"

"아, 네, 그럼요."

"그런데 검사도 안 받고 그냥 가지 않았나요?"

"제가 그랬나요? 상관하실 일은 아니지요."

그는 잠시 말을 멈추었다가 잔인한 어조로 다시 덧붙였다.

"빙빙 돌려서 말하지 맙시다. 선생님은 거물의 뒤를 봐주려고 거기 갔던 것 아닙니까? 그래, 그 거물은 별일 없지요, 안 그렇습니까? 선생님의 귀하신 앨리스테어 블런트 씨는 말짱하잖아요. 저는 아무 짓도 안 했고요."

푸아로가 말했다.

"그렇게 갑자기 대기실을 나가서 어딜 갔습니까?"

"물론 병원 밖으로 나갔지요."

"아하!"

푸아로는 천정을 올려다보았다.

"하지만 아무도 당신이 나가는 걸 못 봤는데요, 레이크스 씨."

"그게 중요합니까?"

"그럴 수도 있지요. 그리고 얼마 있다가 치과에서 누군가가 죽었어요, 기억하실는지."

레이크스는 무심히 말했다.

"네, 그 치과 선생 말이군요."

푸아로의 말투가 딱딱하게 굳어졌다.

"그래, 그 치과 선생 말입니다."

레이크스가 노려보았다. 그리고 말했다.

"지금 그 책임을 나한테 뒤집어씌우는 겁니까? 그런 겁니까? 글쎄, 그럴 순 없을 겁니다. 나도 방금 어제 심리에 관한 기사를 읽었습니다. 불쌍한 그 친구는 국부 마취제를 잘못 써 실수로 환자가 죽었기 때문에 스스로 총을 쐈다고 합디다."

푸아로는 꿈쩍 않고 말했다.

"당신이 말한 그 시간에 치과를 나갔다는 것을 증명할 수 있겠습니까? 12시에서 1시 사이에 당신이 어디에 있었는지 확실하게 말해 줄 수 있는 사람이 있어요?"

레이크스는 눈을 가늘게 떴다.

"그래서 저한테 올가미를 씌우시겠다고요! 블런트가 그러라고 하던가요?"

푸아로는 한숨을 쉬었다. 그리고 말했다.

"미안하지만, 뭔가 망상에 사로잡혀있는 것 같군요……. 앨리스테어 블런트 씨에 대한 망상 말입니다. 나는 그에게 고용된 사람이 아닙니다. 절대 아니지. 내가 관심을 갖는 건 블런트 씨를 흡족하게 하는 것이 아니라 자신의 분야에서 유능했던 한 사람의 죽음입니다."

레이크스는 고개를 가로저었다.

"죄송하지만 전 선생님의 말을 믿지 못하겠어요. 선생님은 블런트의 사설탐정이 틀림없어요."

테이블 맞은편으로 등을 젖히는 그의 얼굴이 어두워졌다.

"하지만 선생님은 그를 구할 수 없어요, 아시다시피. 그는 떠나야 하거든……. 그와 그가 지지하는 모든 것이! 그리고 새로운 거래가 있어야 합니다. 부패하고 낡은 금융 시스템은 사라지고요. 이 빌어먹을 은행가들은 전세계에 걸쳐 마치 거미줄처럼 네트워크를 형성하고 있습니다. 그들을 쓸어 버려야 해요. 저는 개인적으로는 블런트에게 아무 원한도 없지만 그는 제가 싫어하는 종류의 인간입니다. 점잖은 체 하지만 속물이지요. 강력한 다이너마이트를 쓰지 않으면 제거할 수 없는 그런 인물이라고요. '문명화의 기반을 붕괴시킬 수 없다.'라고 말하는 그런 인물입니다. 정말 붕괴시킬 수가 없을까요? 한번 두고 봅시다! 진보의 과정에서 장애물인 그는 제거되어야 합니다. 현재 세계에 블런트와 같은 사람들을 위한 공간은 없습니다. 과거로 되돌아가려는 사람들 말입니다. 그들은 아버지, 할아버지들이 살았던 방식으로 살고 싶어 하는 사람들이지요. 여기 영국엔 그런 사람들이 아주 많아요. 완강한 낡은 보수주의자들, 부패한 시대의 쓸모없고 낡아빠진 상징들이죠. 이제 정말 그런 사람들은 없어져야 합니다! 새로운 시대가 와야 합니다. 선생님이 새로운 세상으로 절 데려가주시겠습니까?"

푸아로는 한숨을 쉬며 일어섰다. 그리고 말했다.

"레이크스 씨, 이제 보니 당신은 이상주의자군요."

"제가요?"

"너무 이상주의자라서 어느 치과의사의 죽음 따윈 관심이 없고 말니다."

레이크스 씨는 경멸적으로 말했다.

"불쌍한 한 치과의사의 죽음이 뭐가 중요합니까?"

에르퀼 푸아로는 말했다.

"당신에겐 중요하지 않겠지만 내겐 중요합니다. 우리가 서로 다른 점이 바로 그것이지요."

집에 도착한 푸아로는 조지로부터 한 숙녀가 기다리고 있다는 말을 전해 들었다.

"그분은, 으흠…… 약간 초조해하고 계십니다, 주인님."

조지가 말했다.

그 숙녀가 이름을 밝히기 않았기에 푸아로는 추측으로 넘겨짚었다. 하지만 그의 예측은 빗나갔다. 그가 들어가자 소파에서 벌떡 일어난 젊은 아가씨는 몰리 씨의 비서인 글래디스 네빌 양이었다.

"어머나, 무슈 푸아로. 이런 식으로 불쑥 찾아뵙게 되어 정말 죄송해요……. 그리고 어떤 용기로 여기까지 오게 되었는지는 저도 정말 모르겠어요. 저를 너무 무례하다고 생각하실까 봐 걱정이 되는군요……. 정말 선생님의 시간을 빼앗고 싶지 않았어요. 워낙 바쁘신 분에게 시간이 얼마나 소중한지 잘 알고 있지만, 정말로 저는 너무나 불행했어요……. 이 모든 것을 시간 낭비라고 생각하실까 봐서요."

영국 사람들을 오래 겪은 탓에, 푸아로는 먼저 차부터 권했다. 네빌 양의 반응은 예상대로였다.

"네, 정말, 친절하시군요, 무슈 푸아로. 아침을 먹은 지가 그렇게 오래 되진 않았지만, 차 한 잔 정도는 마실 수 있지요, 안 그래요?"

늘 차를 마시지 않고도 잘 지내는 푸아로는 속마음과 다르게 맞장구를 쳤다. 조지에게 차를 가져오라는 분부가 떨어지기가 무섭게 푸아로와 네빌 양은 차 쟁반을 사이에 두고 마주 앉았다.

"죄송하다는 말씀을 드려야겠군요."

차를 마신 덕분에 침착함을 되찾은 네빌 양이 말했다.

"하지만 사실은 어제의 심리 때문에 기분이 몹시 상했답니다."

"그랬을 겁니다."

푸아로는 상냥하게 맞장구를 쳤다.

"증거를 제공하거나 하는 그런 일에는 아무 문제가 없었어요. 다만 누군가가 몰리 양과 함께 가야 한다고 생각했어요. 라일리 씨는 물론 그곳에 계셨지만 제 말은 여자가 말이에요. 게다가 몰리 양은 라일리 씨를 좋아하지 않으세요. 그래서 같이 가드리는 것이 제 의무라고 생각했어요."

"정말 마음이 따뜻하군요."

푸아로가 격려하듯이 말했다.

"아니, 아니에요, 다만 제가 해야 할 일이라고 생각했어요. 아시다시피, 저는 몰리 선생님을 위해 꽤 오랫동안 일을 했죠……. 그래서 이 모든 일이 제겐 너무 큰 충격이에요. 물론 심리 때문에 더 충격을 받았고요……."

"그랬다니 정말 안타깝군요."

네빌 양은 진지하게 앞으로 몸을 숙였다.

"그런데 모든 것이 잘못됐어요, 무슈 푸아로. 정말 모두 잘못됐어요."

"뭐가 잘못됐다는 거지요, 마드무아젤?"

"그러니까, 그런 일이 일어날 수 없다는 거예요. 사람들이 생각하는 것처럼……, 환자의 잇몸에 과도한 양을 주사하는 일 말이에요."

"그럴 수 없다고 생각하시는군요."

"절대 그럴 수 없어요. 간혹 환자들이 부작용을 일으키기는 하지만, 그것은 환자들이 생리적으로 정상이지 않아서 그래요……. 심장 활동이 정상이 아닐 경우 말이죠. 하지만 과잉 투여는 없다고 볼 수 있어요. 의사들은 기계적으로 적당한 양을 투여하는 것이 몸에 밴 사람들이에요. 거의 자동적으로 정확한 양을 투여하지요."

푸아로는 고개를 끄덕이며 맞장구를 쳤다.

"나도 그렇게 생각하고 있어요, 맞아요."

"너무나도 표준화되어 있으니까요. 매번 양을 다르게 조제해 와서, 자기도 모르게 실수로 많은 양을 조제하는 약사들과는 다르지요. 처방전을 너무나도 많이 쓰는 의사라면 또 모를까. 하지만 치과 의사는 그런 것과는 전혀 달라요."

푸아로가 물었다.

"재판장에서 이런 의견이 반영되도록 요청하지 않으셨나요?"

글래디스 네빌은 고개를 가로저었다. 그리고 확신이 없는 듯 손가락을 비틀다가 마침내 입을 열었다.

"아시겠지만, 저는 일이 더 악화될까 봐 불안했어요. 물론 저는 몰리 선생님이 그런 일을 하지 않았다는 것을 잘 알지만, 실수일 리가 없다고 하는 것이 오히려 사람들로 하여금 그분이 일부러 그랬다고 생각하게 할 수도 있으니까요."

푸아로는 고개를 끄덕거렸다.

글래디스 네빌 양이 말했다.

"그래서 선생님을 찾아온 거예요. 선생님이라면 사람들이 지금 생각하고 있는 것이 공식적으로 굳어지지 않도록 하실 수 있지 않을까 해서요. 그 모든 추측이 얼마나 설득력이 없는지를 누군가는 알아야 한다고 생각해요."

"아무도 알고 싶어 하지 않아요."

푸아로가 말했다.

그녀는 당황한 듯 그를 빤히 쳐다보았다.

푸아로가 말했다.

"네빌 양이 받은 전보에 관해 조금 더 얘기를 나눴으면 합니다.

그날 네빌 양에게 급히 오라고 했던 그 전보 말입니다."

"솔직히 말씀드리자면, 그것을 어떻게 받아들여야 할지 모르겠어요, 무슈 푸아로. 너무나 이상해요. 그러니까 저와 저희 아주머니를 잘 아는 사람이 전보를 보낸 것은 틀림없어요. 아주머니가 어디 살고 계신지, 또 그 외 모든 것을 다 아는 사람이요."

"아주 친한 친구나 집에 같이 사는, 네빌 양을 아주 잘 아는 사람이 전보를 보냈겠지요."

"제 친구 중엔 그런 일을 할 사람이 없답니다, 무슈 푸아로."

"그 일에 관련하여 전혀 짐작 가는 바가 없나요?"

그녀는 잠시 망설이다가 천천히 입을 열었다.

"처음에 몰리 선생님이 스스로 총을 쏜 것을 알았을 때는 그분이 전보를 보냈을지도 모른다고 생각했어요."

"그러니까 네빌 양의 입장을 생각해서, 일부러 밖으로 내보냈다, 이겁니까?"

그녀는 고개를 끄덕거렸다.

"하지만 그것도 정말 터무니없는 생각인 것 같아요. 설사 그날 아침 자살을 할 마음을 품고 있었다고 하더라도 말이죠. 너무 이상해요. 제 친구 프랭크는 처음에 그 전보가 말도 안 된다고 했지요. 다른 사람과 놀러 나가고 싶어서 그런다고 저를 나무라기까지 했다니까요. 마치 그런 짓을 제가 꾸미기라도 한 것처럼 말이에요."

"다른 사람 누구요?"

"당연히 아무도 없죠. 하지만 프랭크는 최근 들어 아주 달라졌어요……. 너무 시무룩하고 또 의심스럽기도 해요. 일자리를 잃고 다시 취직을 못하고 있었거든요. 그냥 어슬렁거리고 다니는 것은 남자들에게 좋지 않잖아요. 저는 프랭크 걱정이 아주 많이 됐답니다."

"그날 네빌 양이 떠난 것을 알고 프랭크가 몹시 낙담했겠군요?"

"네, 맞아요. 새로 취직을 했다는 말을 하러 찾아온 거였어요. 주당 10파운드를 받는 아주 좋은 일자리를 얻었다고요. 그래서 당장 제게 알리고 싶어 기다릴 수가 없었던 거죠. 그리고 저는 프랭크가 몰리 선생님에게도 알리고 싶어 했다고 생각해요. 왜냐하면 몰리 선생님이 자기를 제대로 평가해 주지 않는 것에 몹시 상처를 받았거든요. 또 그분이 우리 사이를 떼어 놓으려한다고 의심하고 있었고요."

"그게 사실인가요?"

"네, 어떤 면에서는 사실이에요. 프랭크는 흔히들 요구하는 것처럼 꾸준하질 못해서 좋은 일자리를 많이 놓쳤어요. 하지만 지금은 달라요. 사람은 주위의 영향으로 꽤나 많은 것을 할 수 있다고 생각해요. 안 그래요, 무슈 푸아로? 남자는 여자가 기대를 많이 하고 있다고 느끼면, 그 기대에 부응하기 위해 열심히 노력을 하지요."

푸아로는 한숨을 내쉬었다. 하지만 반박은 하지 않았다. 많은 여성들이 자신들의 사랑의 힘에 대해 긍정적인 신념을 가지고 그런 똑같은 주장을 펼치는 것을 수없이 들었던 것이다. 그러면 그는 '만에 하나' 그럴 수도 있을 거라고 냉소적으로 추측할 뿐이었다.

그는 이렇게만 덧붙였다.

"네빌 양의 그 친구를 만나보고 싶군요."

"저도 그러셨으면 좋겠어요, 무슈 푸아로. 하지만 현재로서는 일요일이 그가 유일하게 쉬는 날이에요. 주중에는 내내 시골에 가 있거든요."

"아, 새로 구한 일 때문이군요. 그런데 무슨 일이랍니까?"

"음, 저도 정확히는 알지 못해요, 무슈 푸아로. 무슨 비서 일인 것 같아요. 아니면 정부의 어느 부서던가요. 저는 프랭크의 런던 주소로 편지를 보내면 사람들이 프랭크에게 전달을 해준다는 것밖에 몰라요."

푸아로는 말없이 잠시 그녀를 쳐다보았다.

그리고 찬찬히 말했다.

"내일은 일요일이에요. 두 사람과 점심 식사를 했으면 하는데, 로건의 코너 하우스에서요. 이 씁쓸한 사건에 대해서 두 분과 이야기를 나누고 싶군요."

"네, 감사해요, 무슈 푸아로……. 선생님과 점심 식사를 하면 좋을 것 같네요."


프랭크 카터는 중간 키에 살결이 흰 금발의 청년이었다. 고급스럽지는 않아도 세련된 외모였다. 말투는 유창하고 거침이 없었다. 두 눈동자가 가운데로 쏠려 있었으며 당황하면 불안하게 눈동자를 이리저리 굴리는 습관이 있었다.

그는 의심을 품고 있었으며 또 약간 적대적인 모습을 보였다.

"당신과 점심 식사를 한다는 것이 즐거운 일인지 잘 모르겠습니다. 글래디스에게 아무 말도 듣질 못해서요."

그는 말을 하면서 불쾌한 눈길로 그녀를 흘긋 쳐다보았다.

"바로 어제 약속을 했습니다."

푸아로는 미소를 지으며 말했다.

"네빌 양이 몰리 씨의 죽음으로 인해 몹시 상심하고 있어요. 그래서 이마를 맞대고 의논을 해 볼까 해서……."

프랭크 카터는 무례하게 끼어들었다.

"몰리 씨의 죽음요? 저는 그 사람의 죽음에 진저리가 납니다! 글래디스, 제발 좀 잊어버리라니까? 그 사람에겐 그럴 정도로 훌륭한 구석이 한 군데도 없었다고."

"오, 프랭크, 그렇게 말하면 안 돼. 그분은 내게 100파운드나 남겨 주셨어. 어젯밤에 그것에 관한 편지도 받았고."

"그래, 그건 좋아."

프랭크는 마지못해 수긍을 했다.

"하지만 그건 당연하지 않아? 그 사람은 자기를 뼈빠지게 일 시켰어……. 그런데 그 비싼 진료비는 누가 전부 챙겼지? 그 사람이 챙겼잖아!"

"그거야 당연히 선생님이 챙기셨지……. 나한테는 월급을 넉넉히 주셨잖아."

"내가 볼 땐 그렇지 않아! 자기는 너무 겸손해, 글래디스. 스스로 자신감을 가지라고. 나는 몰리를 좋게 생각했어. 자기나 나나 잘 알고 있듯 그 사람이 자기와 나 사이를 떼어놓으려고 안간힘을 쓴 게 사실임에도 말이야."

"그분은 단지 이해하지 못하셨을 뿐이야."

"그런 게 아니야. 그 사람은 이제 죽었지만, 살아 있었다면 나는 솔직하게 내 마음을 털어놨을 거야."

"그래서 당신은 그가 죽던 날 아침에 그 말을 하려고 찾아갔던 건가요?"

에르퀼 푸아로가 점잖게 물었다.

프랭크 카터는 화가 난 목소리로 말했다.

"누가 그런 소리를 해요?"

"당신이 들르지 않았습니까?"

"그래서요? 나는 거기서 글래디스를 보려고 했어요."

"하지만 네빌 양은 휴무였다고 하던데요."

"네, 하지만 의심스러웠죠. 그래서 그 빨간 머리 촌놈한테 기다렸다가 몰리를 만나겠다고 했어요. 글래디스와 나를 떼어놓으려고 한 지는 벌써 오래 됐지요. 그래서 나는 몰리를 만나서 내가 직업도 없는 건달이 아니라 번듯한 일자리도 구했고, 또 글래디스도 이제 혼수를 준비할 때가 되었다는 말을 하려고 한 거지요."

"그런데 실제론 그런 말을 안 했습니까?"

"네, 그 어둠침침한 방에서 기다리는 게 지겨워서 나갔어요."

"몇 시에 나갔나요?"

"기억 안 나요."

"그럼 도착한 시간은 몇 시였고요?"

"잘 모르겠어요. 12시 직후였던 것 같아요."

"그리고 한 30분쯤, 대충 그 정도 있었나요?"

"잘 모르겠습니다. 제가 늘 시계만 들여다보는 놈도 아니고."

"대기실에 있는 동안 다른 사람이 있었습니까?"

"제가 들어갔을 때 유들유들하고 뚱뚱한 놈이 하나 있었는데, 오래 있진 않았어요. 그후로는 죽 혼자 있었어요."

"그럼 당신은 12시 30분 전에 나가셨겠군요. 그때 한 숙녀분이 도착했고요."

"그랬던 것 같아요. 그곳은 사람을 짜증나게 해요."

푸아로는 생각에 잠긴 표정으로 그를 눈여겨보았다.

허세를 부리는 태도가 왠지 어색했다. 아무래도 사실 같지가 않았다. 단지 그가 내고 있는 신경질만으로도 충분히 의심이 될 만했다.

푸아로의 태도는 단순하고 친근했다.

"네빌 양 말로는 운좋게 아주 괜찮은 일자리를 구했다고 하던데."

"월급이 많지요."

"주당 10파운드라고요."

"맞아요, 과히 나쁘지 않죠? 저도 마음만 먹으면 잘 할 수 있다는 증거죠."

그는 약간 거들먹거렸다.

"그렇군요. 일은 너무 고되지 않습니까?"

프랭크 카터는 한 마디로 일축했다.

"별로요."

"그럼 재미가 있습니까?"

"아, 그럼요, 아주 재미있어요. 일 얘기가 나와서 말인데, 사설 탐정들은 어떻게 일을 하는지 늘 궁금했어요. 요즘 명탐정들은 대부분 이혼에는 관여하지 않는 것 같군요."

"나는 이혼에는 관심이 없습니다."

"정말인가요? 그럼 선생이 어떻게 사시는지 상상이 안 가는데요."

"그럭저럭, 대충 꾸려갑니다."

"하지만 현재 최고의 탐정이 아니신가요, 무슈 푸아로?"

그러자 글래디스 네빌이 끼어들었다.

"몰리 선생님도 그렇게 말씀하시곤 했어요. 왕족들이 부르는 그런 분이시라고요. 아니면 내무부나 공작부인들이 주로 찾는."

푸아로는 그녀를 쳐다보며 싱긋 웃었다.

"너무 추켜세우시는군요."


푸아로는 생각에 골몰한 채 인적이 끊긴 거리를 지나 집을 향해 걸었다.

집에 도착한 그는 재프에게 전화를 걸었다.

"귀찮게 해서 미안하네만, 궁금한 게 있어서. 글래디스 네빌에게 온 전보는 추적됐나?"

"아직도 그 얘긴가? 그래, 사실 하긴 했지. 전보가 온 것도 사실이

고, 서머싯의 리치본(Richbourne)에 아주머니가 살고 있는 것도 맞
아. 전보는 리치반(Richbarn)에서 부친 거지만. 자네도 알다시피, 런
던 교외지."

에르퀼 푸아로는 감탄하듯 말했다.

"정말 교묘해……. 그래, 정말 교묘해. 전보 수령인이 그 전보 발
송지를 우연히 봤더라도, 그 글자가 리치본처럼 보였을 걸세."

그는 잠시 숨을 돌렸다.

"내가 무슨 생각을 하는지 자네 혹시 아나, 재프?"

"글쎄?"

"이 일에는 수뇌부가 있는 것 같네."

"에르퀼 푸아로가 살인사건이라고 생각하면, 그건 살인사건일 수
밖에 없어."

"그 전보를 어떻게 설명하겠나?"

"우연의 일치야. 누군가 그녀를 골탕 먹이고 있는 거지."

"무슨 이유로?"

"그걸 말이라고 해, 사람들이 왜 그런 일을 하겠나? 짓궂은 장난
이고 골탕을 먹이려는 거지. 엉뚱한 유머 감각이라니까, 그뿐이야."

"그럼 그날 몰리 선생이 실수로 주사한 일을 놓고도 누군가 재미
있어 했겠군."

"어느 정도 원인과 결과가 있었겠지. 왜냐하면 네빌 양이 없었기
때문에 몰리는 평소보다 더 바빴고, 그래서 실수할 확률이 더 높았
을 테니까."

"여전히 납득이 안 가네."

"혹시 자네 생각은 어떤가? 만약 누군가가 네빌을 밖으로 불러냈다면, 그건 아마도 몰리 자신일 걸세. 엠버라이어티스의 죽음을 사고가 아니라 사건으로 만들기 위해서."

푸아로는 말이 없었다. 재프가 말했다.

"알겠나?"

푸아로가 말했다.

"엠버라이어티스는 다른 방법으로 살해당했을지도 몰라."

"그게 아냐. 사보이 호텔로 그를 만나러 온 사람은 아무도 없었어. 그는 방에서 점심을 먹었지. 그리고 의사들 말로는 마취제는 복용한 것이 아니라 주사로 주입된 것이 확실하대. 위에서 발견되지 않았으니까. 그렇게 된 걸세, 명백하게."

"그게 바로 놈들이 우리가 그렇게 생각해 주었으면 하는 바가 아닌가."

"어쨌든 A.C.는 만족하고 있어."

"그가 사라진 숙녀를 두고 만족한다고?"

"사라진 실 양 사건? 아니, 그건 아직 미결 사건이지. 그 여자는 어딘가에 있을 걸세. 그냥 길거리로 나갔다가 사라질 수는 없으니까."

"그런데 그냥 나갔다가 사라진 것 같은데."

"지금은 그렇지. 하지만 어딘가에 있을 거야, 살았건 죽었건. 내 생각엔 죽은 것 같진 않아."

"어째서?"

"아직 시신을 발견하지 못했으니까."

"이봐, 재프, 시신이 그렇게 금방 나타나던가?"

"자네는 지금 그녀가 살해됐으며 곧 발견될 거라는 암시를 주고 있는 것 같은데, 럭스턴 부인처럼 갈기갈기 찢긴 채로?"

"어쨌거나 몬 아미(친구), 아직도 찾지 못한 실종된 사람들이 있지 않나."

"그런 일이야 극히 드물지. 많은 여자들이 사라지지만, 대개는 찾아내. 열에 아홉은 섹스 사건이고, 어딘가에 남자와 함께 있어. 우리의 마벨르는 그럴 것 같진 않네만, 안 그런가?"

"알 수 없지."

푸아로는 신중하게 대답했다.

"하지만 그런 것 같진 않아. 그래서, 자네는 그녀를 찾을 수 있다고 확신하나?"

"결국 찾게 될 거야. 그녀의 인상착의를 신문에 내고 BBC를 끌어들여야지."

"아하, 거기서 뭔가 소식이 오겠군."

푸아로가 말했다.

"걱정 말게. 자넬 위해 실종된 미인을 찾아줄 테니까……. 양모 속옷까지 전부."

그는 전화를 끊었다.

조지는 예의 소리 없는 발걸음으로 들어왔다. 그는 작은 테이블에 김이 나는 핫 초콜릿이 든 포트와 단 비스킷 몇 개를 올려놓았다.

"다른 시키실 일이 더 있으십니까, 주인님?"

"지금 마음이 아주 혼란스럽네, 조르주."

"아, 네, 제가 무슨 말씀을 드려야 할지."

에르퀼 푸아로는 초콜릿을 손수 따른 다음 생각에 잠긴 표정으로 컵을 저었다.

조지는 공손하게 서서 기다렸다. 에르퀼 푸아로는 조지와 사건을 의논할 때도 있었다. 그럴 때마다 조지의 조언이 특히 도움이 된다고 했다.

"자네도 치과의사의 죽음을 알고 있지?"

"물론입니다, 주인님. 알고말고요. 아주 안됐습니다. 총으로 쏴서 자살을 했다지요."

"그것이 일반적으로 알려져 있는 사실이지. 만약 스스로 총을 쏘지 않았다면 살해된 거고."

"그렇군요."

"만약 살해됐다면, 누가 죽였을까? 그게 문제야."

"그렇겠군요."

"그를 살해할 만한 사람이 몇 사람 있다네, 조르주. 말하자면 그 시간에 그 병원에 있었던 사람 혹은 있었을 만한 사람들이지."

"그렇군요."

"그 사람들은 요리사와 가정부, 도저히 그런 일을 할 것 같지 않은 상냥한 하인들일세. 역시 그랬을 것 같지 않지만, 형제의 돈을 상속받게 된 우애 깊은 누이도 있지. 이 경우에는 재정적인 측면도 완전히 무시할 수는 없어. 또 싸구려 범죄 소설에 빠진 새대가리 급사도 있고, 마지막으로 전력이 의심스러운 그리스 신사가 있네."

조지는 헛기침을 했다.

"역시 외국인들이 있군요."

"그렇다네, 전적으로 동감이야. 그리스 신사는 확실히 의심스러워. 하지만 조르주, 자네도 알다시피 그 그리스 신사 역시 죽었는데 그를 죽인 사람이 몰리 씨인 것 같네. 일부러 그랬는지, 아니면 우리가 알 수 없는 불행한 실수의 결과였는지는 모르지만."

"두 사람이 서로를 죽였을 수도 있겠군요. 제 말씀은, 그 신사들이 각각 상대방을 죽일 생각을 품고 있었던 건지도. 비록 상대방의 의도는 서로 몰랐겠지만."

에르퀼 푸아로는 흡족한 목소리로 말했다.

"정말 그럴듯해, 조르주. 치과의사는 치료 의자에 앉아 있는 불행한 신사를 죽였으나 바로 그 순간, 언제 권총을 뽑아들지 그 희생자가 따져보고 있었던 것을 깨닫지 못했던 거지. 물론 그럴 수도 있지만, 조르주, 내가 보기엔 그럴 가능성은 전혀 없다네. 그리고 아직 리스트에 있는 사람들의 조사가 다 끝나지 않았어. 그 순간에 치과에 있었을 사람들이 아직 두 사람 더 남아 있어. 엠버라이어티스 씨보다 앞서 치료를 받은 환자들 중에서 사실 단 한 사람만이 치과에서 나가는 것이 목격되지 않았다네. 그 사람은 다름 아닌 미국인 청년이야. 그는 12시 20분 전에 대기실을 나갔지만, 병원을 나가는 것을 본 사람은 아무도 없어. 그래서 그를 용의자로 볼 수밖에 없네.

다른 가능성은 12시 직후에 몰리 씨를 만나러 치과에 왔던 프랭크 카터 씨. 그는 환자가 아냐. 그가 나가는 것을 본 사람도 역시 없어. 조르주, 이것이 현황일세. 자네 생각은 어떤가?"

"살인이 발생한 시각은요?"

"만약 엠버라이어티스 씨가 살인을 저질렀다면 12시에서 12시 25분 사이야. 혹시 범인이 다른 사람이라면, 12시 25분 이후고. 그렇지 않았다면 엠버라이어티스 씨가 시체를 봤겠지."

그는 부추기듯 조지를 쳐다보았다.

"자, 조르주, 자네 생각은 어떤가?"

조지는 깊이 생각한 다음, 입을 열었다.

"제 생각엔……."

"그래, 자네 생각엔?"

"앞으로 치과에 가시려면 다른 의사를 새로 찾아보셔야 할 것 같습니다."

에르퀼 푸아로가 말했다.

"너무 앞서 갔군, 조르주. 거기까진 아직 생각 못 했네!"

조지는 흡족한 표정으로 방을 나갔다.

에르퀼 푸아로는 초콜릿을 홀짝거리며 자신이 막 생각했던 사실들을 다시 훑어보았다. 그 모두가 자신이 말한대로라는 것이 만족스러웠다. 그 사람들 가운데 범인이 있었다. 누구의 영감에서 나온 것인지는 모르지만.

다음 순간 리스트가 불충분하다는 것을 깨달으면서 그는 눈살을 찌푸렸다. 한 사람의 이름을 빠트렸던 것이다.

단 한 사람도 누락시켜선 안 된다. 혐의가 아무리 희박할지라도.

살인이 발생한 시각에 치과에는 한 사람이 더 있었다.

그는 이름을 적었다.

"반스 씨."


조지가 전화가 왔음을 전해 왔다.

"어떤 숙녀분이 주인님과 통화를 하고 싶어 하십니다."

일주일 전, 푸아로는 손님이 왔다는 소리에 다른 사람일 거란 기대를 한 적이 있었다. 이번에는 그의 추측이 맞아떨어졌다.

그는 즉시 그녀의 목소리를 알아보았다.

"무슈 에르퀼 푸아로?"

"그렇습니다만."

"저는 제인 올리베라라고 합니다. 앨리스테어 블런트 씨의 조카 딸이에요."

"네, 올리베라 양."

"혹시 고딕 하우스로 와 주실 수 있으신가요? 선생님께서 아셔야 할 게 있어서요."

"알겠습니다. 몇 시가 좋으신가요?"

"6시 30분요."

"그럼 그때 뵙겠습니다."

수화기 건너편에서 그녀는 잠시 머뭇거렸다.

"저어……, 제가 선생님을 방해하는 건 아닌가요?"

"전혀 그렇지 않습니다. 전화해 주길 기다리고 있었습니다."

그는 얼른 수화기를 내려놓았다. 그리고 미소를 지으며 자리에서 일어났다. 제인 올리베라가 무슨 구실로 자신을 부르고 있는지 궁금했다.

고딕 하우스에 도착한 그는 곧장 강이 내려다보이는 널찍한 도서관으로 안내되었다. 앨리스테어 블런트는 종이 자르는 칼을 만지작거리며 멍한 표정으로 책상에 앉아 있었다. 집안 여자들에게 시달린 듯한 그런 표정이었다.

제인 올리베라는 벽난로 선반 옆에 서 있었다. 푸아로가 들어서자, 오동통한 한 중년 여인이 성마른 표정으로 말을 하고 있었다.

"그리고 이 문제에 있어서 내 기분을 좀 헤아려 줬으면 좋겠어요."

"알았어, 물론, 물론이지."

앨리스테어 블런트는 푸아로에게 인사하기 위해 자리에서 일어서며 달래는 듯한 목소리로 말했다.

"끔찍한 얘기를 나눌 참이라면, 나는 밖으로 나가야겠구나."

통통한 여인이 덧붙였다.

"죄송해요, 어머니."

제인 올리베라가 말했다.

올리베라 부인은 푸아로의 존재를 무시한 채 그를 휙 지나치며 밖으로 나갔다.

앨리스테어 블런트가 말했다.

"여기까지 와 주시다니 정말 감사합니다, 무슈 푸아로. 올리베라 양은 만나신 적이 있는 것 같은데, 안 그렇습니까? 무슈 푸아로를 오시라고 한 사람이 바로 올리베라니까요⋯⋯."

제인이 불쑥 끼어들었다.

"지금 신문에서 대서특필하고 있는 그 실종된 여자에 관한 일이 에요. 무슨 실 양인가 하는."

"세인즈버리 실 말씀이신가요?"

제인은 다시금 푸아로를 쳐다보았다.

"그렇게 거창한 이름이라서 제가 기억하고 있는 거예요. 제가 말 씀드릴까요, 아니면 직접 하시겠어요, 이모부?"

"네가 해야지."

제인은 다시 푸아로를 쳐다보았다.

"전혀 중요하지 않을 수도 있지만⋯⋯, 그래도 아셔야 할 것 같아 서요."

"그래요?"

"앨리스테어 이모부께서 마지막으로 치과에 가신, 그러니까 석 달 전 그날이었어요⋯⋯. 이모부와 롤스로이스를 타고 퀸 샬럿 가 에 갔었어요. 리전트 파크(런던 북서부에 있는 공원 — 옮긴이)에 친구 들을 만나러 가는 절 데려다주시는 길이었죠. 우리는 58번지에 멈 추었고 이모부가 차에서 내렸어요. 그런데 그때 한 여자가 58번지 에서 나왔어요. 머리는 공들여 꾸미고 옷은 예술가처럼 입은 중년 여자였어요. 그녀는 곧바로 이모부에게 다가와 말했어요. (제인 올리

베라의 목소리가 높아지면서 날카로워졌다.) '어머, 블런트 씨! 저 기억
안 나세요, 저예요, 저!' 이모부의 얼굴을 보니 당연히 전혀 기억을
못하시는 것 같았어요……."

앨리스테어 블런트가 한숨을 쉬었다.

"본 적이 없었습니다. 사람들은 늘 그런 소리를 하지만……."

"이모부는 아주 특별한 표정을 지으셨어요."

제인이 계속했다.

"저는 그게 뭔지 잘 알아요. 기억나는 체 하는 예의 바른 표정이
죠. 삼척동자라도 다 아는 거짓말이에요. 이모부는 자신 없는 목소
리로 말씀하셨어요. '아, 네……. 물론입니다.' 그 무시무시한 여자
가 말했어요. '저는 선생님의 고매하신 부인의 친구랍니다!'"

"대부분 그렇게들 말을 하지요."

앨리스테어 블런트는 더욱 더 침울해진 목소리로 말했다.

그는 애처로운 표정으로 미소를 지었다.

"그리고 결론은 늘 똑같아요! 어딘가에 기부금을 내라는 거지요.
저는 5파운드를 꺼내 인도의 규방 선교인가 뭔가 하는 곳에 기부금
을 냈습니다. 많은 돈은 아니지만!"

"그 여자가 정말 부인을 아는 사람이었나요?"

"글쎄요, 아내가 규방 선교에 관심이 있었기 때문에 그랬을 수도
있는데, 그랬다면 아마 인도에서 만났었겠지요. 우리는 10년 전에
인도에 있었으니까요. 하지만 아주 친한 친구는 아닐 겁니다. 그랬
다면 제가 알았겠지요. 아마 파티에서 한 번 만난 정도겠죠."

제인 올리베라가 말했다.

"그 여자가 레베카 이모를 만났던 것 같진 않아요. 다만 이모부에게 말을 걸기 위한 구실이었을 거예요."

앨리스테어 블런트는 너그러운 어조로 말했다.

"그래, 그랬을 거야."

제인이 말했다.

"저는 그 여자가 다짜고짜 이모부를 아는 체 했다는 게 이상해요."

앨리스테어 블런트는 역시 너그럽게 말했다.

"그 여자는 다만 기부금을 바란 것이었어."

푸아로가 말했다.

"그 여자가 다시 또 연락을 하지는 않았나요?"

블런트는 고개를 가로저었다.

"그 후로 그 여자에 대해선 까맣게 잊어버렸어요. 제인이 신문에서 보고 얘기를 하기 전까진 이름도 잊고 있었던 걸요."

제인은 약간 자신 없는 어조로 말했다.

"무슈 푸아로께서 알고 계셔야 할 것 같아서요."

푸아로는 공손하게 대답했다.

"감사합니다, 마드무아젤."

그가 덧붙였다.

"이제 가 보겠습니다, 블런트 씨. 워낙 바쁘신지라."

제인이 얼른 나섰다.

"아래층까지 안내해 드릴게요."

에르퀼 푸아로는 콧수염 밑으로 살짝 미소 지었다.

아래층에서 제인은 갑자기 멈추어 서며 말했다.

"이리로 들어오세요."

두 사람은 복도에서 벗어나 작은 방으로 들어갔다.

그녀는 그를 향해 뒤돌아 얼굴을 마주보았다.

"아까 통화할 때 제 전화를 기다리고 있었다고 하셨죠. 그게 무슨 뜻인가요?"

푸아로는 빙그레 웃었다. 그리고 두 손을 활짝 폈다.

"말 그대로입니다, 마드무아젤. 앨리스테어 양이 전화해 주길 기다리고 있었습니다. 그리고 전화가 온 거지요."

"제가 이 세인즈버리 실이란 여자 일로 전화를 할 것이라는 걸 알고 계셨단 말씀이네요."

푸아로는 고개를 가로저었다.

"그건 핑계일 뿐이지요. 필요하다면 다른 일을 찾아 구실을 만들었을 테고요."

제인이 말했다.

"대체 제가 왜 당신에게 전화를 해야만 하죠?"

"앨리스테어 양은 세인즈버리 실 양에 대한 이 토막 정보를 왜 경시청이 아닌 내게 전해주는 걸까요? 경시청에 주어야 자연스러운 일일 텐데."

"좋아요, 만물박사 선생님. 정확히 당신은 얼마나 알고 계신가요?"

"지난번에 내가 홀본 팰리스 호텔에 갔다는 소리를 아가씨가 들은 이후로 내게 관심을 갖고 있다는 것을 알고 있었습니다."

그녀의 얼굴이 너무도 창백해지는 바람에 그는 오히려 깜짝 놀랐다. 그는 그토록 진한 구릿빛 얼굴이 이 정도로 새파랗게 질렸다는 것이 믿어지지 않았다.

그는 조용히, 그리고 침착하게 덧붙였다.

"아가씨는 날 떠보기 위해 오늘 여기까지 오게 했어요. 떠본다는 것이 정확한 표현이죠? 그래요, 하워드 레이크스 씨의 문제에 관해 떠보기 위해서요."

제인 올리베라가 말했다.

"그게 누군데요?"

그녀의 질문은 제대로 받아넘긴 대응이 아니었다.

푸아로가 말했다.

"아가씨가 날 떠볼 필요는 없습니다, 마드무아젤. 나는 내가 알고 있는 것을, 아니 짐작하고 있는 것을 당신에게 말해주겠어요. 재프 경감과 내가 처음 여기에 왔던 날, 아가씨는 우리를 보고 깜짝 놀랐지요……. 소스라쳤어요. 이모부에게 무슨 일이 생긴 거라고 생각했던 거지요. 왜 그랬습니까?"

"이모부에겐 일이 자주 생기니까요. 언젠가 이모부에게 우편물로 폭탄이 배달된 적이 있어요. 헤르초슬로바키아 대출 사건 이후에요. 협박 편지도 아주 많이 받으세요."

푸아로는 하던 말을 계속했다.

"몰리 씨라는 어떤 치과의사가 총에 맞았다는 얘기를 재프 경감한테 들으셨지요. 그때 아가씨가 어떤 대답을 했는지 기억하실 겁니다. '말도 안 돼요.'라고 했지요."

제인은 입술을 깨물었다.

"제가 그랬나요? 정말 터무니없네요, 안 그래요?"

"그건 아주 이상한 말이었습니다, 마드무아젤. 아가씨가 몰리 씨의 존재를 알고 있다는 뜻이었지요, 무슨 일이 일어나길 기다렸다는, 그에게가 아니라 그의 치과에 일어나길 기다렸다는 그런 뜻이었습니다."

"혼자서 이야기를 쓰고 계시군요."

푸아로는 못 들은 체 했다.

"당신은 몰리 씨의 집에서 무슨 일이 일어날 것을 기대하고, 아니 일어날까 두려워하고 있었습니다. 이모부에게 무슨 일이 일어날까 봐 겁을 내고 있었던 거예요. 만약 정말 그랬다면, 아가씨는 우리가 모르는 무언가를 알고 있는 게 틀림없습니다. 그날 몰리 씨의 집에 있었던 사람들을 곰곰 따져본 결과, 당신과 관계가 있을 것 같은 한 사람을 찾아냈지요. 바로 미국인 청년인 하워드 레이크스 씨요."

"마치 연속극 같네요, 안 그래요? 짜릿한 그 다음 회는 어떤 내용이죠?"

"나는 하워드 레이크스 씨를 만났습니다. 아주 위험하고 매력적인 청년이더군요."

푸아로는 의미심장하게 말을 멈추었다.

제인이 생각에 잠겨 말했다.

"맞아요, 그런 사람이에요."

그녀는 미소를 지었다.

"좋아요! 당신이 이겼어요. 정말 오싹할 정도네요."

그녀는 몸을 앞으로 숙였다.

"말씀드릴게요, 무슈 푸아로. 당신은 쉽게 속여 넘길 수 있는 그런 사람이 아니군요. 당신이 주변을 꼬치꼬치 캐묻고 다니게 하느니 차라리 제가 말씀드리죠. 저는 그 사람, 하워드 레이크스를 사랑해요. 그 사람 때문에 정신이 하나도 없어요. 어머니는 제게서 그 사람을 떼어 놓으려고 절 이리로 데려 오신 거예요. 또 한편으론 이모부 마음에 들어서 돌아가신 다음에 재산을 물려받기 위해서죠."

그녀가 덧붙였다.

"어머니는 앨리스테어 이모부의 조카예요. 레베카 안홀트는 어머니의 이모시고요. 그러니까 앨리스테어 블런트 이모부는 사실 저의 이모부 할아버지인 셈이죠. 다만 이모부는 친척이 없으세요. 그래서 어머니는 어째서 우리가 잔여재산 상속인이 될 수 없는지 그 이유를 모르겠다고 하시며 그분을 조르고 있지요.

아시다시피 전 당신에게 솔직해요, 무슈 푸아로. 우리는 그런 사람이에요. 사실 돈도 많고요. 하워드의 계산에 의하면 충격적인 액수랍니다."

그녀는 잠시 숨을 돌렸다. 그리고 한 손으로 의자 팔걸이를 쳤다.

"어떻게 말씀드려야 할까요……? 제가 믿게 된 모든 것을 하워드는 혐오스러워하고 또 없애고 싶어해요. 이따금 저는 그가 정말 그런 짓을 할 것만 같은 생각이 들어요. 저는 앨리스테어 이모부가 좋지만, 이모부는 가끔 저조차도 신경질 나게 하세요. 이모부는 너무 진부하거든요. 정말 영국적이고, 너무나 신중하고 보수적이시죠. 저는 이따금 이모부와 그의 세대가 물러나야 한다는 생각이 들어요. 진보를 가로막고 있어서, 그들이 없어야 우리가 할 수 있다는 생각 말이지요!"

"레이크스 씨한테 세뇌되었군요?"

"맞아요……, 아니, 아니에요. 하워드는 그의 동지들보다 더 거칠어요. 하워드의 생각에 어느 정도 동의하는 사람들이 있어요. 그들은 기꺼이 일을 하려 들 거예요. 만약 앨리스테어 이모부와 그분의 세력들이 동의를 한다면요. 하지만 그들은 결코 나서지 않을 거예요! 그들은 그저 의자에 앉아 고개를 흔들면서, '우린 그런 위험을 절대 감수할 수 없어.'라고 하거나, '경제적으로 안전하지가 않아.', '역사를 봐.'라고 할 거예요. 하지만 저는 역사를 봐서는 안 된다고 생각해요. 그건 뒤를 돌아보는 거니까요. 사람은 언제나 앞을 봐야 해요."

푸아로가 부드럽게 말했다.

"아주 매력적인 생각이군요."

제인은 경멸하듯 그를 쳐다보았다.

"당신도 그런 말을 하시네요!"

"어쩌면 내가 늙었기 때문이지도 모르겠습니다. '저 늙은이들은 꿈만 꾸고 있다지요, 오직 꿈만.'"

그는 잠시 말을 멈추었다가 다시 사무적인 어조로 물었다.

"하워드 레이크스 씨는 왜 퀸 샬럿 가에서 약속을 잡았습니까?"

"왜냐하면 제가 앨리스테어 이모부와 그를 만나게 했으면 했거든요. 그 밖에 일을 해결할 방법이 없다고 생각했어요. 그는 이모부를 참 못마땅해 했어요……, 너무나도 미워하고. 그래서 그가 막상 이모부를 만나면, 이모부가 얼마나 훌륭하고 겸손한 분인지 알게 될 것 같았어요. 그러면 그의 생각이 바뀔까 했지요……. 여기서는 어머니 때문에 약속을 잡을 수가 없었거든요. 어머니는 모든 것을 망쳐놓으실 테니까요."

푸아로가 말했다.

"하지만 그 약속을 막상 만들어 놓고 나서, 불안했군요."

그녀의 눈동자가 크고 까맣게 변했다.

"네. 왜냐하면…… 왜냐하면, 가끔 하워드가 넋이 나갈 때가 있거든요. 그 사람은……."

에르퀼 푸아로가 말했다.

"그는 지름길로 가고 싶어 하죠. 모조리 없애 버릴 수 있는……."

제인 올리베라가 외쳤다.

"아니에요!"

## 일곱, 여덟,

## 똑바로 세워라

시간이 흘러갔다. 몰리 씨가 죽은 지 한 달이 지났는데, 세인즈버리 실 양에게선 여전히 아무 소식이 없었다.

재프는 점점 더 그 문제로 인해 노기등등했다.

"잊어버리게, 푸아로. 그 여자, 어딘가 있겠지."

"그래, 분명히 어딘가에는 있어, 몽 셰르(친구)."

"살아 있거나 죽었거나 말야. 만약 죽었다면, 시신은 어디 있는 걸까? 혹시 자살을 했다면……."

"또 자살이라고?"

"그 문제는 잊어버리세. 자넨 아직도 몰리가 살해됐다는 건가? 그건 자살이었어."

"권총은 확인해 봤나?"

"아니, 그런데 외국산 권총이었네."

"그건 시사적이군, 안 그런가?"

"꼭 그렇진 않네. 몰리는 해외에 나간 적이 있어. 누이와 함께 크루즈 여행을 갔었지. 영국 제도에 사는 사람은 누구나 크루즈 여행을 가니까. 그는 그걸 타고 해외에 갔을 거야. 인생의 짜릿한 스릴을 즐기러 말이야."

그는 잠시 숨을 돌렸다가 다시 말했다.

"자꾸 몰아가지 말게. 그러니까 내가 하려는 말은, 만약에……, 혹시라도 만약에 그 빌어먹을 여자가 자살을 했다면, 가령 물에 빠져 죽었다면 말이야 지금쯤은 시신이 떠올랐어야 하지. 또 살해됐다고 해도 마찬가지야."

"몸에 뭔가 무거운 물건이 달려서 템스 강에 던져졌다면 문제가 다르지."

"라임하우스(런던 동부의 빈민가로 중국인이 많은 탓으로 차이나타운이라고도 함 — 옮긴이)의 어느 와인 창고에서 발견될지도 모르지! 지금 자네는 여류 소설가의 스릴러 같은 얘기를 하고 있군."

"알아, 나도 알아. 그래서 얘기를 하면서도 얼굴이 화끈거리네!"

"혹시 국제적인 갱단이 죽인 건 아닐까?"

푸아로는 한숨을 쉬며 말했다.

"최근에 정말 그런 것들이 있다는 얘길 들었네."

"누가 그런 얘길 하던가?"

"일링의 캐슬가든 가(街)에 살고 있는 레지널드 반스 씨."

"그래, 그가 알 수도 있겠군."

재프는 모호하게 말했다.

"그 친구가 내무부에 있을 때 외국인 담당이었으니까."

"그럼 자네 생각은 다른가?"

"그건 내 부서가 아니라 확실히는 모르지만 그래, 그런 일은 있지. 하지만 대개는 시시껄렁한 놈들이야."

잠시 침묵이 흐르는 동안 푸아로는 수염을 만지작거렸다.

재프가 말했다.

"한두 가지 추가 정보를 입수했네. 그 여자는 엠버라이어티스와 같은 배를 타고 인도에서 영국으로 돌아왔다는 거야. 그런데 그 여자는 이등석에 타고, 그는 일등석에 타서 달리 특별한 게 있을 것 같진 않아. 그런데 사보이 호텔 웨이터 말로는 그가 죽기 일주일 전쯤, 그녀가 그 호텔에서 그를 만나 점심을 먹었다는군."

"그럼 그 두 사람 사이에 무슨 관계가 있을까?"

"가능하긴 하지만……, 그럴 것 같지는 않아. 여자 선교사가 괴상한 일에 연루되었을 것 같지가 않다는 거야."

"그럼, 자네 말대로라면 엠버라이어티스가 '괴상한 일'에 연루되었다는 건가?"

"그렇지, 우리의 중앙 유럽 친구들 중 누군가와 밀접한 관계가 있어. 스파이 활동 말일세."

"확실한가?"

"그래. 아, 그 친구는 궂은 일에 직접 개입하진 않아. 아직 연락이 닿지 않았네. 보고서를 만들고 받고……, 그게 그의 일이지."

재프는 말을 멈추었다가 다시 이어갔다.

"하지만 그 일이 세인즈버리 실 사건에 도움이 되진 않아. 그녀는 연루되지 않았을 거야."

"엠버라이어티스와 그 훌륭한 세인즈버리 실 양이라……. 두 사람이 팀원 같진 않은데."

"세인즈버리 실 양이 죽은 엠버라이어티스와 친한 친구였다는 건 알고 있었나?"

"누가 그래? 아닌 것 같은데! 신분도 다르고."

"그녀가 그렇게 말했어."

"그녀가 그랬다고 누가 그래?"

"앨리스테어 블런트 씨가."

"아하! 그거야 그렇지. 그 일에 그 친구가 이용당한 거야. 엠버라이어티스가 그런 식으로 그녀를 이용했다는 뜻인가? 그건 말이 안돼. 블런트는 그저 기부금을 내고 그녀에게서 벗어났겠지. 주말에 그녀를 시골로 초대를 하거나 그 비슷한 일을 하지는 않았을 거야. 그 친구는 그럴 정도로 그렇게 순박한 사람이 아니잖나."

이것은 너무나도 명백한 사실이어서 푸아로는 동의할 수밖에 없었다. 잠시 후, 재프는 세인즈버리 실의 상황을 계속해서 설명했다.

"어느 미친 과학자가 그녀의 시신을 염산 탱크에 집어넣었을지도 몰라……. 스릴러 소설에서 좋아하는 또 다른 해석이지! 하지만 내 말을 믿게, 그건 어처구니없는 소리야. 어림없지. 그 여자가 죽었다면, 어딘가에 시신이 조용히 묻혀 있을 거야."

"하지만 어디에?"

"바로 그거야. 그녀는 런던에서 사라졌어. 런던에는 정원 있는 집이 없어. 단 한 채도 없어. 인적이 드문 양계장, 그게 바로 우리가 원하는 것일세!"

정원이라! 문득 일링에 있는 침실을 갖춘 산뜻하고 깔끔한 그 정원이 푸아로의 머릿속을 스치고 지나갔다. 죽은 여자를 그곳에 묻는다면 얼마나 완벽한가! 그는 근거 없는 소리가 아니라고 혼자 중얼거렸다.

"그런데 만약 죽지 않았다면, 대체 어디 있을까?"

재프가 덧붙였다.

"신문에 실린 인상착의가 전 영국에 배포되고 한 달이나 지나지 않았나……."

"그런데 아무도 그녀를 본 사람이 없잖아?"

"아니, 사실은 모든 사람이 그녀를 봤어! 올리브 색 카디건을 입은 후줄근한 중년 여자가 얼마나 많은지 아나. 그녀는 요크셔의 황야에도 있었고, 리버풀의 호텔과 데번의 하숙집에도 있었고 또 램스게이트(런던에서 남동쪽으로 110킬로미터 정도 떨어진 켄트 주에 자리 잡은 도시 ─옮긴이)의 해변에도 있었다네! 내 부하들이 이 모든 걸 끈기 있게 수사했는데 하나같이 허사였어. 다만 점잖은 중년 여성들로부터 미움만 샀지."

푸아로는 안쓰럽다는 듯 끌끌 혀를 찼다.

"그렇지만, 그녀는 실제 존재하는 인물일세. 간혹 가짜를 만나기도 해. 그러니까 어딘가에서 스핑크스인 양 행세를 하는 그런 사람 말이야……. 하지만 이 여자는 진짜야. 그녀는 과거를 가지고 있고, 배경도 있어! 우리는 그녀에 관해 모든 것을 알고 있지. 어린 시절부터 지금까지! 그녀는 지극히 정상적이고 이성적인 삶을 살아왔어. 그런데 갑자기, 사라진 거야!"

"이유가 있겠지."

푸아로가 말했다.

"그녀는 몰리를 쏘지 않았네. 그게 자네가 하고 싶은 말인지는 모르겠지만. 엠버라이어티스는 그녀가 떠난 후에도 살아 있는 몰리를 봤어……. 그리고 우린 그날 아침 그녀가 퀸 샬럿 가를 떠난 이후로 그녀의 거동을 감시해 왔고."

푸아로가 성급하게 대꾸했다.

"내 말은 그녀가 몰리를 쐈다는 게 아닐세. 그거야 당연히 아니지만 그래도 마찬가지야……."

재프가 말했다.

"만약 몰리에 대한 자네 생각이 맞다면, 그가 그녀에게 살해의 단서가 되는 무슨 말을 한 게 틀림없어. 비록 그녀는 그것을 의심하지 않았지만 말일세. 그 경우에, 그녀는 고의적으로 제거됐을 거야."

푸아로가 말했다.

"이 모든 일엔 어떤 조직이 개입되어 있어. 퀸 샬럿 가의 조용한 치과의사의 죽음과는 비교도 안 되는 어떤 큰 이해관계 말이야."

"자네는 레지날드 반스가 말하는 것을 몽땅 믿지는 말게! 그는 재미있는 늙은이야. 머릿속엔 오직 스파이와 공산당만 들어 있지."

재프가 자리에서 일어나자 푸아로가 말했다.

"무슨 소식 있으면 알려 주게."

재프가 밖으로 나가자, 푸아로는 앉은 채로 눈살을 찌푸리며 앞에 있는 테이블을 노려보았다.

그는 무언가를 기다리고 있는 듯한 기분이었다. 그게 뭘까?

그는 방금 전에 책상에 앉아서 서로 관계가 없는 여러 가지 사실과 이름들을 적고 있었던 것을 떠올렸다. 새 한 마리가 잔가지 하나를 입에 물고 창가를 날아갔다.

그 역시 잔가지를 모으고 있었다. 다섯, 여섯, 잔가지를 집어 올리면서…….

그는 잔가지들을 가지고 있었다. 이제는 개수가 제법 많았다. 그것들은 모두 그의 머릿속에 가지런히 들어 있었다. 하지만 아직은, 일렬로 정리를 하지 않았다. 그것들을 똑바로 세우는 일, 그것이 다음 단계였다.

무엇이 그를 기다리게 하는 것일까? 그는 그 대답을 알고 있었다. 무언가를 기다리고 있었다.

무언가 불가피한 것, 운명처럼 미리 정해진 것, 사슬의 다음 고리. 그것이 오면, 그제야 다음 단계로 넘어갈 수 있으리라…….


소환이 이루어진 것은 일주일이 지난 늦은 저녁이었다. 수화기 너머에서 들려오는 재프의 목소리는 무뚝뚝했다.

"자넨가, 푸아로? 그녀를 찾았네. 자네가 오는 게 좋겠어. 배터시 공원에 있는 킹 레오폴드 맨션 45호야."

15분 뒤, 택시 한 대가 킹 레오폴드 맨션 앞에 푸아로를 내려놓았다.

배터시 공원이 내려다보이는 큰 아파트 건물이었다. 45호는 3층에 있었다. 재프는 직접 문을 열었다.

그의 얼굴에 험악하게 주름이 잡혀 있었다.

"들어오게. 별로 유쾌하진 않지만, 자네가 직접 보고 싶어 할 것 같아서 말이야."

푸아로가 말했다. 그의 말은 거의 질문이 아니었다.

"죽었나?"

"진짜 죽었다고 할 수 있지!"

푸아로는 오른쪽 문에서 들려오는 낯익은 소리에 고개를 들었다.

"저 친구는 수위야. 식기실 개수대에서 구역질 하고 있어! 혹시 그 여자를 알아볼까 해서 올라와 확인해 보라고 했네."

그는 복도를 따라 앞장을 섰고 푸아로는 그의 뒤를 따랐다. 푸아로가 눈살을 찌푸렸다.

재프가 말했다.

"별로 유쾌하진 않아. 그렇지만 어쩔 수 없지 않나? 그 여자는 죽은 지가 벌써 한 달이 지났어."

그들이 들어간 방은 작은 골방이었다. 방 한가운데는 모피 제품을 보관할 때 쓰는 큼지막한 철제 궤짝이 하나 있었다. 궤짝의 뚜껑이 열려 있었다.

푸아로는 앞으로 걸어가 그 안을 들여다보았다.

처음에는 초라한 구두를 신은 발과 구두에 달린 화려한 버클이 보였다. 그가 처음 세인즈버리 실 양을 본 것도 구두 버클이었다는 사실이 떠올랐다.

그의 눈길이 녹색 모직 코트와 치마를 거쳐 머리로 옮겨갔다.

그의 입에서는 분명치 않은 신음소리가 새어나왔다.

"그럴 만도 해. 정말 끔찍하지."

재프가 말했다.

얼굴은 완전히 망가져서 도저히 알아볼 수가 없었다. 게다가 부패가 자연스럽게 진전되어 있었다. 고개를 돌리는 두 사람의 얼굴이 시커먼 황록색으로 변해 있었다.

재프가 말했다.

"맙소사, 이 모든 게 일과야. 우리의 일이라고. 이런 일이 혐오스러울 때가 간혹 있지. 옆방에 브랜디가 있네. 그걸 좀 마시는 게 좋겠어."

거실은 최신식 스타일로 세련되게 꾸며져 있었다. 크롬 장식이 달린 가구와 기하학적인 무늬에 옅은 황갈색 천으로 커버를 씌운 네모나고 큼지막한 의자들이 있었다.

푸아로는 유리병을 발견하고 손수 브랜디를 따랐다. 브랜디를 마시고 나서 그가 말했다.

"정말 유쾌하지 않군! 자, 이제 모든 걸 말해 보게."

재프가 대답했다.

"이 아파트는 앨버트 채프먼 부인의 집일세. 입수한 정보에 의하면, 채프먼 부인은 뚱뚱하고 세련된 금발의 사십 대 여자야. 경제적으로 문제도 없고, 가끔 이웃들과 브리지 게임 하는 것을 좋아하긴 하지만, 대개는 혼자 지내는 편이지. 아이들은 없고 채프먼 씨는 무역상이라더군.

세인즈버리 실은 우리와 면담을 했던 날 저녁 이곳으로 왔어. 7시 15분쯤. 그러니까 글렌가우리 코트에서 이리로 곧장 왔던 것 같네. 전에도 여기에 있었다고 수위가 그러더군. 자네도 보다시피, 모든 게 아주 분명하고 뻔해. 수위가 세인즈버리 실 양을 엘리베이터에 태워 이 집까지 안내했어. 그가 그녀를 마지막으로 본 것은 현관 매트 위에 서서 벨을 누르고 있는 모습이었다네."

푸아로가 쏘았다.

"그걸 기억해 내는 데 오래도 걸렸군!"

"그는 위장병 때문에 병원에 있었고, 그 사이에 다른 사람이 임시로 대신 일을 해 주었다는군. 그러다가 그는 일주일쯤 전에서야 낡은 신문에서 '사람을 찾습니다.' 난의 인상착의를 우연히 보게 되었지. 그래서 자기 부인에게, '아무래도 3층에 사는 채프먼 부인을 만나러 왔던 그 여자 같아. 그 여자도 녹색 모직 옷을 입고 버클이 달린 구두를 신고 있었거든.'이라고 했다는군. 그리고 또 한 시간 뒤에 그는 다시 말을 꺼냈어. '그 여자 이름도 기억나. 뭐였더라……, 그래, 무슨 실 양이야!'"

재프가 계속 말했다.

"그러고 나서 그 친구가 경찰에 대한 불신감을 극복하고 정보를 제공하기까지 나흘이 걸렸네.

우린 이것이 무슨 결정적인 단서로 이어지리란 생각은 하지 않았지. 이런 허위 경고가 얼마나 많은지 자네는 모를 걸세. 그렇지만 베도스 경사를 파견했어. 아주 똑똑한 젊은 친구거든. 이런 고급 교육을 받은 친구에게는 조금 과하긴 했지만, 그 친구야 선택할 수 있는 문제는 아니지. 아무튼 그게 요즘 유행이거든.

그런데 베도스는 우리가 마침내 무언가를 알아냈다는 예감이 들었던 걸세. 우선은 이 채프먼 부인이 한 달 동안 보이지 않았기 때문이야. 그녀는 아무 주소도 남기지 않고 떠나버렸다네. 그건 매우 이상한 일이지. 사실 베도스가 채프먼 씨와 그 부인에 관해 알아낸 사실들은 모두 아주 이상했어.

베도스는 수위가 세인즈버리 실 양이 나가는 모습을 못 봤다는 것을 알아냈네. 그것만으로는 이상한 일이 아니었지. 계단으로 내려간 탓에 수위 눈에 띄지 않았을 수도 있으니까. 하지만 이후 채프먼 부인이 갑자기 사라졌다는 말을 수위에게서 들은 거야. 그 다음 날 아침 아파트 문 밖에 글씨가 인쇄된 큼지막한 메모지가 붙었대.

우유 넣지 마세요. 잠시 집을 비운다고 넬리에게 말해 주세요.

넬리는 그녀 집에서 일하는 파출부야. 채프먼 부인은 전에도 한

두 번 갑자기 집을 비운 적이 있었어. 그래서 넬리는 그게 특이한 경우가 아니라고 생각했지만, 부인이 짐을 내려 달라거나 택시를 잡아 달라고 수위를 부르지 않은 것은 이상했지.

어쨌든 베도스는 아파트 안으로 들어가 보기로 결심을 했다네. 수색 영장도 있고 관리인에게 여벌 열쇠도 받았으니까. 하지만 막상 욕실만 빼고는 특별히 흥미로운 것이 발견되지 않았어. 욕실에는 서둘러 급히 치운 흔적이 있었네. 리놀륨에 핏자국도 있었고, 구석에는 바닥의 물청소를 하면서 리놀륨이 떨어져나간 자국도 있고 말이야. 이제는 시신만 찾으면 되는 것이지. 채프먼 부인은 짐을 가지고 나갈 수 없었던 것이, 만약 그랬다면 수위가 모를 리가 없다는 거야. 따라서 시신은 아파트에 아직 있어야 한다는 뜻이네. 우리는 이내 그 모피 궤짝을 발견했어, 밀폐된 그 궤짝. 열쇠는 화장대 서랍에 있었어.

그래서 우리는 그 궤짝을 열었고……, 바로 거기에 사라진 부인이 있었던 거야!"

푸아로가 물었다.

"채프먼 부인은?"

"실제로 누굴까? 실비아(그녀의 원래 이름은 실비아였다.)는 누굴까? 어떤 여자일까? 한 가지는 분명해. 실비아, 아니면 실비아의 친구들이 그녀를 죽이고 그 궤짝에 넣은 거야."

푸아로는 고개를 끄덕이다 물었다.

"하지만 왜 그녀의 얼굴을 뭉갰을까? 전혀 유쾌하지 않군."

"유쾌하지 않지! 그 이유는⋯⋯. 글쎄, 다만 추측할 수 있을 뿐이지만, 순수한 복수심일지도 몰라. 아니면 그 여자의 신원을 감추기 위해서일 수도 있고."

"하지만 그렇다고 신원이 감춰지진 않아."

"그렇지, 우리가 알고 있는 마벨르 세인즈버리 실 양이 사라졌을 당시 입었던 옷에 관한 상세한 인상착의와 동일할 뿐만 아니라, 그녀의 핸드백이 그 궤짝 안에 처박혀 있었고, 핸드백 안에는 그녀가 러셀 스퀘어의 호텔에 있을 때 받았던 옛날 편지 한 통도 들어 있었거든."

푸아로는 의자에서 몸을 세우며 말했다.

"그건⋯⋯. 전혀 상식적이지가 않잖아!"

"그래, 어쩌면 실수인지도 몰라. 하지만⋯⋯."

그가 일어섰다.

"아파트를 샅샅이 훑어봤나?"

"아주 샅샅이 봤네만, 특별히 눈에 띄는 것은 없었네."

"채프먼 부인의 침실을 봐야겠어."

"그럼 같이 가 보세."

침실은 급히 떠난 흔적이 보이지 않고 깔끔하게 정돈되어 있었다. 침대는 잠을 잔 흔적이 없이, 잠자리에 들기 직전처럼 시트가 가지런히 펼쳐져 있었다. 곳곳에 먼지가 두껍게 쌓여 있었다.

재프가 말했다.

"지문이 전혀 보이질 않아. 부엌에는 좀 있었지만, 그건 하녀의 지문이었어."

"그렇다면 살해 후에 온 집 안에 교묘하게 먼지를 쌓아두었다는 뜻인가?"

"그렇지."

푸아로의 눈이 천천히 방 안을 훑었다. 거실과 마찬가지로 현대적인 스타일로 꾸며져 있었다. 그것은 보통 수준의 수입이 있는 누군가에 의한 것이라고 생각했다. 방 안에 있는 물건들은 값비싼 것들이었지만 엄청난 고가품들은 아니었다. 그들은 허세를 부리긴 해도 최상류층은 아닌 것이다. 색의 배합은 분홍색이었다. 그는 붙박이장을 열고 안에 든 옷을 훑어보았다. 세련된 옷들이었지만 역시 최상급은 아니었다. 그의 눈이 구두에 머물렀다. 당시 유행한 갖가지 샌들이 있었다. 코르크 굽이 지나치게 강조된 구두도 있었다. 그는 하나를 손에 들고, 채프먼 부인이 5사이즈(한국 사이즈로 245mm — 옮긴이)를 신는다는 사실을 확인한 다음, 다시 내려놓았다. 또 다른 벽장에서 그는 산더미같이 쌓여 있는 모피를 발견했다.

재프가 말했다.

"모피 궤짝에서 나온 것들이군."

푸아로는 고개를 끄덕이며 회색 다람쥐 모피 코트를 만지작거렸다. 그리고 감탄하듯 말했다.

"최상급이야."

그는 욕실로 들어갔다.

그곳에는 화장품이 사치스럽게 진열되어 있었다. 푸아로는 흥미롭게 그것들을 들여다보았다. 파우더, 립스틱, 콜드크림, 영양크림, 두 병의 모발 관리 제품.

재프가 말했다.

"원래 머리색은 백금색이 아닌 것 같군."

푸아로가 중얼거렸다.

"몬 아미(친구), 마흔 살이면 대개 여자들 머리가 세기 시작하지만 채프먼 부인은 자연의 순리에 순응하는 여자가 아닌가 보네."

"지금은 적갈색으로 변장을 하고 갔을지도 모르겠군."

"그럴지도 모르지."

재프가 말했다.

"자네 뭔가 걱정이 있는 것 같네, 푸아로. 그게 뭔가?"

푸아로가 말했다.

"그래, 걱정하고 있네. 아주 많이 걱정하고 있어. 나로선 해결할 수가 없는 문제라서."

그는 의연한 표정으로 다시 그 골방으로 들어갔다.

그리고 죽은 여인의 발에서 구두를 벗겼다. 구두는 꽤나 말을 듣지 않아 어렵사리 벗겨낼 수 있었다.

그는 버클을 들여다보았다. 그것은 손으로 꼴사납게 꿰매져 있었다.

에르퀼 푸아로는 한숨을 내쉬며 말했다.

"내가 꿈을 꾸고 있는 거야!"

재프가 궁금한 표정으로 물었다.

"지금 뭘 하려는 게야……? 일을 더 어렵게 만들려는 건가?"

"바로 그거야."

재프가 말했다.

"버클이 달린 에나멜가죽 구두 한 짝. 그게 뭐가 어쨌다는 건가?"

에르퀼 푸아로가 말했다.

"아무것도 아냐……, 아무것도 아니고말고. 그런데 내내…… 석연치가 않아."


수위 말에 의하면, 킹 레오폴드 맨션 82호에 사는 머튼 부인은 맨션에서 채프먼 부인과 가장 친한 친구라고 했다.

그 말을 듣고 재프와 푸아로가 그 다음으로 간 곳은 82호였다.

머튼 부인은 반짝이는 까만 눈에 공들여 머리를 손질한, 수다스러운 여인이었다.

그녀의 입을 열게 하는 일은 별로 힘들지 않았다. 그녀는 극적인 상황에 대처할 만반의 준비가 되어 있었다.

"실비아 채프먼……. 네, 물론이죠, 아주 잘 알아요……. 그렇다고 아주 친한 건 아니에요. 우리는 가끔 저녁에 브리지 게임을 하기도 하고 같이 그림을 보러 가기도 했어요. 그리고 물론 쇼핑도 했고요. 그런데 무슨 일인가요? 실비아가 죽은 건 아니죠?"

재프는 그녀를 안심시켰다.

"아, 그렇다니 정말 다행이에요. 하지만 지금 수위는 우리 아파트에서 발견된 시신이 있다고 난리가 났어요……. 그래도 한쪽 말만

듣고 판단할 수는 없지요, 안 그래요? 전 절대 믿지 못해요."

제프는 더 질문을 했다.

"아뇨, 저도 채프먼 부인에 관해선 아무 소식도 못 들었답니다……. 다음 주에 새로 나오는 진저 로저스와 프레드 애스테어 영화를 보러 가기로 했었는데, 그 이후로 아무 소식도 못 들었어요. 그냥 말도 없이 나간 거예요."

머튼 부인은 세인즈버리 실 양에 대한 말은 들어본 적이 없다고 했다. 채프먼 부인은 그런 이름을 입에 올린 적이 없다는 것이다.

"그렇지만 그 이름은 낯이 익어요, 분명히 낯이 익어요. 아주 최근에 어디선가 본 것 같아요."

재프가 무미건조하게 말했다.

"몇 주 동안 모든 신문에 실렸었습니다."

"맞아요……. 실종된 사람, 맞죠? 그런데 채프먼 부인이 그 여자를 안다고 생각하셨나요? 아니에요, 실비아가 그 이름을 입에 올리는 걸 들어본 적이 없어요. 정말이에요."

"채프먼 씨에 대해서 좀 말씀해 주시겠습니까, 머튼 부인?"

묘한 표정이 머튼 부인의 얼굴에 떠올랐다.

"그분은 무역상이었던 것 같아요. 채프먼 부인이 그렇게 말했어요. 회사 일로 해외로 출장을 다닌다고요. 무기상이라죠, 온 유럽을 다녔대요."

"그분을 만나 보신 적이 있으신가요?"

"아뇨, 한 번도. 거의 집에 계시지 않았고, 또 집에 계실 때는 채프먼 부인이 손님들을 불러들이지 않았어요. 아주 당연한 일이죠."

"채프먼 부인에게 가까운 친척이나 친구가 있는지 혹시 알고 계십니까?"

"친구들은 모르겠어요. 가까운 친척은 없는 것 같아요. 그런 얘기를 한 적이 없어요."

"채프먼 부인이 인도에 간 적은 있습니까?"

"제가 알기로는 없는데요."

머튼 부인은 잠시 숨을 고른 다음 다시 말을 꺼냈다.

"그런데 이런 질문은 왜 하시는 거죠? 궁금해요. 런던 경시청에서 나오신 걸로 아는데, 무슨 특별한 이유가 있을 것 아니에요?"

"네, 머튼 부인, 언젠가는 아시게 될 겁니다. 채프먼 부인의 아파트에서 시신이 발견되었습니다."

"네에?"

머튼 부인은 한동안 눈이 휘둥그레져서 넋 나간 개처럼 보였다.

"시신이라니! 설마 채프먼 씨는 아니겠지요? 아니면 어떤 외국인인가요?"

재프가 말했다.

"남자가 아니라 여자였습니다."

"여자요!"

머튼 부인은 더욱 더 놀란 것 같았다.

푸아로가 부드럽게 말했다.

"왜 남자라고 생각하셨습니까?"

"아, 모르겠어요. 왠지 그럴 것 같았어요."

"어째서요? 채프먼 부인이 남자 손님들을 들이는 습관이 있었기 때문인가요?"

머튼 부인은 화를 냈다.

"어머, 아니에요……. 정말 아니라고요. 그런 뜻으로 한 말이 절대 아니에요. 실비아 채프먼은 정말 그런 여자가 아닙니다, 아니고말고요! 그건 그러니까…… 채프먼 씨 때문이에요."

그녀는 말을 멈추었다.

푸아로가 말했다.

"마담, 제가 보기엔 마담께서 저희에게 해 주신 말씀이 전부가 아닌 것 같군요."

머튼 부인이 확신이 없는 듯한 표정으로 말했다.

"잘 모르겠어요, 물론 제가 어떻게 해야 하는지는 알고 있어요! 그러니까, 말하자면 배신을 하고 싶지 않다는 거예요. 그래서 실비아가 한 말을 옮긴 적은 한 번도 없었어요, 다만 아주 친한 한두 사람한테만 빼고요……. 그들은 절대 말을 퍼뜨리지 않아요."

머튼 부인은 상체를 앞으로 내밀며 목소리를 낮췄다.

"어느 날 그냥 무심결에 튀어 나왔던 거예요. 우리는 같이 영화를 보고 있었는데, 첩보 활동에 관한 영화였어요. 그런데 채프먼 부인이 갑자기 그 영화를 쓴 사람은 첩보 활동에 대해 별로 아는 게 없다고 하는 거예요. 그러면서 그 말이 튀어나왔고……, 제게 비밀을 지키겠다고 맹세하라고 했어요. 그러니까 채프먼 씨는 비밀 첩보 활동을 하고 있어요. 그것이 그렇게 자주 해외에 나가는 진짜 이유였어요. 무기 회사는 위장일 뿐이었죠. 채프먼 부인으로서는 너무나도 걱정스러운 일이었어요. 남편이 밖에 나가 있으면 편지를 쓸 수도 없고 받을 수도 없기 때문이죠. 물론 정말 위험하기도 하고요!"

두 사람이 다시 42호를 향해 계단을 내려가는 동안, 재프는 갑자기 소리를 질렀다.

"필립스 오픈하임, 발렌타인 윌리암스, 윌리암 르퀘(영국의 추리소설 작가들 ― 옮긴이)의 그림자라니! 정말 미쳐 버릴 것 같네!"

세련된 청년인 베도스 경사가 두 사람을 기다리고 있었다.

그는 정중하게 말을 꺼냈다.

"하녀에게서 도움이 될 만한 단서를 얻을 수가 없었습니다, 경감님. 채프먼 부인은 자주 하녀들을 바꾼 것 같습니다. 이 하녀도 여기서 겨우 한두 달 일했을 뿐입니다. 하녀 말로는 채프먼 부인이 라디오를 좋아하고 말재주가 좋은 교양 있는 분이었다고 합니다. 또 채프먼 씨는 동성애자인데, 채프먼 부인은 전혀 의심을 하지 않았다고 합니다. 그녀는 이따금 해외에서 편지를 받았는데, 독일에서 온 편지, 미국에서 온 편지 두 통, 이탈리아와 러시아에서 온 편지가 각각 한 통씩이었답니다. 하녀의 애인이 우표를 수집해서, 채프먼 부인이 편지에서 우표를 떼어 하녀에게 주곤 했답니다."

"채프먼 부인이 가지고 있는 서류나 문서에 특별한 게 없었나?"

"전혀 없습니다, 경감님. 서류 자체가 많이 있진 않았습니다. 몇 장의 청구서와 계산서인데……, 전부 이 동네에서 발급된 것입니다. 지난 연극 프로그램 몇 장이 잇고, 신문에서 오린 요리법 한두 장에 인도 규방 전도회에 관한 팜플렛도 한 장 있었습니다.”

“그럼 누가 그걸 가져다 주었는지 짐작이 가는군. 그녀가 살인자 같지는 않아, 안 그래? 하지만 그래서 그렇게 보이는 거야. 그녀는 공범자일 수밖에 없어. 그날 저녁 낯선 남자들을 본 사람은 없었나?”

“수위는 아무것도 기억을 못하고 있었습니다. 그러니 지금이라고 기억을 할 것 같진 않고……. 어쨌든 여긴 대형 아파트 건물입니다. 사람들이 늘 드나듭니다. 수위는 세인즈버리 실 양이 방문한 날짜만 기억할 뿐입니다. 그 다음 날 결근을 하고 병원에 갔고 그날 저녁에는 실제로 몹시 아팠기 때문입니다.”

“다른 아파트에 사는 사람 중에 혹시 무슨 소리를 들었다는 사람도 없나?”

젊은 경사는 고개를 가로저었다.

“위층 아파트와 아래층 아파트에 가서 물어보았는데, 평소와 다른 소리를 들은 사람은 아무도 없었습니다. 두 아파트 모두 라디오를 가지고 있었습니다.”

경찰의가 손을 닦은 뒤 욕실에서 나오며 쾌활하게 말했다.

“정말 불쾌한 시체입니다. 준비가 되시면 시신을 같이 보내 주세요. 그럼 요점을 말씀드리겠습니다.”

“사망 원인은 뭡니까, 선생님?”

"부검을 하기 전에는 말할 수 없어요. 저 얼굴의 부상은 죽고 난 다음 입은 부상인 것 같습니다. 하지만 시체 안치소로 옮기고 나면 더 정확히 파악하게 되겠지요. 아주 건강한 중년 여성에, 모근은 회색인데 금발로 염색을 했습니다. 몸에도 특징적인 표시가 있을 거예요……. 만약 없다면, 신원을 확인하는 일이 힘들어질 수도 있겠습니다만……. 아, 다행히 경감님은 저 여자가 누구인지 알고 있지 않습니까? 뭐라고요? 야단스럽게 떠들어대고 있는 실종된 여자라고요? 아하, 난 원래 신문을 안 읽어요. 그냥 퍼즐 맞추기만 한다니까요."

의사가 나가자, 재프가 따끔하게 쏘아붙였다.

"그거야 세상이 다 아는 일이지!"

푸아로는 책상을 기웃거렸다. 그러곤 작은 갈색 주소록을 집어 들었다.

지치지 않는 베도스가 말했다.

"거기도 특별히 눈에 띄는 것은 없습니다. 대부분이 미용사고, 양재사 등등입니다. 사적인 이름과 주소는 제가 따로 적어 두었습니다."

푸아로는 D자로 시작되는 페이지를 펼쳤다.

데이비스 박사, 프린스 앨버트 가 17번지
드레이크 앤 폼포네티, 생선 가게

그리고 그 밑에는 다음과 같이 적혀 있었다.

치과의사. 몰리 씨, 퀸 샬럿 가 58번지

푸아로의 눈이 번쩍거렸다. 그가 말했다.
"신원을 확인하는 게 어렵지 않을 것 같은데."
재프는 궁금하다는 듯 그를 쳐다보았다. 그리고 말했다.
"정말인가? 설마……?"
푸아로는 단호하게 말했다.
"확실히 해야지."

몰리 양은 시골로 이사를 했다. 그녀는 하트퍼드 근처 작은 시골 오두막에 살고 있었다.

커다란 보병같은 그녀는 푸아로에게 반갑게 인사를 했다. 몰리가 죽은 이후로 그녀의 얼굴은 약간 더 험상궂어졌으며, 거동은 더 뻣뻣했고, 삶에 대한 태도는 더 완고해진 것 같았다. 그녀는 씁쓸한 심리 판결이 몰리의 이름에 먹칠을 했다고 화를 냈다.

푸아로는 그녀가 그럴 만했던 만큼, 검시관의 심리 판결은 진실이 아니라고 맞장구를 쳐 주었다. 그러자 그녀는 약간 풀어졌다.

그녀는 그의 질문에 자세하게 대답했다. 일과 관련된 몰리 씨의 서류는 모두 네빌 양이 정리해 두었고 몰리 씨의 상속인인 그녀에게 넘어갔다. 몇몇 환자들은 스스로 라일리 씨에게 갔고 나머지는 새로운 동업자에게로 갔다. 그리고 나머지는 다른 치과의사에게 갔다.

몰리 양은 자신이 가지고 있던 정보를 전해주고 나서 말했다.

"그러니까 헨리의 환자였던 그 여자를 찾으셨군요. 세인즈버리 실 양 말이에요. 그런데 그 여자 역시 살해당했다고요?"

'역시'라는 말이 약간 도전적이었다. 그녀는 그 말에 힘을 주었다.

푸아로가 말했다.

"헨리는 세인즈버리 실 양 얘기를 한 적이 없습니까?"

"없어요, 기억이 안 나요. 특별히 힘들게 하는 환자 얘기라던가, 혹은 환자가 웃기는 말을 하면 그 말을 제게도 들려주곤 했지만, 일에 관한 얘기는 잘 안 했어요. 헨리는 일이 끝나면 잊어버리고 싶어 했어요. 가끔은 아주 지쳐 있었고요."

"혹시 몰리 씨의 환자 중에 채프먼 부인이란 이름을 들었던 기억이 나십니까?"

"채프먼요? 아뇨, 들어본 적이 없는 것 같은데요. 그런 일은 네빌 양한테 물어보셔야 할 거예요."

"네빌 양한테 연락이 될지 모르겠군요. 지금 어디에 있습니까?"

"람스게이트에 있는 어느 치과에 취직을 했어요."

"네빌 양은 프랭크 카터란 청년과 아직 결혼은 안 했습니까?"

"안 했어요. 저는 오히려 그런 일이 절대 없었으면 해요. 그 청년이 마음에 안 들어요, 무슈 푸아로. 정말이에요, 그 청년에겐 어딘지 석연치 않은 데가 있어요. 정상적인 도덕관념이 없는 것 같아요."

푸아로가 말했다.

"그 청년이 몰리 씨를 쐈을 수도 있다고 생각하십니까?"

몰리 양이 천천히 말했다.

"충분히 그럴 수 있다고 생각해요……. 그는 성격이 불같으니까요. 하지만 그럴 만한 동기가 없어요. 원한을 살 만한 일도 없었고요. 아시다시피, 헨리가 글래디스를 설득하는 데 성공해서 그를 포기하게 만든 건 아니잖아요. 글래디스는 자나 깨나 그 청년에게 일편단심이에요."

"혹시 그 청년이 매수를 당했을 수도 있을까요?"

"매수요? 헨리를 죽이라고요? 말도 안 돼요!"

바로 그 순간 까만 머리의 예쁘장한 소녀가 차를 가져왔다. 소녀가 문을 닫고 나가자, 푸아로가 말했다.

"저 소녀는 런던에서도 같이 있었습니까?"

"아그네스요? 네, 하녀예요. 요리사는 내보냈어요. 시골로 내려오기 싫다고 해서요. 아무튼 아그네스는 저를 위해 모든 일을 해요. 지금은 꼬마 요리사로 변신 중이죠."

푸아로는 고개를 끄덕였다.

그는 퀸 샬럿 가 58번지의 집안 배치도를 정확히 알고 있었다. 비극적인 사건이 일어난 시점의 상황을 철저히 점검했던 것이다. 몰리 씨와 그의 누이는 복층으로 된 맨 위의 두 층을 쓰고 있었다. 지하실은 뒤뜰로 나가는 좁은 복도를 제외하곤 모두 잠겨 있었다. 뒤뜰에는 물건의 배달 구멍과 전성관(傳聲管)이 달린 철망이 맨 꼭대기 층까지 쳐져 있었다. 그래서 집 안으로 들어갈 수 있는 유일한 입구는 정문뿐이었고, 여기서 손님을 맞이하는 것이 앨프리드의 일이었다. 그래서 그날 아침 외부인이 집 안으로 들어올 수 없었음을 경찰이 확신하게 된 것이다.

요리사와 하녀는 몇 년 동안 몰리네 가족과 함께 살았으며 다들 성격이 좋았다. 그래서 비록 이론적으로는 이들 중 한 사람이 3층까지 기어 올라가 주인을 쐈을 수도 있지만, 그럴 가능성은 진지하게 고려되지 않았다. 또 두 사람 모두 질문을 받았을 때 심하게 당황하거나 쩔쩔매는 것 같지도 않았다. 분명 그 둘을 그의 죽음과 연관시킬 만한 이유는 없어 보였다.

그럼에도 불구하고, 아그네스는 떠나는 푸아로에게 모자와 지팡이를 건네면서, 평소와 다르게 불안한 어조로 갑작스럽게 물었다.

"주인님의 죽음에 대해 더 아는 사람이 아무도 없나요, 선생님?"

푸아로는 고개를 돌려 그녀를 쳐다보았다. 그리고 말했다.

"새롭게 밝혀진 것은 없습니다."

"사람들은 아직도 주인님께서 그 약 때문에 실수를 하셔서 스스로 총을 쏘셨다고 생각하나요?"

"그래요. 왜 그걸 묻죠?"

아그네스는 앞치마를 만지작거렸다. 그녀는 얼굴을 외면했다. 그리고 흐릿한 목소리로 말했다.

"마……. 마님께서는 그렇게 생각하지 않으세요."

"그럼 아가씨도 같은 생각인가요?"

"저요? 아, 저는 아무것도 모릅니다, 선생님. 다만······. 다만 확실히 알고 싶어서요."

에르퀼 푸아로는 더없이 부드러운 목소리로 말했다.

"자살했을 리가 없다고 믿는 것이 마음의 위안이 될 것 같은가요?"

아그네스는 얼른 맞장구를 쳤다.

"아, 네, 선생님. 정말 그래요."

"혹시 특별한 이유라도 있나요?"

깜짝 놀란 그녀의 눈동자가 그의 눈과 마주쳤다. 그녀는 약간 뒤로 움츠러들었다.

"저는······, 저는 아무것도 몰라요, 선생님. 그저 여쭈어본 것뿐이에요."

에르퀼 푸아로는 정문으로 가는 길을 내려가면서 혼자 중얼거렸다.

"그런데 왜 물었을까?"

그는 그 질문에 대답이 있다고 확신했다. 하지만 아직은 무엇 때문인지 짐작할 수가 없었다.

동시에, 한 걸음 더 다가갔다는 생각이 들었다.


자신의 아파트로 돌아온 푸아로는 예기치 않은 손님이 기다리고 있는 것을 알고 깜짝 놀랐다.

의자 등 너머로 벗겨진 머리가 보였고, 말쑥하고 자그마한 체구의 반스 씨가 일어섰다.

평소처럼 눈을 반짝거리면서 반스 씨는 약간 무뚝뚝하게 양해를 구했다.

그는 무슈 에르퀼 푸아로의 방문에 대한 답방으로 찾아왔다고 했다.

푸아로는 반스 씨를 만나서 반갑다고 답했다.

그는 손님께 차나 위스키소다를 권하고, 원치 않으시면 커피를 가져오라고 조지에게 지시했다.

"커피가 좋겠습니다. 선생님의 시종은 커피를 잘 만들겠지요. 대부분의 영국 하인들은 그렇질 못해서."

반스 씨가 말했다.

공손한 말 몇 마디를 주고받고 나자, 반스 씨는 약간 헛기침을 하며 말했다.

"솔직히 말씀드리겠습니다, 무슈 푸아로. 제가 여기까지 온 것은 순전히 호기심 때문입니다. 당신은 이 기이한 사건의 모든 부분을 상세히 파악하고 계시리라 생각합니다. 저는 신문을 통해 실종된 세인즈버리 실 양이 발견되었다는 것을 알고 있습니다. 심리가 열렸지만 더 많은 증거 확보를 위해 연기가 됐다죠. 사인은 약물 과다 복용이고요."

"정확합니다."

푸아로가 말했다.

잠깐 침묵이 흐른 뒤에 푸아로가 물었다.

"혹시 앨버트 채프먼이라고 들어보셨습니까, 반스 씨?"

"아, 세인즈버리 실 양이 가서 죽었다는 그 아파트 주인의 남편 말입니까? 아주 종잡을 수 없는 사람 같던데요."

"실존하지 않는 인물은 아닌 것 같은데요?"

"물론 아니지요. 실존하는 인물입니다. 네, 그는 실존합니다, 아니 실존했었지요. 그가 죽었다는 얘기를 들었습니다. 하지만 이런 소문 은 믿을 수가 없지요."

"그는 어떤 사람입니까, 반스 씨?"

"그들은 심리에서도 언급하지 않을 겁니다. 가능하다면 안 할 겁니다. 무기상 이야기나 자랑스럽게 떠벌리겠지요."

"그럼 그가 첩보부에 있었습니까?"

"물론입니다. 하지만 자기 아내에게 그렇다고 털어놓을 권리가 없었습니다. 전혀 없어요. 사실 그는 결혼 이후엔 첩보부 일을 계속 하지 말았어야 해요. 그건 관례가 아니니까요. 정말 극비의 일을 하 는 사람이라면 말입니다."

"그럼 앨버트 채프먼은……?"

"네, QX912. 이것이 그의 신원입니다. 이름을 쓰는 것은 반칙이 죠. 아, QX912가 특별히 중요하다는 뜻은 아닙니다. 하지만 그는 대 수롭지 않은 인물이기 때문에 쓸모가 있었지요……. 사람들이 얼굴 을 뚜렷이 기억하지 않는 그런 인물요. 유럽을 오가는 심부름꾼으 로 쓰이는 그런 친구지요. 루리타니아(유럽 중부의 모험적이고 낭만적 인 가상의 왕국—옮긴이) 주재의 우리 대사를 통해 보내는 기품 있 는 서신, QX912를 통해 보내는 내밀한 정보를 담고 있는 비공식적인 서신……. 말하자면 이렇습니다. 그게 바로 앨버트 채프먼입니다.”

“그럼 그는 유용한 정보를 아주 많이 알고 있겠군요?”

반스 씨가 쾌활하게 말했다.

“아마 전혀 몰랐을 겁니다. 그의 일은 기차와 배와 비행기를 타고 내리면서 왜 가는지, 어디를 가는지를 설명할 수 있는 적당한 거짓 말을 하는 것이지요!”

“그럼 당신은 그가 죽었다는 소식을 들었습니까?”

“물론입니다.”

반스 씨가 말했다.

“하지만 들리는 말을 다 믿을 수는 없지요. 전 다 믿지 않습니다.”

반스 씨를 찬찬히 훑어보면서 푸아로가 물었다.

“그의 부인에겐 무슨 일이 생긴 것 같습니까?”

“모르겠습니다.”

반스 씨가 말했다. 그는 눈을 크게 뜨고 푸아로를 쳐다보았다.

“당신은 아십니까?”

“한 가지 짐작 가는 데가 있긴 한데…….”

푸아로가 천천히 말을 이었다.

“아주 헷갈려요.”

반스 씨는 동정적인 어조로 중얼거렸다.

“특별히 걱정되는 일이라도?”

에르퀼 푸아로는 느릿한 어조로 대답했다.

“그렇습니다, 제 눈으로 직접 본 증거가…….”

재프는 푸아로의 거실로 들어가 테이블이 흔들릴 정도로 힘껏 중산모자를 내려놓았다.

"어떻게 그런 생각을 하게 된 건가?"

"재프, 자네가 지금 무슨 소리를 하는지 난 통 모르겠네."

재프는 천천히 힘을 주어 말했다.

"그 시신이 세인즈버리 실 양의 시신이 아니라는 그 생각을 어떻게 하게 된 거냐고?"

푸아로는 걱정하는 표정으로 말했다.

"그 얼굴이 자꾸 걸리네. 죽은 여자의 얼굴을 왜 뭉갰을까?"

재프가 말했다.

"이보게, 몰리가 어딘가 살아 있어서 그걸 알려줄 수 있었으면 좋겠군. 증거를 제공하지 못하게 하려고 그를 죽였을 수도 있어."

"그가 증거를 줄 수 있다면 훨씬 좋겠지."

"레더런이라면 문제없을 거야. 몰리의 후임자 말이야. 예의도 바르고 실력도 있어. 그리고 증거는 명백하니까."

그 다음 날 석간 신문이 나오면서 세상이 온통 떠들썩해졌다. 배터시 아파트에서 발견되어 세인즈버리 실 양의 것으로 여겨졌던 시신이 앨버트 채프먼 부인의 것으로 밝혀졌다.

퀸 샬럿 가 58번지의 레더런 씨는 시신의 치아와 턱, 몰리 씨의 진료 차트에 기록된 모든 상세한 내용을 증거로 그 시신이 채프먼 부인이라는 것을 분명히 발표했다.

세인즈버리 실 양의 옷이 시신에게 입혀져 있었으며 세인즈버리 실 양의 핸드백도 시신과 함께 있었다……. 그렇다면 막상 세인즈 버리 실 양은 어디에 있는 것일까?

## 아홉, 열,
## 튼실하게 살찐 암탉

심리에서 돌아오는 길에 재프는 기분 좋은 목소리로 푸아로에게 말했다.

"일이 아주 잘 됐어. 세상을 떠들썩하게 했으니."

푸아로는 고개를 끄덕였다.

재프가 말했다.

"자네가 제대로 알아냈군. 하지만 자네도 알다시피, 막상 그 시신에 대해서는 기분이 좋지 않아. 어쨌든 죽은 사람의 얼굴과 머리를 공연히 박살내 뭉갠다는 것은 있을 수 없는 일이잖나. 더럽고 불쾌한 일이야. 틀림없이 무슨 이유가 있을 거야. 그것은 오직 하나……, 신원을 확인할 수 없게 하기 위해서지."

그리고 너그러운 어조로 덧붙였다.

"그게 다른 여자였다는 사실을 이렇게 빨리 알지 말았어야 했는데."

푸아로는 미소를 지으며 말했다.

"어쨌거나, 그 여자들의 실제 인상착의는 기본적으로 서로 다르지 않았어. 채프먼 부인은 세련되고 수려한 외모에 화장도 하고 멋스러운데 반해, 세인즈버리 실 양은 촌스럽고 립스틱도 바르지 않았지만 기본적으로는 똑같잖나. 두 사람 모두 사십 대의 중년 여자고, 키나 체형도 대략 비슷하지. 또 하얗게 센 머리를 금발로 염색을 한 것도 비슷하고."

"그래, 물론 그런 식으로 말하자면 그렇긴 하지. 한 가지 인정해야 할 것은……, 금발의 마벨르가 우리를 감쪽같이 속였다는 것일세. 나는 그녀가 진짜인줄 알았다니까."

"아니, 그녀는 진짜였어. 우린 그녀의 과거에 관한 모든 것을 알고 있잖나."

"그녀가 살인을 할 수 있다는 것은 몰랐지……. 그 사실이 지금에서야 이렇게 보이는 것이고. 실비아가 마벨르를 죽인 것이 아니라 마벨르가 실비아를 죽인 것 말일세."

에르퀼 푸아로는 걱정스러운 표정으로 고개를 가로저었다. 그는 여전히 마벨르 세인즈버리 실을 살인자라고 받아들이기가 어려웠다. 하지만 그의 귓전에서 반스 씨의 빈정대는 작은 목소리가 들렸다.

"존경받을 만한 사람들을 주목하십시오……."

마벨르 세인즈버리 실은 정말로 존경받을 만한 사람이었다.

재프는 힘을 주어 말했다.

"내가 이 사건의 진상을 규명하겠네, 푸아로. 그 여자는 날 속일 수 없을 걸세."

다음 날, 재프는 전화를 걸어왔다. 그의 목소리는 호기심에 찬 어조가 묻어났다.

"푸아로, 새로운 소식을 듣고 싶지 않나? 그게 다 끝났어, 다 끝났다고!"

"뭐라고? 전화가 혼선이 됐나 봐. 잘 안 들려……."

"다 끝났어, 끝났다고. 오늘은 그만함세! 앉아서 빈들빈들 놀기만 하라니까!"

빈정대는 기미가 역력했다. 푸아로는 깜짝 놀랐다.

"뭐가 끝났다는 건가?"

"그 지긋지긋한 일! 범인 추적의 함성! 언론 플레이! 온갖 술책들 말이야!"

"난 통 무슨 소린지 모르겠네."

"내 말을 들어봐. 주의깊게 들으라구, 왜냐하면 현재로서는 내가 이름은 정확히 댈 수 없으니까. 자네도 아는 우리 조사 말이야. 재주를 부리고 있는 물고기를 찾느라 우리가 온 나라를 이 잡듯이 뒤지고 있는 바로 그 사건 말일세."

"그럼, 그럼, 잘 알지. 이제 무슨 말인지 알겠네."

"그래, 그 일이 이제 끝났다는 걸세. 쉬쉬하면서 입을 다물어버려야 해. 이제 알겠나?"

"그래……, 그런데 왜인가?"

"괘씸한 외무부의 명령이지."

"그게 아주 특별한 일은 아니지 않은가?"

"그러게, 지금 다시 벌어지고 있는 일이지."

"그들이 그 여자한테……, 그 재주를 부리는 물고기에게 왜 그렇게 관대한 걸까?"

"그렇지 않네. 그들은 그 여자에 대해 조금도 개의치 않고 있네. 언론플레이지……. 만약 그녀를 공판에 회부한다면, 죽은 시체, 즉 A.C. 부인에 관해 너무 많이 것이 드러날 걸세. 그건 쉬쉬해야 할 부분인데 말이지! 나는 그 괘씸한 남편이…… A.C.라고 추정할 뿐이네. 내 말 알겠나?"

"그럼, 그럼."

"그리고 그는 해외 어딘가에 나가 있을 것이고 그들은 그의 계획을 망치고 싶지 않겠지."

"차(tchah)!"

"뭐라고 했나?"

"몬 아미(친구), 괴롭다는 표현이네!"

"아하! 그게 그 소리였군, 난 자네가 감기 걸린 줄 알았네. 괴로운 게 맞지! 나 같으면 더 강한 표현을 썼을 걸세. 그 지체 높은 귀부인을 놓치다니 정말 화가 나서 못살겠어."

푸아로는 나긋나긋한 목소리로 말했다.

"절대 놓치지 않을 걸세."

"우리는 속수무책인걸!"

"자네들은 그럴 수도 있겠지……. 하지만 난 아냐!"

"훌륭하신 늙은 푸아로 양반! 그럼 자네는 계속 할 셈인가?"

"메 위(그렇다니까)……, 죽을 때까지."

"죽으면 안 되지! 이 일이 처음 시작됐던 것처럼 계속 진행된다면, 아마도 누군가가 자네한테 타란툴라 독거미(남유럽, 아프리카, 남미 등에 서식하는 초대형 독거미 — 옮긴이)를 보낼걸!"

푸아로는 수화기를 내려놓으면서 혼자 중얼거렸다.

"그나저나 내가 왜 '죽을 때까지'라는 신파조의 말을 했을까? 브레앙(정말), 말도 안 돼!"


편지는 저녁 집배원에 의해 배달되었다. 서명만 빼고는 모두 타자로 친 편지였다.


　무슈 푸아로께

　내일 제게 시간을 내주신다면 정말 감사하겠습니다. 선생님께 위임할 일이 한 가지 있습니다. 첼시에 있는 저희 집에서 12시 30분에 뵈었으면 합니다. 이 시간이 힘드시다면, 제 비서에게 전화를 해 주시겠습니까? 이렇게 급히 연락을 드려 정말 죄송합니다.

　안녕히 계십시오.

　　　　　　　　　　　　　　　　　앨리스테어 블런트 드림

푸아로는 편지를 반드럽게 편 다음 다시 읽어 보았다. 바로 그때 전화벨이 울렸다.

에르퀼 푸아로는 어떤 내용의 전화일지를 벨소리로 알 수 있다는 환상에 빠질 때가 종종 있었다.

이번에도 그는 그 전화가 어떤 전화인지 즉시 알아챘다. 잘못 걸려온 전화도 아니고, 친구의 전화도 아니었다.

그는 자리에서 일어나 수화기를 들었다. 그리고 공손한 외국 억양으로 말했다.

"알로(여보세요)?"

감정이 섞이지 않은 목소리가 말했다.

"전화번호가 어떻게 되십니까?"

"여긴 화이트홀 7272번입니다."

잠시 침묵이 흐르고, 딸깍하는 소리가 났다. 그리고 다시 목소리가 들렸다. 여자의 목소리였다.

"무슈 푸아로?"

"네."

"무슈 에르퀼 푸아로?"

"네."

"무슈 푸아로, 편지 한 통을 받으셨을 겁니다……. 아니면 곧 받게 되실 겁니다."

"당신은 누구십니까?"

"아실 필요 없습니다."

"좋습니다. 네, 저녁 집배원에게 편지 8통과 청구서 3장을 받았습니다, 마담."

"그럼 제가 어떤 편지를 말하는지 아시겠군요. 무슈 푸아로, 당신은 현명하신 분이니 그 일을 거절하시리라 믿습니다."

"마담, 그건 내가 결정할 문제입니다."

목소리가 차갑게 말했다.

"경고하는데요, 무슈 푸아로, 당신이 개입하는 것을 오래 놔두고 보진 않겠습니다. 이 일에서 손을 떼시지요."

"손을 떼지 않으면?"

"그럼 우린 당신의 개입이 더 이상 두렵지 않다는 것을 보여 드릴 수밖에 없습니다……."

"협박이군요, 마담!"

"분별 있는 행동을 하시란 말씀을 드리고 있는 것뿐입니다……. 이건 당신의 안전을 위한 일입니다."

"아량도 넓으셔라!"

"당신은 사건의 방향을 바꿀 수도 없고 이미 계획된 일을 변경시킬 수도 없습니다. 그러니 당신과 상관없는 일에서 손을 떼십시오! 아시겠습니까?"

"아하, 알겠습니다. 하지만 몰리 씨의 죽음은 나와 상관이 있다고 생각하는데요."

여자의 목소리가 날카로워졌다.

"몰리 씨의 죽음은 사고일 뿐입니다. 그는 우리의 계획을 방해했어요."

"그는 인간입니다, 마담, 그리고 자기 운명을 다 살지 못하고 죽었습니다."

"그는 중요하지 않습니다."

조용히 말을 잇는 푸아로의 목소리는 몹시 험악했다.

"거기서 당신이 착각을 하고 있군요……"

"그건 그 사람의 실수였어요. 그는 스스로 분별력 없는 사람이 된 거예요."

"그렇다면 나 역시 스스로 분별력 없는 사람이 될 겁니다."

"당신은 어리석은 사람이군요."

상대편에서 찰깍하고 수화기를 내려놓는 소리가 들렸다.

푸아로는 "알로(여보세요)?"라고 말하고서 수화기를 내려놓았다. 그는 굳이 교환수에게 상대편 전화번호를 추적해 달라는 부탁은 하지 않았다. 보나마나 공중전화 박스에서 전화를 했을 것이다.

그의 흥미를 자아내고 또한 당황하게 만든 것은 그 목소리를 전에 어디선가 들어본 적이 있다는 느낌 때문이었다. 그는 잠자는 기억을 다시 불러내기 위해 머리를 짜냈다. 세인즈버리 실 양의 목소리였던가?

기억을 더듬어보니, 세인즈버리 실 양의 목소리는 높은 톤에 어딘지 모르게 부자연스러웠으며 지나치게 강조된 말씨였다. 이 목소리는 그 목소리와 같지는 않았지만, 어쩌면 목소리를 변조한 세인즈버리 실 양일 수도 있었다. 목소리는 얼마든지 변조할 수 있지 않은가. 목소리의 실제 음색은 그가 기억하는 목소리와 크게 다르지 않았다.

하지만 그 설명으론 충분치 않았다. 아니, 그 목소리로 연상되는 것은 다른 사람이었다. 그가 잘 아는 목소리가 아니었지만, 여전히 그 목소리를 전에 한두 번 들어본 적이 있다고 확신했다.

어째서 굳이 전화를 해서 협박을 했을까? 이 사람들은 협박이 통한다고 생각한 걸까? 그런 것 같다. 얼마나 어설픈 심리전인가!

다음 날 아침 신문에 몹시 선정적인 뉴스가 보도되었다. 어제 저녁 수상이 한 친구와 함께 다우닝 가 10번지를 떠나던 도중 저격당할 뻔한 것이다. 다행히 총알은 빗나갔고, 인도인인 용의자는 체포되었다.

이 뉴스를 읽고서, 푸아로는 택시를 타고 경시청으로 가서 재프의 방에 모습을 드러냈다. 재프는 진심으로 반색을 했다.

"아, 자네 역시 뉴스를 보고 왔구먼. 혹시 수상의 '친구'가 누구인지를 언급한 신문이 있던가?"

"아니, 그게 누군데?"

"앨리스테어 블런트."

"정말인가?"

"게다가 우린 그 총알이 수상이 아니라, 블런트를 조준했다고 여길 만한 모든 이유를 확보했네. 물론 지금보다 더 형편없는 저격수가 아닐 때 얘기지만!"

"누가 쐈는데?"

"어떤 정신 나간 힌두교 학생이야. 늘 그렇듯이 덜 떨어진 놈이지. 누가 시킨 일일 거야, 혼자 꾸민 일이 아니라."

재프가 덧붙였다.

"블런트를 잡으려고 꾸민 일 같은 냄새가 나. 대개 10호를 감시하는 소규모 집단이 있게 마련이지. 총이 발사되었을 때, 한 미국인 청년이 턱수염을 기른 왜소한 사내를 붙잡았어. 그 청년은 결사적으로 그 사내를 붙들고서 범인을 잡았다고 경찰을 향해 고함을 질렀다는군. 그러는 동안 인도인은 조용히 도망을 쳤어……. 하지만 내 부하가 그를 체포했지."

"그 미국인이 누군데?"

푸아로가 호기심에 물었다.

"레이크스라고 하는 청년. 왜?"

재프는 갑자기 말을 중단하며 푸아로를 쳐다보았다.

"왜 그러나?"

푸아로가 물었다.

"홀본 팰리스 호텔에 묵고 있는 하워드 레이크스?"

"맞아, 그……, 그렇군! 어쩐지 이름이 낯익다고 생각했어. 그날 아침 몰리가 총으로 자살했을 때 도망친 환자였지……."

재프는 말을 멈추었다가 다시 천천히 말했다.

"이상해……. 그 일이 자꾸 엮이는군. 자네는 아직 자네 생각을 고수하고 있겠지, 푸아로?"

에르퀼 푸아로는 심각한 어조로 대답했다.

"그래, 난 아직 그렇게 생각한다네……."


푸아로는 고딕 하우스에서 비서의 영접을 받았다. 그는 세련된 몸가짐에 키가 크고 나긋나긋한 청년이었다.

그는 몹시 미안해했다.

"정말 죄송합니다, 무슈 푸아로. 회장님께서도 죄송해하십니다. 다우닝 가(수상과 재무 장관의 관저가 있는 런던의 거리 — 옮긴이)로 불려가셨습니다. 에……, 간밤의 그 사건 때문에 말입니다. 아파트로 전화를 드렸는데, 안타깝게도 벌써 출발을 하신 바람에."

청년은 얼른 덧붙였다.

"회장님께서 혹시 켄트에 있는 회장님 댁에서 주말을 같이 지내실 수 있는지 여쭈어 보라고 하셨습니다. 엑셈에 있습니다. 만약 가능하시다면, 내일 저녁에 회장님이 직접 차로 모시러 갈 겁니다."

푸아로는 망설였다.

청년은 설득력 있게 말했다.

"회장님께서 선생님을 꼭 만나 뵙고 싶어 하십니다."

에르퀼 푸아로는 머리를 숙여 인사했다.

"고맙습니다. 그렇게 하겠습니다."

"아, 정말 다행입니다. 회장님께서도 기뻐하실 겁니다. 5시 45분쯤 모시러 가시면 괜찮……, 오, 안녕하세요, 올리베라 부인."

제인 올리베라의 어머니가 막 들어왔던 것이다. 그녀는 공들여

손질한 머리에 눈썹까지 내려오는 모자를 쓴 몹시 세련된 차림이었다.

"어머나! 셸비 씨, 회장님이 저 정원 의자들을 어떻게 하라는 지시를 안 내렸던가요? 어젯밤에 그에 관한 얘기를 했었는데. 이번 주말에 내려갈 거라서요……."

올리베라 부인은 푸아로를 보며 말을 멈추었다.

"올리베라 부인, 무슈 푸아로를 아시나요?"

"전에 만나 뵌 적이 있지요, 마담."

푸아로가 고개를 숙였다.

올리베라 부인이 애매하게 말했다.

"아? 안녕하세요. 그나저나 셸비 씨, 회장님은 몹시 바쁜 분이고 그래서 이런 사소한 집안일에 신경 쓸 수 없다는 거, 물론 잘 알아요……."

"알겠습니다, 올리베라 부인."

눈치 빠른 셸비 씨가 말했다.

"안 그래도 회장님께서 그 의자 얘기를 하셔서 제가 무슈 디버스에게 전화를 해 두었습니다."

"그렇다면, 내가 마음의 짐을 덜은 셈이군요. 자, 그럼 이제 셸비 씨, 지난번 말한……."

올리베라 부인이 딱딱거렸다. 푸아로는 그녀가 정말 암탉 같다고 생각했다. 튼실하게 살찐 암탉! 올리베라 부인은 상반신을 거들먹거리며 문으로 다가가는 중에도 여전히 딱딱거리고 있었다.

"그리고 이번 주말에 우리끼리만 있는 것이 확실한가요……."

셸비 씨는 헛기침을 했다.

"에……, 무슈 푸아로도 주말에 내려가실 겁니다."

올리베라 부인은 걸음을 멈추었다. 그녀는 뒤를 돌아보며 드러내 놓고 싶은 내색으로 푸아로를 위아래로 훑어보았다.

"정말인가요?"

"블런트 씨가 저를 초대하셨습니다."

푸아로가 말했다.

"음, 왜 그랬을까, 회장님이 정신이 나가셨나. 죄송합니다, 무슈 푸아로, 블런트 씨는 아주 조용한 가족들만의 주말을 보내고 싶다 고 해서요!"

셸비가 단호하게 말했다.

"회장님은 무슈 푸아로가 꼭 오셨으면 하십니다."

"어머, 그래요? 나한테는 그런 얘기 없었는데."

문이 열렸다. 제인이 그곳에 서서 조바심을 내며 말했다.

"어머니, 안 오세요? 1시 15분에 점심 약속 있잖아요!"

"간다, 제인. 조바심 좀 내지 말거라."

"어서 서두르세요, 제발……. 안녕하세요, 무슈 푸아로."

그녀는 갑자기 조용해졌다. 얼어붙은 건방진 태도. 더욱 경계하는 듯한 눈동자.

올리베라 부인이 차가운 목소리로 말했다.

"무슈 푸아로가 주말에 엑셈에 오신단다."

"아, 그래요."

제인 올리베라는 어머니가 지나가도록 멈추어 섰다. 어머니의 뒤를 따르면서 그녀는 다시 뒤를 돌아보았다.

"무슈 푸아로!"

그녀의 목소리는 오만했다.

푸아로는 방을 가로질러 그녀에게 다가갔다.

그녀는 낮은 소리로 말했다.

"엑셈에 오신다고요? 왜죠?"

푸아로는 어깨를 으쓱했다. 그리고 말했다.

"그건 당신 이모부님의 친절한 초대십니다."

제인이 말했다.

"하지만 이모부님은 아실 수가 없는데……, 없다고요. 언제 그런 말을 하셨나요? 아, 아니에요……."

"제인!"

그녀의 어머니가 복도에서 부르고 있었다.

제인은 낮고 다급한 목소리로 말했다.

"다른 데 가 계세요. 제발 오지 마세요."

그녀는 밖으로 나갔다. 밖에서 언쟁하는 소리가 들려왔다. 올리베라 부인이 높고 딱딱대는 목소리로 불평하는 것이 들려왔다.

"네 버르장머리를 더는 참을 수가 없구나, 제인……. 네가 끼어들지 못하게 손을 써야겠어."

비서가 말했다.

"그럼 내일 6시 조금 못 돼서, 무슈 푸아로?"

푸아로는 기계적으로 고개를 끄덕였다. 그는 마치 귀신이라도 본 사람처럼 서 있었다. 하지만 그의 충격은 눈에서 온 것이 아니라 귀에 들려온 목소리 때문이었다.

열린 문을 통해 들어온 두 문장이 지난밤 전화 수화기를 통해 들었던 것과 거의 흡사했다. 그리고 그는 그 목소리가 어째서 희미하게 낯이 익었는지 그 이유를 깨달았다.

그는 햇살로 걸어 나오면서 멍한 표정으로 고개를 가로저었다.

올리베라 부인?

하지만 그럴 리가 없다! 수화기 너머로 말을 한 사람이 올리베라 부인일 리가 없었다!

이기적이고 머리도 나쁘고, 욕심 많고 자기중심적인 그 지각없는 귀부인이? 그 자신이 방금 그녀를 어떻게 불렀던가?

"저 튼실하게 살이 찐 암탉? 쎄리디퀼르(말도 안 돼)."

에르퀼 푸아로가 말했다.

잘못 들은 것이 틀림없다고 생각했다. 그렇지만……

6시가 조금 못된 시각, 롤스로이스는 정확하게 푸아로를 데리러 왔다.

차에는 앨리스테어 블런트와 그의 비서, 두 사람만 타고 있었다. 올리베라 부인과 제인은 다른 차로 일찍 내려간 것 같았다.

길은 울퉁불퉁했다. 블런트는 소소한 잡담을 꺼냈으며, 대부분의 화제는 정원과 최근의 원예 전람회에 관한 것들이었다.

푸아로는 블런트가 구사일생으로 살아난 것을 축하했고, 이 말에 블런트는 난색을 표하며 말했다.

"아, 그거요! 그 친구가 특별히 나를 쏘려고 했던 것은 아닙니다. 어쨌든 그 불쌍한 친구는 조준하는 법도 몰랐으니까요! 반쯤 미친 그런 학생들 중 하나지요. 사실 정말 해를 끼칠 친구들은 아니에요. 그저 선동을 당한 나머지, 수상을 쏘면 역사의 흐름을 바꿀 수 있다는 환상에 사로잡힌 놈들일 뿐이지요. 안타까울 뿐입니다, 정말."

"혹시 다른 데서 목숨을 노리는 시도는 또 없었습니까?"

"아주 신파조로 들리는데요."

블런트는 눈을 반짝이며 말했다.

"바로 얼마 전에 누군가 제게 폭탄을 소포로 보냈습니다. 제대로 된 폭탄도 아니었어요. 세상의 지배를 꿈꾸는 친구들……, 폭탄 하나 제대로 만들지 못하는 주제에 그들이 무슨 제대로 된 일을 할 수 있겠습니까?"

그는 고개를 설레설레 흔들었다.

"늘 똑같습니다. 장발에다 애매모호한 이상주의자들……, 머릿속에 현실적인 지식은 하나도 없고 말이죠. 저도 똑똑한 사람은 아니고 그런 적도 없었지만, 최소한 읽고 쓰고 더하고 뺄 줄은 압니다. 제 말뜻을 이해하시겠습니까?"

"그런 것 같습니다만 약간의 설명을 더 해 주신다면."

"글쎄요, 영어로 쓰인 어떤 문장을 읽는다면 말입니다, 저는 그것이 뜻하는 바를 이해할 수 있습니다. 제가 지금 얘기하는 것은 무슨 난해한 공식이나 철학에 대한 것이 아니라 그저 단순한 일상 업무에서 쓰이는 영어를 얘기하고 있습니다. 그런데 대부분의 사람들은 이해를 못한다, 이겁니다! 만약 제가 뭔가를 적고 싶다면, 제가 하고 싶은 말을 글로 옮길 수 있는데, 그 또한 역시 많은 사람들이 못한다는 것을 발견했습니다. 그리고 앞서 말씀드렸듯이, 저는 쉬운 셈 정도는 할 줄 압니다. 만약 존스가 바나나 여덟 개를 가지고 있는데 브라운이 열 개를 빼앗아 갔다면, 존스에겐 몇 개의 바나나가 남아 있을까요? 이건 대개들 답이 아주 쉽다고 생각하는 그런 문제이죠. 그러나 사람들은 애초에 브라운이 열 개를 빼앗아 갈 수 없다는 사실을 인정하려 들지 않습니다……. 그리고 두 번째로, 바나나는 양수로서만 존재할 수 있다는 사실도 인정하지 않죠!"

"사람들이 말장난을 선호한다는 얘긴가요?"

"그렇습니다, 정치가들이 그렇죠. 하지만 저는 늘 단순한 상식을 고집해 왔습니다. 그러다 결국엔 고집할 수가 없게 되지요."

그는 약간 가식적인 웃음을 터뜨리며 덧붙였다.

"때와 장소를 가리지 않고 사업 얘기만 해선 안 됩니다. 그건 나쁜 습관이지요. 게다가 런던을 벗어나면 사업 문제는 접어두고 싶습니다. 무슈 푸아로, 당신의 모험 얘기를 꼭 듣고 싶었습니다. 저는 스릴러와 탐정 소설을 아주 많이 읽었답니다. 그것이 현실에서도 실재한다고 생각하십니까?"

나머지 여정 동안 대화는 에르퀼 푸아로의 화려한 모험담에 집중

되었다. 앨리스테어 블런트는 어린아이처럼 눈을 반짝이며 자세한 얘기를 듣고 싶어 했다.

이런 유쾌한 분위기에 찬물을 끼얹은 것은 엑셈에 도착해서였다. 그곳에서 올리베라 부인은 불만스럽고 싸늘한 감정을 보이지 않게 발산하고 있었다. 그녀는 최대한 푸아로를 무시하며 블런트 씨와 셀비 씨에게만 아는 체를 했다.

셀비 씨는 푸아로에게 방을 안내했다.

집은 그다지 크지 않았으며 푸아로가 런던에서 느낄 수 있었던 그런 수수하고 세련된 취향으로 꾸며진 매력적인 집이었다. 모든 것이 호사스러웠지만 간결했다. 겉으로 보기에 간결하고 단순한 것이 주는 부드러움에서, 이 집이 소유하고 있는 막강한 부가 느껴졌다. 식사 또한 훌륭했다. 요리는 영국식이 아니라 유럽식이었다. 저녁 식사에 곁들인 와인은 푸아로로 하여금 감탄을 자아내지 않을 수 없게 했다. 그들은 흠잡을 데 없는 맑은 수프에다 구운 생선, 완두콩과 딸기, 크림을 곁들인 양고기 등살을 먹었다.

푸아로는 이런 육체적 안락을 주는 음식과 술에 푹 빠진 나머지 올리베라 부인의 냉랭한 태도와 그 딸의 퉁명스러운 무례함에도 거의 신경을 쓰지 않았다. 어떤 이유에서인지 제인은 잔뜩 적의를 품고 그를 대했다. 식사가 끝나갈 무렵이 되어서야 푸아로는 막연하게 그 이유가 궁금했다.

약간의 궁금한 표정으로 식탁을 내려다보던 블런트가 물었다.

"헬렌은 오늘 밤 우리와 식사를 안 하나요?"

줄리아 올리베라의 입술이 팽팽하게 말렸다. 그녀가 말했다.

"헬렌은 정원에서 과로를 한 것 같아요. 그래서 제가 귀찮게 옷 갈아입고 식당으로 내려오느니 차라리 침대로 가서 쉬는 게 좋겠다고 했어요. 본인도 그러고 싶었나 봐요."

"아, 그랬군."

블런트는 약간 혼란스럽고 어리둥절해 하는 것처럼 보였다.

"주말이 헬렌에게 약간의 기분 전환이 될 거라고 생각했는데."

"헬렌은 단순한 아이에요. 금방 괜찮아질 거예요."

올리베라 부인이 단호하게 말했다.

블런트가 잠시 뒤에 남아 비서와 이야기를 하는 동안, 여자들과 함께 응접실로 들어간 푸아로는 제인 올리베라가 어머니에게 하는 소리를 들었다.

"어머니가 헬렌 몬트레서에게 그렇게 냉랭하게 대하는 걸 이모부는 못마땅해 하세요."

올리베라 부인이 거칠게 말했다.

"말도 안 돼. 네 이모부는 너무 착해. 가난한 친척들도 다들 별일 없이 살고 있어. 헬렌에게 오두막에서 공짜로 살게 하는 건 이모부가 너무 사람이 좋은 탓이라 쳐도, 주말마다 저택으로 저녁 초대까지 하다니 그게 말이나 되는 소리냐! 헬렌은 어디까지나 육촌일 뿐이야. 이모부가 의무를 가질 필요가 없어!"

"헬렌은 나름대로 자부심을 가지고 있는 것 같아요. 정원 일을 아주 많이 해요."

"그걸 보면 알 수 있지. 스코틀랜드 사람들은 아주 독립적이라서 그걸 존경하는 사람들도 있단다."

올리베라 부인이 기분 좋게 말했다.

그녀는 소파에 편안하게 앉았고 여전히 푸아로를 모른 체 하며 덧붙였다.

"'로우 다운 리뷰' 좀 가져오렴. 거기 로이스 반 쉴러와 그녀의 모로코 가이드에 관한 기사가 났더라."

앨리스테어 블런트가 문 앞에 나타났다.

"자, 무슈 푸아로, 제 방으로 오시지요."

앨리스테어 블런트의 서재는 집 안쪽에 있었으며 천장이 낮고 긴 방이었다. 창문은 정원을 향해 열려 있었다. 깊숙한 안락의자와 긴 의자가 있는 편안한 방이었으며 기분 좋을만큼 흐트러진 모습이 오히려 사람 사는 느낌을 자아내고 있었다.(말할 필요도 없이 에르퀼 푸아로였다면 보다 더 균형적인 분위기를 선호했을 것이다!)

손님에게 시가를 권하고 자신은 파이프에 불을 붙인 다음, 앨리스테어 블런트는 단도직입적으로 본론을 꺼냈다.

"제가 별로 만족하고 있지 않은 건에 대해서 거래를 제안합니다. 물론 지금 그 세인즈버리 실이란 여자 얘기를 하고 있는 겁니다. 그들 나름대로의 이유를 들며, 물론 완벽하게 정당화된 이유겠지요, 당국은 수사를 중단했습니다. 앨버트 채프먼이 누구인지, 혹은 그가 무슨 일을 하는지 정확히는 모릅니다만, 어쨌든 이것은 아주 치명적인 사건이어서 그 친구를 궁지에 몰아넣을지도 모르는 그런 일입니다. 그 일의 굴곡은 잘 모릅니다만 수상은 더 이상 이 사건에 관해 어떤 홍보도 할 수 없으며 대중들의 기억에서 빨리 사라질수록 좋다는 말을 했습니다.

그건 별 문제가 없습니다. 그것이 공식적인 입장이고 또한 무슨 뜻인지 잘 알고 있으니까요. 그래서 경찰은 손 놓고 있는 거고요.”

그는 의자에 앉은 몸을 앞으로 숙였다.

“하지만 저는 진실을 알고 싶습니다, 무슈 푸아로. 그리고 당신은 저를 위해 진실을 찾아줄 분입니다. 당신은 관료들에게 구속받지 않으니까요.”

“제가 무엇을 하면 되겠습니까, 블런트 씨?”

“그 여자, 세인즈버리 실을 찾아주십시오.”

“살았건 죽었건요?”

앨리스테어 블런트의 눈썹이 치켜 올라갔다.

“그 여자가 죽었을 수도 있다고 생각하시나요?”

에르퀼 푸아로는 잠시 잠자코 있다가, 천천히 무게를 실어 입을 열었다.

“제 의견을 알고 싶으시다면……, 어디까지나 의견에 불과합니다만, 네, 저는 그 여자가 죽었다고 생각합니다.”

“왜 그렇게 생각하십니까?”

에르퀼 푸아로는 가볍게 미소를 지었다.

그가 말했다.

“서랍에 있던 새 스타킹 때문이라면 납득이 안 간다고 하시겠지요.”

앨리스테어 블런트는 호기심에 찬 표정으로 그를 빤히 쳐다보았다.

"당신은 참 특이한 분이군요, 무슈 푸아로."

"네, 아주 특이하지요. 말하자면, 조직적이고 질서 정연하고 논리적이지요……. 그리고 어떤 이론을 지지하기 위해 사실을 왜곡하는 걸 좋아하지 않습니다. 그래서 좀 별나지요!"

앨리스테어 블런트가 말했다.

"처음부터 끝까지 생각해 보았습니다. 그리고 한 가지를 생각해 내는데 제법 시간이 걸렸어요. 모든 일이 기이하기 짝이 없습니다! 제 말은, 스스로 총을 쏜 치과의사와, 그리고 얼굴이 뭉개진 채 자신의 모피 궤짝에 들어있던 채프먼 부인 말입니다. 구역질나요! 정말 구역질이 납니다! 이 모든 일 뒤에 뭔가가 있다는 느낌을 저버릴 수가 없어요."

푸아로는 고개를 끄덕였다.

블런트가 말했다.

"그리고 더군다나 그 여자 말입니다. 그때 일을 생각하면 할수록 그 여자가 제 아내를 만난 적이 없다는 것이 확실해집니다. 그건 제게 말을 걸기 위해 짠 각본이었죠. 그런데 왜 그랬을까요? 그게 그 여자한테 무슨 소용이 있었을까요? 그러니까 푼돈의 기부금을 받는 것 말고 말입니다. 게다가 그것도 단체에 가는 돈이지 개인적으로 그녀에게 돌아가는 돈도 아니지 않습니까. 그래서 제가 받는 느낌은 그것이……, 그것이 일부러 계획했던 일이라는 것입니다. 집에서 나오는 저를 일부러 만나려고 말입니다. 그 모든 것이 너무나 들어 맞아요. 그러니까 타이밍을 교묘하게 짜 맞춘 거죠! 그런데 왜? 그 걸 모르겠습니다……. 왜 그랬을까?"

"바로 그겁니다. 왜 그랬을까? 저도 자문을 해 봅니다만 이유를 모르겠습니다. 네, 모르겠어요."

"그 문제에 대해 전혀 모르십니까?"

푸아로는 속수무책으로 손을 내저었다.

"제 생각은 유치하기 짝이 없습니다. 그러니까 누군가 당신을 겨 냥하고 있다는 것을 당신에게 가르쳐 주려는 계략이었을 것이라 는……. 하지만 그것도 말이 안 돼요. 당신은 아주 유명하신 분이고, 또 '봐라, 바로 지금 그 문으로 들어간 남자가 바로 그 사람이다.'라 고 말하는 것이 훨씬 더 간단한 방법인데 말입니다."

"무엇보다도, 누군가가 저를 겨냥해야 하는 이유가 뭡니까?"

"블런트 씨, 그날 아침 치과 진료 의자에 앉아 있었던 때를 다시 생각해 보세요. 몰리가 했던 말에서 평소와 다른 것은 없었나요? 기 억나는 것 중에 뭔가 단서가 될 만한 게 전혀 없었습니까?"

앨리스테어 블런트는 기억을 더듬느라 미간을 찌푸렸다. 그리고 는 고개를 가로저었다.

"죄송합니다. 아무 생각도 안 납니다."

"몰리가 그 여자, 그 세인즈버리 실 양에 대한 말은 정말 안 했습 니까?"

"안 했습니다."

"아니면 다른 여자……, 채프먼 부인 얘기는요?"

"아뇨, 안 했어요……. 사람들 얘기는 전혀 안 했습니다. 장미니 정원에 비가 와야 한다느니, 휴가니, 뭐 그런 얘기만 했습니다."

"그럼 치료를 받는 동안 들어온 사람은 없었나요?"

"글쎄요……. 아니, 없었던 것 같습니다. 그 전에 그 치과에서 한 아가씨를 본 것 같아요. 금발의 아가씨요. 하지만 그날은 거기에 없었습니다. 아, 또 다른 치과의사가 들어왔어요. 생각나요, 아일랜드 억양을 썼던 그 친구."

"그가 무슨 말을, 아니면 뭘 했나요?"

"그냥 몰리에게 몇 가지를 물어보고 다시 나갔어요. 몰리는 그 친구에게 약간 무뚝뚝했던 것 같습니다. 그 친구는 한 일이 분 정도 있었어요."

"기억나는 게 더 있습니까? 전혀 없으세요?"

"없어요. 몰리 씨는 지극히 정상이었어요."

에르퀼 푸아로는 생각에 잠긴 표정으로 말했다.

"제가 보기에도 지극히 정상이었습니다."

긴 침묵이 이어졌다. 그러자 푸아로가 말했다.

"무슈, 그날 아침 아래층 대기실에 있던 청년을 기억하십니까?"

앨리스테어 블런트는 미간을 찌푸렸다.

"글쎄요……. 아, 청년이 하나 있었어요, 안절부절못하고 있던. 그 청년 얼굴이 특별히 기억나진 않습니다. 그런데 왜 그러시죠?"

"그 청년을 다시 보면 알아보시겠습니까?"

블런트는 고개를 가로저었다.

"그냥 얼핏 봤을 뿐이라서."

"그 청년이 블런트 씨에게 말을 걸진 않았습니까?"

"네. 왜 그러십니까? 그 청년이 누굽니까?"

블런트는 호기심이 가득 찬 표정으로 푸아로를 쳐다보았다.

"이름은 하워드 레이크스입니다."

푸아로는 어떤 반응이 있을지 날카롭게 살폈지만 상대방에게선 아무 반응도 없었다.

"그 청년 이름을 제가 알아야 하나요? 제가 다른 데서 그 친구를 만난 적이 있나요?"

"그건 아닙니다. 그 청년은 블런트 씨 조카딸의 친구입니다. 올리베라 양이요."

"아하, 제인의 친구군요."

"올리베라 양의 어머니는 그 관계를 허락하지 않으시는 것 같습니다."

앨리스테어 블런트가 멍한 표정으로 말했다.

"그래봐야 제인에게 아무 효과도 없을 걸요."

"올리베라 양의 어머니는 그 두 사람의 관계를 너무나 심각하게 생각한 나머지 두 사람을 떼어 놓으려고 올리베라 양을 미국에서 불러들인 것 같은데요."

"아하! 바로 그 친구로군."

블런트의 얼굴이 환해졌다.

"네, 이제야 관심을 가지시는군요."

"그 친구는 어느 모로 보나 탐탁지 않은 청년입니다. 파괴적인 활동에 연루되어 있고요."

"그 청년이 오직 블런트 씨를 만나기 위해, 그날 아침 퀸 샬럿 가에 예약을 했다는 사실을 올리베라 양을 통해 알게 되었습니다."

"저를 설득해서 허락을 받아내려고요?"

"글쎄요……. 아뇨, 제가 보기엔 블런트 씨의 허락을 받아 오라고 그 청년이 부추김을 받은 것 같습니다."

"참, 뻔뻔스럽기는!"

푸아로는 애써 미소를 억눌렀다.

"아무래도 그 청년이 인정을 못 받는 사람은 블런트 씨가 유일한 것 같군요."

"저는 그런 청년은 인정 못합니다! 어엿한 직업도 없이, 거창한 선전에 돼먹지 않은 허풍이나 떨고 있으니까요!"

푸아로는 잠시 잠자코 있다가 다시 말했다.

"죄송합니다만 제가 지극히 사적이고 주제넘은 질문을 해도 괜찮으시겠습니까?"

"해 보세요."

"블런트 씨의 사망 시, 유언장은 어떤 내용입니까?"

블런트는 그를 빤히 쳐다보았다. 그리고 빈틈없는 어조로 말했다.

"그걸 왜 알고 싶으신지요?"

"왜냐하면, 혹시 그것이 이 사건과 관계가 있을지도 몰라서입니다."

그는 어깨를 으쓱했다.

"말도 안 됩니다!"

"그럴 수도 있고, 아닐 수도 있습니다."

앨리스테어 블런트는 냉랭한 목소리로 말했다.

"지금 좀 과하게 신파를 쓰고 계신 것 같군요, 무슈 푸아로. 저를 죽이려고 한 사람은 아무도 없었습니다. 아니, 그런 비슷한 일도 없었어요!"

"블런트 씨의 아침 식사 테이블에 폭탄이 장치된 일, 거리에서 총을 쏜 일……."

"아, 그거요! 전 세계의 금융을 움직이는 큰손이라면 누구나 그런 광신자의 주목을 받게 마련이지요!"

"광신자도 아니고 미치지도 않은 누군가의 소행일지도 모릅니다."

블런트를 그를 노려보았다.

"지금 어디로 얘기를 몰고 가는 겁니까?"

"솔직히 말해서, 당신이 죽어서 이익을 볼 사람이 누군지 알고 싶습니다."

블런트는 이를 드러내고 씩 웃었다.

"주로 세인트 에드워드 병원, 암 병원, 왕립 시각장애인 연구소 등이지요."

"아하!"

"그 외에 조카인 줄리아 올리베라 부인에게 돈을 남겨주었고, 비슷한 액수를 조카딸인 제인 올리베라에게 남겨주었습니다. 그리고 또 제 유일한 친척인 헬렌 몬트레서 육촌 누이에게도 상당한 돈을 남겨주었습니다. 헬렌은 찢어지게 가난해서 이곳 작은 오두막에 살고 있지요."

그는 잠시 숨을 돌리고 나서 다시 말했다.

"무슈 푸아로, 이건 정말 극비사항입니다."

"물론이지요, 무슈, 말할 것도 없지요."

앨리스테어 블런트는 냉소적으로 덧붙였다.

"설마 줄리아 올리베라나 제인 올리베라, 헬렌 몬트레서가 돈을 노리고 날 죽이려고 한다는 말은 아니시겠지요?"

"절대 어떤 뜻이 있어서는 아닙니다, 절대로."

블런트의 가벼운 노여움이 가라앉았다. 그리고 말했다.

"그럼 제 부탁을 들어주시는 겁니까?"

"세인즈버리 실 양을 찾는 일요? 아, 네, 그렇습니다."

앨리스테어 블런트는 진심으로 우러난 목소리로 말했다.

"좋은 분이군요."


방을 나서던 푸아로는 하마터면 문밖에 있던 커다란 형체와 부딪칠 뻔 했다.

푸아로가 말했다.

"미안합니다, 마드무아젤."

제인 올리베라는 약간 뒤로 물러서며 말했다.

"제가 당신을 어떻게 생각하는지 아세요, 무슈 푸아로?"

"에 비엥(그러니까), 마드무아젤……."

그녀는 그의 말이 끝나기를 기다리지 않았다. 그녀의 질문은 다분히 형식적이었다. 그녀가 말하고자 하는 속뜻은 제인 올리베라 스스로가 끄집어냈다.

"당신은 스파이예요. 그게 바로 당신이라고요! 코를 킁킁대고 문제나 일으키면서, 시시콜콜 남의 뒤나 캐고 다니는 야비한 저질 스파이!"

"제가 드릴 수 있는 말씀은, 마드무아젤……."

"당신이 쫓는 게 뭔지 알아요! 당신이 어떤 거짓말을 하는지도 다 안다고요! 그냥 인정하지 그러세요? 명심하세요, 당신은 절대 아무것도 밝혀내지 못할 거예요……. 아무것도! 아무것도 밝혀낼 게 없어요! 아무도 제 금쪽같은 이모부의 머리카락 하나 다치게 할 수 없을걸요. 이모부는 충분히 안전하고 언제나 그렇겠죠! 신중하고 점잖고 돈 많고…… 또 진부함투성이고! 이모부는 촌스럽고 구식이에요. 그게 우리 이모부라고요……. 비전이나 상상력이라고는 눈곱만큼도 없는."

잠시 숨을 돌리고는 그녀의 유쾌하고 허스키한 목소리가 잠기면서 이내 원한에 사무친 듯 말했다.

"당신을 보기만 해도 정말 지긋지긋해요……. 피도 눈물도 없는 속물 부르주아 탐정 같으니!"

그녀는 고급스러운 옷의 주름을 휘날리며 그에게서 멀어져갔다.

에르퀼 푸아로는 눈썹을 치켜 올리고 눈을 부릅뜬 채 그 자리에 남아 있었다. 그리고 콧수염을 만지작거리며 생각에 잠겼다.

부르주아라고 하는 모멸적인 말이 의외로 자신에게 잘 어울리는 것 같았다. 그의 사고방식은 부르주아적이었으며, 또 늘 그래왔다. 제인 올리베라가 그의 체면을 손상시키고자 그런 표현을 쓴 것이 오히려 그에게 생각할 기회를 주었다.

그는 여전히 생각에 잠긴 채 응접실로 들어갔다.

올리베라 부인은 인내심을 발휘하고 있었다.

그녀는 푸아로가 들어서는 것을 올려다보며 마치 바퀴벌레라도 보는 것 같은 냉정한 표정으로 그를 훑어보고서는, 냉랭하게 중얼거렸다.

"블랙 퀸에 레드 잭이네."

푸아로는 풀이 죽어 다시 밖으로 나와 씁쓸한 표정으로 생각했다.

"아아, 날 좋아하는 사람은 아무도 없는 것 같군!"

그는 창문을 통해 정원으로 나가 한가롭게 산책을 했다. 밤공기와 같은 자라난화 향기를 한껏 머금은 매혹적인 저녁이었다. 푸아로는 기분 좋게 코를 킁킁거리며 초록 풀이 양옆으로 난 작은 길을 어슬렁어슬렁 걸었다.

모퉁이를 돌자 어슴푸레 보이던 두 형체가 후다닥 서로 떨어졌다.

그가 한 쌍의 연인을 방해한 것 같았다.

푸아로는 황급히 돌아서, 왔던 길을 다시 돌아갔다.

그곳에서조차도 그의 존재는 군더더기처럼 보였다.

그가 앨리스테어 블런트의 창문을 지나칠 때 앨리스테어 블런트는 셀비 씨에게 무언가를 지시하고 있었다.

에르퀼 푸아로를 위한 장소는 오직 한 곳뿐인 것 같았다.

그는 자신의 침실로 올라갔다.

그는 한동안 현 상황에 대해 여러 가지 관점에서 생각해 보았다.

전화의 목소리가 올리베라 부인이라고 생각한 것은 착각이었을까, 아닐까? 분명 그건 너무 터무니없는 생각이 아닌가!

그는 조용하고 왜소한 반스 씨가 극적으로 폭로했던 내용을 다시 생각해 보았다. 또한 일명 앨버트 채프먼이라고 하는 QX912 씨의 알쏭달쏭한 행방도 곰곰 따져보았다. 그리고 문득 하녀인 아그네스의 눈가에 떠오른 불안한 표정이 생각났다.

사람들은 항상 똑같은 방식으로 사실을 은폐한다! 대개는 중요하지 않은 것들이지만, 그래도 모든 것이 분명히 밝혀지기 전까지는 올바른 길을 찾는 것이 불가능하다.

순간, 그 길이 흠잡을 데 없이 곧고 올바르게 보였다! 그리고 그 분명한 생각과 질서정연한 진척의 과정에서 가장 뜻밖의 장애물은, 그 스스로도 인지했던 세인즈버리 실 양에 대한 모순적이고 설명이 불가능한 부분이었다. 만약 에르퀼 푸아로가 관찰한 사실이 진짜라면, 그 모든 것이 터무니없어지기 때문이었다!

에르퀼 푸아로는 이 생각들에 놀라며 혼자 중얼거렸다.

"내가 정말 나이가 들어가는 걸까?"

## 열하나, 열둘,
## 밝혀 내야 한다

괴로운 밤을 보낸 뒤, 에르퀼 푸아로는 다음 날 아침 일찍 일어
났다. 날씨는 더할 나위 없이 화창했고 그는 간밤의 길을 다시 가
보았다.

양 옆으로 풀숲을 끼고 있는 길은 더없이 아름다웠고 푸아로는
몸을 구부려 가지런히 늘어서 있는 꽃들을 들여다보았다. 이부자리
처럼 말쑥하게 깔린 주홍색 제라늄은 오스텐드(벨기에 북서부 서플
랑드르 주에 있는 자치체 — 옮긴이)에서 보았던 것과 비슷했다. 그럼
에도 불구하고 이곳은 영국 정원의 완벽함을 뽐내고 있다는 것을
깨달았다.

그는 장미 정원을 따라 계속 걸었다. 정원은 말쑥하게 정리를 해
놓아서 보기만 해도 기분이 좋았다. 그리고 높은 바위 정원의 구불
구불한 길을 거쳐 마침내 담장을 둘러친 부엌 뒤 정원에 도착했다.

거기서 푸아로는 트위드 코트에 스커트를 입은 억센 여자를 발견했다. 검은 눈썹에 짧게 자른 머리를 한 그녀는 느릿하고 힘이 들어간 스코틀랜드 억양으로 수석 정원사로 보이는 사람과 이야기를 나누고 있었다. 대화를 나누는 수석 정원사는 썩 기분이 좋지 않은 것 같지 않았다.

헬렌 몬트레서 양의 냉소적인 목소리가 들려오자, 푸아로는 샛길로 급히 몸을 숨겼다.

그곳에서는 삽에 기댄 채 쉬고 있던 한 정원사가 다시 열심히 땅을 파기 시작했다. 푸아로는 더 가까이 다가갔다. 청년으로 보이는 그 정원사는 푸아로에게 등을 보인 채 땀을 뻘뻘 흘리며 땅을 팠다. 푸아로는 걸음을 멈추고 그를 지켜보았다.

"안녕하세요."

푸아로가 상냥하게 말했다.

그 역시 "안녕하시오."라고 중얼거리듯 대답했지만 여전히 삽질을 멈추지 않았다.

푸아로는 약간 의외였다. 그의 경험으로 대부분의 정원사는 주인이 다가갈 때면 열심히 일하지 못해 안달을 부리는 체 하지만, 실제로는 빈둥거리며 시간을 보내기 때문이었다.

그것은 약간 부자연스럽게 보였다. 그는 그곳에 서서 열심히 일하는 정원사를 한동안 지켜보았다. 혹시 저 어깨의 회전에 약간 낯익은 뭔가가 있지 않은가? 아니면 착각인가? 아니면 목소리와 어깨가 모두 전혀 낯익지 않은데도 낯익다고 생각하는 습관이라도 붙은 것일까? 정말로 간밤에 걱정했던 것처럼 자신이 나이가 들어가고 있는 것일까?

그는 생각에 잠겨 담장이 둘러쳐진 정원을 지나치다 잠시 걸음을 멈추고 밖의 관목 숲 언덕을 바라보았다.

어떤 상상 속의 달처럼 생긴 둥근 물체 하나가 부엌 정원 담장 너머로 불쑥 올라왔다. 그것은 계란처럼 생긴 에르퀼 푸아로의 머리였다. 그리고 에르퀼 푸아로의 눈은 이제 땅 파는 것을 멈추고 땀에 젖은 얼굴을 소맷자락으로 문지르고 있는 젊은 정원사의 얼굴을 흥미롭게 바라보았다.

"정말 이상해. 흥미로워."

에르퀼 푸아로는 다시금 몰래 머리를 내리며 혼자 중얼거렸다.

그는 관목 숲에서 빠져나와 자신의 깔끔한 옷에 묻어 있는 잔가지와 이파리들을 털어냈다.

그렇다. 고향에서 비서 일을 한다던 프랭크 카터가 앨리스테어 블런트에게 고용되어 정원사 일을 하다니, 정말 기이하고 흥미로웠다.

에르퀼 푸아로가 이런 생각을 하는 동안 멀리서 순찰차 사이렌 소리가 들려왔다. 그는 집을 향해 걸음을 옮겼다.

집으로 가던 도중에 그는 더 안쪽에 있는 문을 통해 부엌 정원에서 나온 몬트레서 양과 이야기를 하고 있는 블런트 씨를 만났다.

그녀의 목소리는 또렷하고 낭랑했다.

"그렇게 마음을 써주시다니, 하지만 미국인 친척들이 있는 이번 주에는 어떤 초대에도 응하고 싶지 않아요!"

블런트가 말했다.

"줄리아가 겉으론 무뚝뚝해도 속은 안 그래……."

몬트레서 양이 차분하게 말했다.

"저를 대하는 태도가 얼마나 무례한지 몰라요. 그런 거만함을 참을 수 없어요, 미국 여자건 누구건요!"

몬트레서 양이 물러가고, 푸아로는 여자 형제들과 언쟁하는 모든 남자들이 그런 것처럼 당황해하고 있는 앨리스테어 블런트에게 성큼성큼 다가갔다.

"여자들은 정말 요사스러워! 안녕하세요, 무슈 푸아로. 정말 날씨 좋네요."

그들이 돌아서서 집으로 걸어오는 도중 블런트 씨가 한숨 쉬며 말했다

"정말 아내가 그립네요."

그는 식당으로 와서 줄리아에게 말했다.

"줄리아, 네가 헬렌의 자존심을 상하게 한 것 같다."

올리베라 부인이 험악하게 말했다.

"스코틀랜드인들은 언제나 너무 과민해요."

앨리스테어 블런트는 언짢아 보였다.

에르퀼 푸아로가 말했다.

"아까 보니 젊은 정원사가 있던데, 최근에 데려오셨나 봅니다."

"아, 네, 버튼입니다, 3주 전에 세 번째 정원사가 떠나고, 그 친구

를 대신 데려왔지요."

"그 친구, 고향이 어딘지 혹시 기억하십니까?"

"모르겠는데요. 계약은 맥앨리스터가 했어요. 누가 시험 삼아 써 보라고 좋은 말로 추천을 해 주더군요. 그런데 의외로 맥앨리스터는 그 친구를 신통치 않아 하며 다시 해고하고 싶어 하지요."

"그 정원사 이름이 뭔가요?"

"더닝 선베리인가, 뭐 그래요."

"월급을 얼마나 주고 계신지 여쭈어 봐도 실례가 아닌지요?"

"전혀 아닙니다. 2파운드 15실링인가, 그럴 걸요."

"그게 전부인가요?"

"물론이죠, 더 적을 수도 있어요."

"그렇다면 아주 이상하네요."

푸아로가 말했다.

앨리스테어 블런트는 궁금한 표정으로 그를 쳐다보았다.

그런데 제인 올리베라가 소리 나게 신문을 뒤척이며 대화에 끼어 들었다.

"이모부, 아주 많은 사람들이 이모부를 해치려고 하는 것 같아요!"

"아, 의회에서 벌어지고 있는 논쟁 기사를 읽고 있구나. 괜찮다, 아처턴만 아니라면⋯⋯. 그는 마치 풍차와 싸우는 돈키호테 같아. 게다가 금융에 대해 터무니없는 생각을 가지고 있지. 그를 그냥 내 버려두면, 영국은 일주일내로 파산하고 말게다."

제인이 말했다.

"이모부는 새로운 것을 시도하고 싶진 않으세요?"

"옛 것을 개선하는 일이 아니면 싫다."

"하지만 절대 개선될 거란 생각을 안 하시잖아요. 항상, '이건 절대 안 먹혀.'라고 말씀하시며 시도해 보지도 않으시고요."

"실험주의자들은 엄청난 해를 끼칠 수도 있단다."

"네, 하지만 있는 그대로에 어떻게 만족하실 수 있어요? 모든 낭비와 불평등과 부정을요. 이것을 위해 뭔가를 해야지요!"

"우리는 모든 것을 고려하면서 이 나라를 그럭저럭 잘 꾸려나가고 있다, 제인."

제인은 몹시 화를 내며 말했다.

"필요한 것은 새로운 하늘과 새로운 땅이라고요! 그런데 삼촌은 거기 앉아서 팔자 좋은 소리나 하고 계시군요!"

그녀는 벌떡 일어나 정원으로 통하는 유리문을 열고 밖으로 나갔다.

앨리스테어는 놀랍기도 하고 기분도 언짢은 것 같았다.

"제인이 요즘 아주 많이 변했어. 어디서 그런 생각들을 주워들었나 몰라?"

"제인이 하는 말에 신경 쓰지 마세요. 애가 분별력이 없어요."

올리베라 부인이 계속 얘기했다.

"애들은 다 그렇잖아요. 우스꽝스러운 넥타이를 한 젊은이들이 모이는 그런 수상쩍은 파티를 다니고, 그리고 집에 와서는 말도 안 되는 소리를 하지요."

"그래, 하지만 제인은 언제나 냉정하고 현실적인 아이였는데."

"그게 요즘 유행이에요. 온통 다 퍼져 있어요."

앨리스테어 블런트가 말을 꺼냈다.

"그래, 온통 다 퍼져 있어."

그는 약간 불안한 기색이었다.

올리베라 부인은 자리에서 일어났고 푸아로는 그녀에게 문을 열어 주었다. 그녀는 눈살을 찌푸린 채 옷자락을 끌며 당당히 걸어 나갔다.

앨리스테어 블런트가 불쑥 말을 꺼냈다.

"마음에 안 들어요! 모두가 그 얘기를 하고 있어, 아무 의미도 없는 것을! 온통 들떠 있다고요. 저는 처음부터 거부감을 느꼈어요. 새로운 하늘과 새로운 땅이라니…… 그게 대체 무슨 소리입니까? 자기들도 무슨 뜻인지 모르면서 말이죠! 그저 말장난이죠."

그는 문득 미소를 지으며 다소 후회하는 기색으로 말했다.

"제가 보수파의 마지막 대원처럼 보이죠?"

푸아로가 호기심어린 표정으로 말했다.

"만약 블런트 씨가 제거된다면……, 무슨 일이 벌어질까요?"

"제거되다니! 표현도, 참!"

그의 얼굴이 갑자기 심각해졌다.

"말씀드리지요. 아주 많은 멍청한 놈들이 값비싼 실험을 할 겁니다. 그렇게 되면 안정은 끝장이 나겠지요……. 상식도, 지불 능력도 다 끝장이 납니다. 사실은 우리의 이 영국도 마찬가지고요……."

푸아로는 고개를 끄덕였다. 그는 이 은행가의 말에 기본적으로 공감했다. 그 역시 지불 능력에 대한 그의 생각에 찬성했다. 그리고 앨리스테어 블런트가 지지하는 것을 정확히 새로운 의미로 깨닫기 시작했다. 반스 씨도 이미 해 준 얘기였지만, 그 당시는 거의 귀에 들어오지 않았던 것이다. 그는 문득 두려웠다…….

"이제야 편지를 다 썼어요."

블런트가 아침 늦게 모습을 드러내며 말했다.

"자, 무슈 푸아로, 이제 정원을 보여드리겠습니다."

두 사람은 함께 밖으로 나갔고 블런트는 자신의 취미를 열심히 설명했다.

희귀한 고산 식물로 가득 찬 바위 정원은 그의 가장 큰 기쁨이었다. 두 사람이 그곳에 잠시 머무르는 동안 블런트는 몇몇 희귀종들을 보여주었다.

에르퀼 푸아로는 가지고 있던 구두 중에 가장 좋은 에나멜가죽 구두를 신고 이쪽 저쪽 발에 체중을 옮겨 실으며 끈기 있게 그가 하는 말을 듣고 있었다. 그리고 뜨거운 햇살로 인해 자신의 발이 거대한 푸딩이 된 것 같은 착각에 빠져 약간 몸이 움츠러들었다.

블런트는 폭이 넓은 정원 테두리에 심어 놓은 다양한 식물들을 가리키며 한가로이 거닐었다. 가까이서 월계수 울타리를 다듬는 원예 가위의 단조로운 소리가 찰칵 찰칵 들려왔다.

모든 것이 너무나도 평화롭고 졸린 풍경이었다.

블런트는 정원의 테두리 끝에서 걸음을 멈추고 뒤를 돌아보았다. 마치 가위질을 하는 사람이 근처 어딘가 숨어 있기라도 한 듯, 가위 소리가 아주 가까이서 들렸다.

"여기서 저 아래를 내려다보시죠, 무슈 푸아로. 올해는 왕수염 패랭이꽃이 특히나 예뻐요. 저렇게 예쁜 패랭이꽃을 얼마만에 보는 건지 모르겠습니다. 그리고 저건 러셀 루핀(층층이 부채꽃 속(屬) ─ 옮긴이)이에요. 색깔이 정말 아름답지요."

탕! 총소리가 아침의 고요함을 깨뜨렸다. 무언가가 공기를 가르며 핑 소리를 냈다. 앨리스테어 블런트는 당황하며 월계수 가지 사이로 희미한 연기가 피어오르는 곳을 돌아보았다.

갑자기 시끄럽게 외쳐대는 화난 목소리가 들렸다. 두 사내가 실랑이를 벌이는 동안 월계수들이 흔들렸다. 격한 목소리의 미국인 음성이 단호하게 울려 퍼졌다.

"꼼짝 마라, 이 불한당 같으니! 무기를 버려!"

두 사내는 평지로 나와 옥신각신했다. 그날 아침 그렇게 열심히 땅을 파고 있던 젊은 정원사가 머리 하나는 더 큰 사내의 손아귀에서 벗어나려고 몸부림을 치고 있었다.

푸아로는 키 큰 사내를 즉시 알아보았다. 이미 목소리를 듣고 누구인지는 짐작했다.

프랭크 카터가 고함을 질렀다.

"이거 봐! 내가 아니라니까! 내가 그런 게 아니란 말이야."

하워드 레이크스가 말했다.

"아하, 아냐? 새들을 쏘고 있던 모양이지?"

그는 말을 멈추고 새로 나타난 사람들을 쳐다보았다.

"앨리스테어 블런트 회장님, 이놈이 여기서 회장님을 겨냥했어요. 제가 현장에서 잡았습니다."

프랭크 카터는 고함을 질렀다.

"거짓말이에요! 울타리를 오르고 있었는데, 갑자기 총소리가 들렸고 바로 제 발 밑에 총이 떨어져 있었어요. 저는 총을 집어 들었어요……. 그거야 자연스러운 일이죠! 그런데 이놈이 갑자기 저를 덮쳤다고요."

하워드 레이크스는 험악하게 말했다.

"총이 네 손에 들려 있었고 방금 총소리가 났잖아!"

그는 총을 푸아로에게 건네주었다.

"형사님이 무슨 말씀을 하실지 들어보자고! 때마침 네놈을 잡은 것이 얼마나 다행인지. 그 자동소총에 총알이 서너 발 더 남아 있을 겁니다."

푸아로가 중얼거렸다.

"사실이군요."

블런트는 화난 표정으로 눈살을 찌푸렸다. 그리고 날카롭게 말했다.

"그럼 더놈……, 던베리……, 자네 이름이 뭐지?"

에르퀼 푸아로가 끼어들었다.

"이 사람의 이름은 프랭크 카터입니다."

카터는 깜짝 놀라 푸아로를 향해 고개를 돌렸다.

"당신이 이런 일을 꾸몄군요! 그 일요일에 나를 미행하러 온 거야. 이건 사실이 아니에요. 나는 총을 쏜 적이 없어요."

에르퀼 푸아로가 부드럽게 말했다.

"그렇다면, 누가 쐈을까?"

그리고 덧붙였다.

"여긴 지금 우리 외에 다른 사람은 없어요."


줄리아 올리베라는 길을 따라 뛰어왔다. 그녀의 머리카락이 뒤로 흩날렸고 눈동자는 두려움에 휘둥그레져 있었다. 그녀는 숨을 헐떡이며 입을 열었다.

"하워드?"

하워드 레이크스는 대수롭지 않게 말했다.

"안녕, 제인. 내가 방금 당신 이모부의 목숨을 구했어."

"어머나! 당신이?"

그녀가 멈추어 섰다.

"마침 때 맞춰 잘 온 것 같군요……, 미스터……."

블런트가 머뭇거렸다.

"이쪽은 하워드 레이크스예요, 이모부. 제 친구요."

블런트는 레이크스를 쳐다보며 미소지었다.

"아! 제인의 그 친구였구나! 고맙다는 인사를 해야겠다."

바로 그 순간 원기왕성하게 씩씩대며 줄리아 올리베라가 나타났다. 그녀는 숨을 헐떡거렸다.

"총소리를 들었어요, 앨리스테어. 왜……."

그녀는 멍한 표정으로 하워드 레이크스를 쳐다보았다.

"당신이? 왜, 왜, 어떻게 감히?"

차가운 목소리로 제인이 말했다.

"방금 하워드가 이모부의 목숨을 구했어요, 어머니."

"뭐라고? 난, 난……."

"이 사람이 앨리스테어 이모부에게 총을 쏘려고 하는 걸 하워드
가 잡고 총을 빼앗았어요."

프랭크 카터가 거칠게 말했다.

"당신들 모두 나쁜 거짓말쟁이들이야!"

올리베라 부인은 입을 벌린 채 멍한 표정으로 말했다.

"어머나!"

그녀가 다시 평정을 유지하기까지 약간의 시간이 걸렸다. 그녀는
먼저 블런트에게 말했다.

"이모부! 너무 끔찍해요! 무사하다니 정말 다행이에요. 정말 놀라
셨겠어요. 나……, 난 기절할 것 같아요. 브랜디를 좀 마셔야 할 것
같은데?"

블런트가 얼른 나섰다.

"그래, 그래. 집으로 가거라."

그녀는 그의 팔을 잡고 온몸을 기댔다.

블런트는 어깨 너머로 푸아로와 하워드 레이크스를 돌아보았다.

"그 친구를 데리고 오시겠습니까? 경찰에 전화해서 넘겨야지."

프랭크 카터는 입을 벌렸지만 아무 말도 하지 못했다. 그의 얼굴이 백짓장처럼 하얗게 질렸고 무릎에 맥이 풀렸다. 하워드 레이크스는 무지막지한 손으로 그를 끌어당겼다.

프랭크 카터는 허스키한 목소리로 속절없이 중얼거렸다.

"모두 거짓말이야……."

하워드 레이크스는 푸아로를 쳐다보았다.

"고결한 탐정께선 직접 하실 말씀이 없으신가요! 권력을 좀 행사하시지 그러십니까?"

"생각하는 중입니다, 레이크스 씨."

"생각하실 필요가 없으실 텐데! 이 일로 이제 당신은 실직하게 될 겁니다! 지금 이 순간 앨리스테어 블런트가 아직 살아 있다는 것이 당신에겐 고마운 일이 아니란 말이죠."

"이것이 당신의 두 번째 공적이지요, 레이크스 씨?"

"그게 대체 무슨 소리입니까?"

"바로 어젠가 그젠가, 당신이 블런트 씨와 수상을 쏘았다고 하는 사람을 붙잡았다 하지 않았나요?"

하워드 레이크스가 말했다.

"에……, 그러게요. 그런 일에 재미가 붙은 모양이지요."

"하지만 한 가지 다른 점이 있지요."

에르퀼 푸아로가 지적했다.

"어제 당신이 잡은 사람은 총을 쏜 사람이 아닙니다. 당신이 착각을 한 것이지요."

프랭크 카터가 볼멘소리로 말했다.

"지금도 착각한 거예요."

"조용히 해."

레이크스가 말했다.

에르퀼 푸아로는 혼자 중얼거렸다.

"글쎄⋯⋯."

저녁 식사를 위해 옷을 갈아입고 넥타이를 똑바로 매면서 에르퀼 푸아로는 거울에 비친 자신의 모습에 눈살을 찌푸렸다.

불만스러웠지만 이유를 어떻게 설명해야 할지 몰랐다. 이 경우에는 아무리 생각해도 너무나 분명했다. 프랭크 카터는 현행범으로 붙잡힌 것이다.

그렇다고 특별히 그가 프랭크 카터를 신뢰한다거나 좋아하는 것은 아니었다. 냉정하게 생각해도, 카터는 영국 사람들이 흔히 말하는 '나쁜 놈'이었다. 그는 여자들의 환심을 사는 불쾌한 젊은 뚜쟁이였으며, 그래서 사람들은 마지못해 가장 악질이라고 믿는 것이다. 아무리 결백이 분명해도 말이다.

게다가 카터의 전체 스토리는 너무나도 허술했다. '비밀 첩보부' 요원이 접근해서 아주 좋은 일자리를 제공했다는 이야기 말이다. 정원사의 자리를 구해 다른 정원사들의 대화와 행동을 기록하도록 했다는 이야기, 그것은 쉽게 납득할 수 없는 줄거리였다⋯⋯. 무엇보다 그에 대한 근거가 없었다.

이런 닳아빠진 이야기라니……. 푸아로는 카터 같은 사내가 만들어 냈을 법한 그런 이야기라고 생각했다.

그리고 카터의 입장에서는 변명할 말이 아무것도 없었다. 다만 다른 누군가가 권총을 쐈다는 말을 할 뿐, 달리 설명을 할 수도 없었다. 그는 모든 게 음모라는 말만을 계속하고 있었다.

아니, 카터로서는 총알이 앨리스테어 블런트를 빗나간 순간에 맞춰 달려오기 위해 하워드 레이크스가 이틀 동안 그곳에서 기다렸다는 것이 기이한 우연의 일치였다는 말도 할 수는 있었다.

하지만 아마 그렇게 해서는 건질 것이 아무것도 없을 것이다. 우선 다우닝 가에서 총을 쏜 것은 레이크스가 아니다. 그리고 이곳에 그가 있었던 이유는 충분히 설명이 된다. 그는 애인 곁에 있기 위해 내려왔던 것이다. 그렇다, 그의 이야기가 사실이 아닐 근거는 전혀 없었다.

물론 하워드 레이크스에겐 매우 다행한 일이었다. 주인을 총에 맞지 않게 구해 준 이는 집에서 몰아낼 수가 없다. 할 수 있는 일이란 기껏해야 냉담하게 굴고 적개심을 드러내는 일뿐이다. 올리베라 부인은 분명 그 상황을 좋아하지 않았지만, 그녀조차도 할 수 있는 일이 전혀 없다는 것을 깨달았다.

그렇게 달갑지 않은 제인의 그 청년은 성공적으로 첫걸음을 내딛었으며 그것을 계속 유지할 작정이었다!

푸아로는 저녁 내내 반신반의하며 레이크스를 지켜보았다.

레이크스는 기민하게 자신의 역할을 해내고 있었다. 파괴분자적인 의견은 늘어놓지 않았으며, 정치에 대해서 언급하지 않았다. 그저 히치하이크와 거친 도보 여행 등의 모험담을 이야기했다.

'그는 이제 늑대가 아니군,'

푸아로가 생각했다.

'그래, 양의 가죽을 썼어. 하지만 그 뒤에는? 글쎄……'

그날 밤 푸아로가 잠자리에 들 준비를 하고 있을 때, 문을 두드리는 소리가 들렸다. 푸아로가 "들어오세요."라고 소리치자 하워드 레이크스가 들어왔다.

그는 푸아로의 얼굴 표정을 보며 소리 내어 웃었다.

"저를 보니 놀라우신가요? 저녁 내내 당신에게서 눈을 떼지 않았어요. 당신의 표정이 영 마음에 들지 않았어요, 생각에 잠긴 듯한 표정 말이에요."

"뭘 그리 걱정하는 겁니까?"

"이유는 모르겠지만, 걱정이 되는군요. 그냥 넘기기에는 약간 곤란한 무언가를 당신이 발견하지 않았을까 하는 생각을 했지요."

"에 비엥(그래)? 만약 그렇다면?"

"음, 사실을 밝히는 게 최선이라고 결심했어요. 그러니까 어제 일이요. 그건 일부러 꾸민 일이었어요! 각하가 다우닝 가 10번지에서 나오는 것을 저도 지켜보고 있었는데, 아시다시피 램 랄이 각하를 쏘는 것을 봤어요. 나는 램 랄을 잘 알아요. 아주 좋은 애죠. 흥분을 잘 하긴 하지만 인도의 부정적인 면들을 아주 예리하고 느끼고 있고요.

결국 아무 이상 없었잖아요, 그 값비싼 방탄 셔츠들도 아무 이상 없었고요⋯⋯. 총알이 아주 멀리 빗나갔으니까요. 그래서 쇼를 하기로 작정했고 그동안 그 인도인 녀석이 도망가기를 바랬죠. 그래서 제 옆에 있던 어떤 놈을 움켜잡고는 범인을 잡았다고 소리쳤어요. 램 랄이 아무 일 없기를 바라면서요. 하지만 형사들은 너무 똑똑해서 순식간에 그를 알아봤지요. 그렇게 된 겁니다, 아시겠어요?"

에르퀼 푸아로가 말했다.

"그럼 오늘은요?"

"그건 달라요. 오늘은 램 랄이 없었고 카터는 그 현장에 있던 유일한 사람이었지요. 그가 총을 쐈다니까요! 제가 그를 덮쳤을 때도 손에 총을 들고 있었어요. 한 방 더 쏘려고 했던 것 같아요."

푸아로가 말했다.

"블런트 씨의 안전에 그렇게 신경을 쓰셨던가요?"

레이크스는 이를 드러내고 싱긋 웃었다. 꽤나 매력적인 웃음이었다.

"제 얘기를 다 듣고 나니 약간 뜻밖인가요? 네, 인정해요. 블런트는 총에 맞아야 할 인간이라고 생각해요. 진보와 인류를 위해서⋯⋯. 이런 개인적인 의견과는 맞지 않지만 블런트는 나름대로 영국적인 방식에서 충분히 좋은 사람이라고 생각합니다. 그리고 누군가가 가까운 거리에서 총을 겨누고 있는 것을 보자, 저도 모르게 뛰어들어 막은 거고요. 그걸 보면 인간이란 동물이 얼마나 비논리적인지 알 수 있어요. 참 웃기지요, 안 그렇습니까?"

"이론과 실제의 거리가 아주 멀군요."

"저도 그렇게 생각합니다!"

레이크스 씨는 앉아 있던 침대에서 일어났다.

그의 미소는 편안하고 솔직했다.

"그냥 당신에게 와서 상황을 설명해야겠다고 생각했어요."

그는 조심스럽게 문을 닫고 나갔다.


"악당에게서 저를 구하소서, 주여, 사악한 인간에게서 저를 지키소서,"

올리베라 부인은 꿋꿋한 목소리에 약간 불안한 곡조로 노래를 불렀다.

감정이 실린 그녀의 발음에서 분명히 냉혹함을 느낄 수 있어서, 에르퀼 푸아로는 하워드 레이크스 씨가 그녀의 심경 속에서 더없이 사악한 인간이 되어 있다는 것을 추측할 수 있었다.

에르퀼 푸아로는 블런트 씨와 그의 가족을 따라 마을 교회의 오전 예배에 참석했다.

하워드 레이크스는 어렴풋이 코웃음을 치며 말했다.

"이렇게 항상 교회에 가시나요, 블런트 회장님?"

앨리스테어는 시골에선 사람들 눈치가 보여 가지 않을 수 없다고, 또한 교구 목사를 실망시킬 수 없다고 등 애매하게 중얼거렸다.

이런 식의 영국 정서는 이 젊은이를 당황하게 만들었고, 에르퀼 푸아로로 하여금 아는 체를 하며 미소 짓게 만들었다.

올리베라 부인은 약삭빠르게 블런트 씨를 따라 나서며 제인에게
도 동참할 것을 종용했다.

"그들은 뱀처럼 혀를 뾰족하게 가다듬었다네, 살무사의 독이 그
들의 입술 아래 숨어 있다네."

성가대 소년들이 새된 소프라노로 노래했다.

테너와 베이스는 즐겁게 찬양했다.

"주여, 사악한 손아귀에서 저를 구하소서. 제가 가는 길을 방해하
려는 사악한 무리로부터 저를 지켜주소서."

에르퀼 푸아로는 바리톤 목소리로 우물쭈물 기도를 했다.

"거만한 자가 제게 올가미를 씌웠으며, 그물을 던졌나이다. 또 제
가 가는 길에 덫을 놓았나이다……."

그는 입을 다물지 못했다.

그는 그것을 보았다……. 하마터면 빠질 뻔 했던 그 덫을 분명히
본 것이다!

에르퀼 푸아로는 혼수상태에 빠진 사람처럼 입을 벌린 채 허공
을 응시하며 멍하니 서 있었다. 회중들이 옷 스치는 소리를 내며 자
리에 앉는 동안에도 그는 그 자리에 그대로 서 있었다. 마침내 제인
올리베라는 그의 팔을 잡아당기며 날카롭게 중얼거렸다.

"앉으세요."

에르퀼 푸아로는 자리에 앉았다. 턱수염을 기른 나이 든 성직자
가 기도문을 시작했다.

"사무엘 상 15장입니다."

그리고 읽기 시작했다.

하지만 푸아로는 아말렉 사람들의 패배가 전혀 귀에 들어오지 않았다.

교묘하게 쳐진 올가미, 밧줄이 달린 그물, 그의 발밑에 파놓은 구덩이…… 그가 빠지도록 교묘하게 파 놓은 구덩이.

그는 멍한 상태였다. 각각의 고립된 사실들이 핑핑 돌아가다가 정해진 자리에 하나씩 정렬하는 그런 눈부심에 너무나도 멍한 상태. 주마등처럼 모든 것이 지나갔다…… 구두의 버클, 25센티미터 스타킹, 훼손된 얼굴, 급사인 앨프리드의 저속한 문학 취향, 엠버라이어티스 씨의 활동, 그리고 죽은 몰리 씨의 역할. 이 모든 것이 빙글빙글 소용돌이치다가 일정한 모양으로 내려앉았다.

에르퀼 푸아로는 처음으로 사건의 진상을 보고 있었다.

"배반은 주술의 죄와 같듯이 완고함은 사악함과 우상숭배만큼 죄이기 때문이다. 네가 주의 말씀을 거부했기 때문에, 그 또한 너를 왕이 되게 하지 않으셨도다. 여기서 첫 번째 교훈이 끝나도다."

늙은 성직자는 단숨에 떨리는 목소리로 말했다.

에르퀼 푸아로는 꿈을 꾸고 있던 사람처럼 자리에서 일어나 찬미의 노래를 부르며 주를 찬양했다.

## 열셋, 열넷,
## 하녀들이 사랑을 호소하다

"라일리 씨 아니십니까?"

아일랜드 청년은 바로 뒤에서 들리는 목소리에 움찔했다.

돌아다 보았을 때, 긴 콧수염에 얼굴이 갸름한 작은 사내가 선박 회사의 카운터에서 그를 바라보고 있었다.

"혹시 저를 알아보시겠습니까?"

"무슨 그런 말씀을요, 무슈 푸아로. 당신은 쉽게 잊혀지는 그런 분이 아닌 걸요."

그는 카운터 안에 앉아 있는 사무원에게로 다시 고개를 돌렸다.

아까의 목소리가 뒤에서 또 들려왔다.

"해외로 휴가를 가시나요?"

"휴가가 아닙니다. 무슈 푸아로는요? 이 나라를 떠나시는 건 아니시겠지요, 설마?"

"가끔 우리 나라에 잠깐씩 다녀오곤 하지요, 벨기에 말입니다."

"저는 그보다 더 멀리 갑니다, 아프리카로 말이죠."

라일리가 덧붙였다.

"여긴 다시 안 올 것 같네요."

"저런 유감입니다, 라일리 씨. 그럼 퀸 샬럿 가의 병원을 포기하시는 거로군요."

"포기한다는 말을 쓰자면, 병원이 저를 포기한다고 하는 게 더 맞습니다."

"정말입니까? 참 안타깝습니다."

"전 걱정 안 합니다. 아직 갚지 못한 빚을 생각하면, 저는 아주 행복한 사람이지요."

그는 이를 드러내며 싱긋 매력적으로 웃었다.

"저는 돈 문제 때문에 총으로 자살을 하는 그런 사람이 아닙니다. 그런 문제에서 벗어나 새로 시작하는 거죠. 저는 의사 면허증도 있고 그 면허증은 진짜니까요."

푸아로가 중얼거렸다.

"지난번에 몰리 양을 만났어요."

"그래서 반가우셨어요? 저는 아닙니다. 그렇게 심통 사납게 생긴 여자는 처음 봅니다. 술주정뱅이는 아닐까 의심을 자주 했지만……, 그거야 모르는 일이고."

푸아로가 말했다.

"동업자의 죽음에 대해 검시관 재판소에서 내린 판결에 동의하셨나요?"

"아뇨."

라일리는 단호하게 대답했다.

"그가 주사하는 와중에 실수를 했다고 보지는 않으시나요?"

라일리가 대답했다.

"만약 몰리가 그 그리스인에게 그 사람들이 말한 양의 주사를 놨다면, 술에 몹시 취했거나 아니면 그 그리스인을 죽이려고 의도했던 겁니다. 그런데 저는 몰리가 술에 취한 것을 본 적이 없습니다."

"그럼 계획적이라는 거군요?"

"그렇게 말하고 싶진 않습니다. 그건 엄청난 비난이니까요. 솔직히 지금은 계획적이었다고 생각하지 않습니다."

"무슨 설명이 있어야 할 것 같은데."

"당연히 있겠지요⋯⋯. 하지만 생각해 보지 않았습니다."

푸아로가 물었다.

"마지막으로 살아 있는 몰리 씨를 본 게 언제죠?"

"글쎄요, 그런 질문을 받아본 것이 하도 오래 돼서요. 아마 전날 밤이었을 겁니다, 6시 45분쯤."

"살해된 날은 못 보셨습니까?"

라일리는 고개를 끄덕였다.

"확실한가요?"

푸아로가 재차 물었다.

"아, 그렇게 말할 수는 없어요. 하지만 기억이 잘 안 나니⋯⋯."

"가령 환자가 그의 진료실에 있을 시각인 11시 35분 경, 그 방으로 올라가지 않으셨나요?"

"맞아요, 올라갔어요. 제가 주문을 하려고 하는 어떤 기계 건으로 사무적인 질문을 할 게 좀 있었어요. 그 일로 제가 전화를 받았거든요. 하지만 그의 방엔 아주 잠깐 들어갔다 나왔기 때문에, 그 일을 잊어버렸던 것 같아요. 몰리는 그 시간에 환자를 보고 있었어요."

푸아로는 고개를 끄덕이고서 말했다.

"꼭 물어 보고 싶었던 게 하나 있습니다. 당신의 환자인 레이크스 씨 말인데요, 그는 예약을 해 놓고 그냥 가 버렸지요. 그 빈 시간에 뭘 하고 계셨습니까?"

"시간이 비면 늘상 하는 일을 하지요. 마실 것을 만들고, 또 아까도 말씀드렸듯이, 전화 통화를 하고 몰리를 보러 잠깐 올라갔었고요."

푸아로가 말했다.

"또 반스 씨가 나간 후에 12시 30분에서 1시까지도 환자가 없으셨던 걸로 아는데요. 그나저나 반스 씨는 몇 시에 나갔나요?"

"아! 12시 30분이 막 지나서요."

"그럼 그때는 뭘 하셨습니까?"

"아까와 똑같아요. 마실 것을 한잔 더 만들었어요!"

"그리고 또 몰리를 보러 올라가셨고요?"

라일리 씨는 미소를 지었다.

"지금 제가 올라가서 그를 봤다고 말씀하시는 건가요? 전에도 말씀드렸듯이, 전 안 봤어요. 맹세합니다."

푸아로가 말했다.

"하녀인 아그네스에 대해선 어떻게 생각하시나요?"

라일리는 빤히 쳐다보았다.

"지금 그건 너무 생뚱맞은 질문이군요."

"하지만 꼭 알고 싶군요."

"대답해 드리죠. 그녀에 관해선 생각해 보지 않았습니다. 조지나는 하녀들을 철저히 감시했어요……. 훌륭한 처신이죠. 그녀는 절대 저한테 한눈을 팔지 않았어요. 전 그녀의 취향이 아니었거든요."

"내가 생각하기엔, 아무래도 그 아가씨가 뭔가를 알고 있는 것 같습니다."

에르퀼 푸아로는 호기심에 찬 표정으로 라일리 씨를 쳐다보았으나 라일리 씨는 미소를 지으며 고개를 가로저었다.

"저한테 묻지 마세요. 저는 아무것도 모릅니다. 전혀 도와 드릴 수가 없군요."

그는 앞에 죽 놓여 있던 티켓을 한데 모아 집어 들었다. 그리고 미소 띤 얼굴로 목례를 하며 밖으로 나갔다.

푸아로는 실망하는 직원에게 북유럽 크루즈 여행은 다음에 생각해 보겠다고 말했다.


푸아로는 또다시 햄스테드를 찾았다. 애덤스 부인은 그를 보자 약간 놀라워했다. 비록 런던 경시청 경감이 보증한 사람이긴 했지만, 그럼에도 불구하고 그녀는 그를 '괴짜 외국인' 취급하며 그의 요구를 진지하게 받아들이지 않았다. 그렇지만 기꺼이 대화에는 응해 주었다.

희생자의 신원에 관해 세상이 놀랄 만한 첫 발표를 하고 난 뒤의 심리 조사 결과는 그다지 대중의 관심을 끌지 못했다. 다만 사람을 잘못 봐서 생긴 사건이었다. 채프먼 부인의 시신을 세인즈버리 실 양의 시신으로 혼동한 것이다. 대중에게 알려진 것은 그것이 전부였다. 세인즈버리 실 양이 불행한 채프먼 부인을 마지막으로 본 사람이었을지도 모른다는 사실은 강조되지 않았다. 경찰이 세인즈버리 실 양을 용의자로 지목하여 찾고 있다는 것도 언론에선 전혀 보도되지 않았다.

애덤스 부인은 그토록 극적으로 발견된 시신이 친구의 시신이 아니라는 사실에 몹시 안도했다. 마벨르 세인즈버리 실에게 혐의가 있을지도 모른다는 생각 역시 하지 않는 것 같았다.

"하지만 그녀가 그런 식으로 사라졌다는 것은 정말 특이한 일이네요. 무슈 푸아로, 제 생각엔 아무래도 기억상실증이 틀림없는 것 같아요."

푸아로는 그럴지도 모른다고 대답했다. 그런 종류의 사건들을 익히 보아왔던 것이다.

"네……, 제 사촌의 친구 하나도 그랬어요. 그 친구는 신경도 많이 쓰고 걱정도 많이 했었는데, 결국 병에 걸렸어요. 기억상실증인가 뭔가, 그랬던 것 같아요."

푸아로는 그런 비슷한 전문 용어인 것 같다고 맞장구를 쳤다.

그는 잠깐 숨을 돌리고 나서 혹시 세인즈버리 실 양이 앨버트 채프먼 부인에 대해 얘기하는 것을 들어본 적이 있느냐고 물었다.

애덤스 부인은 친구가 그런 이름을 말한 기억이 전혀 없다고 대답했다. 하긴 세인즈버리 실 양이 아는 사람의 이름을 모두 털어 놓을 필요는 없는 일이었다. 과연 이 채프먼 부인은 누구란 말인가? 경찰은 누가 그녀를 살해했다고 생각할까?

"그것이 아직 미스터리입니다, 마담."

푸아로는 고개를 가로젓고 나서, 애덤스 부인이 세인즈버리 실 양에게 치과의사로 몰리 씨를 소개했던 사람이냐고 물었다.

애덤스 부인은 아니라고 대답했다. 덧붙여, 그녀는 막상 할리 가(街)에 있는 프렌치 박사에게 간 적이 있어서, 만약 마벨르가 치과의사를 물어봤다면, 그 사람을 소개했을 것이라고 했다.

푸아로는 세인즈버리 실 양에게 몰리 씨를 소개한 사람은 이 채프먼 부인일지도 모른다고 생각했다.

애덤스 부인은 그럴지도 모른다고 맞장구를 쳤다. 혹시 치과에서 알지 않을까요?

하지만 푸아로는 네빌 양에게 이미 그런 사실을 물어보았으며 네빌 양은 알지도 못하고 추천받은 적도 없다고 하지 않았던가. 그녀는 채프먼 부인을 기억해 냈지만, 채프먼 부인이 세인즈버리 실 양이라는 이름을 입에 올린 적이 없다고 했다. 세인즈버리 실이라는 이름은 하도 특이해서 한번 들었다면 기억했을 것이라고도 했다.

푸아로는 끝까지 질문을 멈추지 않았다.

애덤스 부인은 세인즈버리 실 양을 인도에서 처음 만났습니까? 애덤스 부인은 그렇다고 했다.

애덤스 부인은 세인즈버리 실 양이 인도에서 앨리스테어 블런트 씨 혹은 그 부인을 만난 적이 있다는 것을 알고 있었습니까?

"음. 아닌 것 같은데요, 무슈 푸아로. 그 거물 은행가 말인가요? 몇 년 전에 그 사람들이 인도에서 총독과 같이 있었다지만, 마벨르가 정말 그들을 만났다면 그 사람들에 관해서나, 아니면 만났다는 얘기를 했겠지요. 죄송합니다만……,"

애덤스 부인이 희미하게 미소를 지으며 덧붙였다.

"누구나 명사들 얘기는 하잖아요. 우리 모두가 따지고 보면 통달한 체 하는 속물들이니까요."

"블런트 부부 얘기는 한 적이 없다는 거군요……. 특히 블런트 부인은요?"

"한 번도 없었어요."

"만약 세인즈버리 실 양이 블런트 부인의 가까운 친구였다면, 부인께서도 아셨겠죠?"

"물론이죠. 마벨르가 그런 사람을 알 리가 없어요. 마벨르의 친구들은 모두가 평범한 사람들이에요……, 우리 같은."

"그건 아닌 것 같군요, 마담."

푸아로가 정중하게 말했다.

애덤스 부인은 최근에 죽은 친구 이야기를 하듯 계속해서 마벨르 세인즈버리 실 이야기를 했다. 마벨르의 훌륭한 일들, 그녀의 다정

함, 선교에 대한 지치지 않는 열정, 성실함과 진지함 등을 회상했다.

에르퀼 푸아로는 가만히 듣고 있었다. 재프가 말했듯이, 마벨르 세인즈버리 실은 실존 인물이었다. 그녀는 캘커타에 살았으며 웅변술을 가르쳤고 원주민들 사이에서 일했다. 그녀는 존경받을 만했으며, 약간 소란스럽고 어리석은 구석이 있을지는 몰라도 악의 없이 마음씨가 고운 여자인 것만은 확실했다.

애덤스 부인이 계속 떠들었다.

"걔는 매사에 너무나도 열심이었어요. 그리고 사람들이 너무 냉담하고 모질다고 화를 냈죠. 사람들에게 기부금을 받는 일이 아주 힘들었거든요. 매년 더 힘들어졌죠. 소득세니 생활비니 모든 것이 오르니까요. 한번은 제게 이런 말을 했어요. '돈이 할 수 있는 일을 알면……, 돈으로 할 수 있는 그 선한 일 말이야, 정말 이따금 나는 범죄를 저질러서라도 돈을 얻고 싶은 충동을 느낀단다, 앨리스.' 그러고 보면 그 애가 얼마나 강하게 그런 감정을 느꼈는지 알 수 있지 않나요, 무슈 푸아로?"

"그녀가 그렇게 말했습니까?"

푸아로는 생각에 잠긴 표정으로 물었다.

그는 세인즈버리 실 양이 그런 특별한 말을 한 게 언제냐고 묻고는 3개월 전이라는 사실을 알게 되었다.

그는 애덤스 부인의 집을 나와 생각에 잠긴 채 걸었다.

그는 마벨르 세인즈버리 실 양의 성격을 생각하고 있었다.

훌륭한 여자……. 열심이고 상냥한 여자……. 존경받을 만하며,

모든 면에서 어엿한 여자. 반스 씨가 강력한 범죄를 제안했을 법한 그런 타입의 사람 중 한 사람이었다.

그녀는 인도에서 엠버라이어티스 씨와 같은 배를 타고 돌아왔다. 그녀가 사보이 호텔에서 그와 점심 식사를 했을 만한 이유가 있는 것 같았다.

그녀는 앨리스테어 블런트에게 다가가 말을 걸고 아는 사람이라고 우겼으며, 그의 부인과는 아주 친한 사이라고 주장했다.

그녀는 킹 레오폴드 맨션을 두 번이나 찾아갔으며, 그 맨션에서는 그녀의 옷을 입고 친절하게도 신원을 알려줄 수 있는 핸드백까지 옆에 놓인 시신이 발견되었다. 마치 그녀인 것 같은 시신 말이다.

그것은 너무나 편리하지 않은가!

그녀는 경찰을 만난 직후 갑자기 글렌가우리 코트 호텔을 떠났다.

에르퀼 푸아로가 사실이라고 믿는 그 이론이 이 모든 정황들을 설명하고 밝힐 수 있을 것인가?

그는 그렇다고 생각했다.

에르퀼 푸아로는 리젠트 파크에 도착할 때까지 집으로 향하는 내내 이런 생각에 잠겨 있었다. 그는 공원의 일부를 가로질러 걷다가 택시를 타기로 작정했다. 세련된 에나멜가죽 구두가 발을 아프게 누르기 시작하는 순간을 그는 경험으로 정확하게 알고 있었다.

화창한 여름날이었으며 푸아로는 서로 시시덕거리는 유모들과 그 애인들을 너그러운 시선으로 쳐다보았다. 그 사이 아이들은 유모의 태만함으로 방치되어 있었다.

개들이 컹컹 짖으며 뛰어다녔다.

어린 사내아이들은 장난감 배를 물에 띄웠다.

그리고 나무 아래에는 예외 없이 한 쌍의 커플이 붙어 앉아 있었다.

"아! 쾨네스(젊음), 쾨네스."

그런 광경에 기분이 좋아진 에르퀼 푸아로가 중얼거렸다.

런던의 젊은 아가씨들은 세련됐다. 그들은 싸구려 야한 옷을 입고 거드름을 피우고 있었다. 그렇지만 그들의 모습에서는 무언가 모자란다고 그는 아쉬워했다. 구애자의 눈을 즐겁게 해 주는 부드러운 곡선, 육감적인 선은 다 어디로 간 것일까?

에르퀼 푸아로는 여자들을 떠올렸다. 특히 한 여자, 그 화려한 창조물, 낙원의 새, 비너스······.

요즘의 이 예쁜 아가씨들 중 베라 로샤코프 백작 부인(푸아로가 흠모하는 귀부인으로, 범죄 성향이 강하다. 단편 「이중 단서」, 「케르베로스를 잡아라」 등에 등장 — 옮긴이)의 발밑이라도 따라갈 여자가 누가 있을까? 진정한 러시아의 귀족! 고귀한 귀족이자 또한 가장 능란한 도둑이었던 그녀를 푸아로는 떠올렸다. 타고난 천재 중의 천재······.

푸아로는 한숨을 내쉬며 그의 꿈 속 화려한 인물들에 대한 생각에서 벗어났다.

그가 본 것은 나이 어린 유모들과 리젠트 파크의 나무 아래에서 구애를 받는 아가씨들만이 아니었다.

그 라임 나무 아래, 여자의 머리에 자신의 머리를 기댄 젊은 청년과 그에게 사랑을 갈구하는 한 여자가 있었다.

너무 쉽게 무너져선 안 돼! 그는 그 여자가 이런 사실을 알았으면 했다. 치근거리는 즐거움은 가급적 오래 이어져야 했다…….

다감한 눈길로 그들을 쳐다보면서 그는 문득 그 두 사람의 모습이 낯익다는 것을 깨달았다.

그렇다면 제인 올리베라가 리젠트 파크까지 와서 저 미국인 청년 혁명가를 만난 것일까?

푸아로의 얼굴이 갑자기 서글프고 준엄해지기까지 했다.

아주 잠깐 망설인 끝에 그는 잔디밭을 가로질러 그들에게 다가갔다. 그리고 약간 과장된 동작으로 모자를 벗으며 말했다.

"봉주르, 마드무아젤."

제인 올리베라는 그를 만난 것에 그다지 기분이 상한 것 같지 않았다.

반면에 하워드 레이크스는 방해받은 것을 몹시 불쾌해했다.

그는 고함을 질렀다.

"아하, 또 당신이군요!"

"안녕하세요, 무슈 푸아로. 언제나 예기치 않게 불쑥불쑥 나타나시네요!"

제인이 말했다.

"상자 속의 잭(뚜껑을 열면 용수철에 달린 인형이 튀어나오는 장난감 상자 — 옮긴이)이야."

여전히 푸아로에게서 차가운 눈빛을 거두지 않으며 레이크스가 말했다.

"제가 방해라도 했나요?"

푸아로가 근심스럽게 물었다.

제인이 상냥하게 대답했다.

"아니에요."

하워드 레이크스는 아무 말도 하지 않았다.

"아주 좋은 자리를 잡으셨군요."

푸아로가 말했다.

"지금은 아니에요."

레이크스 씨가 말했다.

이번에는 제인이 나섰다.

"조용히 해요, 하워드. 예의가 없군요!"

하워드 레이크스가 콧방귀를 뀌며 말했다.

"예의가 무슨 소용인데?"

"예의바른 행동이 결국 이롭다는 걸 알게 될 거예요."

제인이 계속 말했다.

"내 자신이 예의가 없긴 해도, 그게 나에게는 중요하진 않으니까요. 우선 나는 부자고, 외모도 준수하고, 또 막강한 친구들도 많고요…… 또 요즘 너무나도 자유롭게들 내놓고 얘기하는 그런 장애자도 아니고요. 나는 예의가 없이도 다 잘 해낼 수 있다고요."

레이크스가 말했다.

"난 그런 시시한 농담을 할 기분이 아냐, 제인. 아무래도 가야겠어."

그는 자리에서 일어나 푸아로에게 퉁명스럽게 목례를 하곤 성큼 성큼 걸어갔다.

제인 올리베라는 손바닥으로 턱을 감싼 채 물끄러미 그를 쳐다보았다.

푸아로가 한숨을 쉬며 말했다.

"저런, 옛말이 틀리지 않군요. 사랑을 구할 때 두 사람이면 좋은 관계가 되지만, 세 사람이면 갈라서게 된다, 안 그렇습니까?"

제인이 말했다.

"사랑을 구한다고요? 말도 안 돼!"

"그렇지만 그게 정확한 표현 아닙니까? 청년이 젊은 아가씨에게 관심을 쏟으며 청혼을 하는 데도? 그게 구애하는 것이 아니고 뭐겠습니까?"

"무슈 푸아로의 친구분들은 그렇게나 우스운 표현을 쓰는 모양이네요."

에르퀼 푸아로가 나직하고 단조롭게 말했다.

"열셋, 열넷, 하녀들이 구애를 하고 있어요. 자, 우리 주변에서 온통 그러고 있습니다."

제인이 날카롭게 말했다.

"네, 저도 그들 중 하나겠죠……."

그녀가 갑자기 푸아로를 돌아보았다.

"죄송해요, 지난번에 제가 실수를 했어요. 선생님이 하워드를 염탐하려고 일부러 엑셈에 오신 줄 알았어요. 그런데 이모부께서 와

234

달라고 부탁하신 거라는 얘기를 나중에 들었어요. 세인즈버리 실인가 하는 그 실종된 여자 사건을 분명하게 밝히시려고요. 그게 사실이죠?"

"물론."

"그래서 그날 저녁 제가 그런 말을 한 게 정말 죄송스러웠어요. 하지만 얼핏 보기엔 그랬단 말이에요, 그러니까 마치 무슈 푸아로께서 하워드를 몰래 미행해서 우리 두 사람을 염탐하고 계신 것 같았다고요."

"설사 그랬다고 해도 마드무아젤……, 나는 레이크스 씨가 용감하게 습격자를 덮쳐 이모부의 목숨을 구하고 더는 총을 쏘지 못하게 막았다는 사실을 확인해 주는 확실한 증인입니다."

"말씀을 아주 이상하게 하시네요, 무슈 푸아로. 진지한 건지 아닌지 정말 분간이 안 돼요."

푸아로가 진지하게 말했다.

"지금 이 순간 난 아주 진지해요, 올리베라 양."

제인은 약간 달라진 목소리로 말했다.

"왜 저를 그런 표정으로 보시죠? 마치 제가 불쌍하다는 듯이?"

"미안하기 때문에 그런지도 모르겠습니다, 마드무아젤. 곧 내가 해야 할 일 때문에……."

"그럼, 하지 마세요!"

"마드무아젤, 나는 꼭 해야……."

그녀는 잠시 그를 뚫어져라 쳐다보다가, 이윽고 말했다.

"그 여자를 찾았나요?"

푸아로가 대답했다.

"그러니까……, 그녀가 있는 곳을 알았습니다."

"죽었나요?"

"그런 말은 안 했습니다."

"그럼 살아 있나요?"

"그 말도 안 했고요."

제인은 화가 난 표정으로 그를 쳐다보았다. 그녀가 소리쳤다.

"참, 그 여자는 이 사람이 됐다가 저 사람이 됐다 하는군요, 안 그런가요?"

"사실은 그렇게 간단하지가 않아요."

"일을 복잡하게 만드는 걸 좋아하시나 봐요!"

"다들 그렇게 말하지요."

에르퀼 푸아로가 수긍했다.

제인은 몸서리를 쳤다. 그리고 말했다.

"그게 재미있으세요? 오늘은 화창하고 따스한 날인데……, 저는 갑자기 추워지네요."

"조금 걷는 것이 좋겠군요, 마드무아젤."

제인이 일어섰다. 그녀는 잠시 망설이다 불쑥 말했다.

"하워드는 저와 결혼하고 싶어 해요. 지금 당장 아무에게도 알리지 않고 말이에요. 그것이……, 그것이 제가 할 수 있는 유일한 방법이래요. 그런데 저는 자신이 없어요."

그녀는 툭 말을 멈추었다가, 놀랄 만큼 세게 푸아로의 팔을 부여잡았다.

"제가 어떻게 해야 하죠, 무슈 푸아로?"

"내게 조언을 구하는 이유가 뭡니까? 아가씨에게는 더 가까운 사람들도 있는데."

"어머니요? 어머니는 그런 생경한 소리에 집 안이 떠나가도록 소리를 지르실 거예요! 이모부요? 이모부는 신중하지만 진부해요. '시간은 충분하다, 얘야. 확신이 설 때까지 기다려. 약간 괴팍하지 않니, 그 청년 말이다. 그렇게 서두를 일이 아니야……'라고 하실걸요."

"친구들은요?"

푸아로가 제안했다.

"저는 친구가 없어요. 술 마시고 춤을 추고 공허한 얘기나 하는 멍청한 사람들뿐이죠! 하워드는 제가 반대에 부딪친 유일한 사람이에요."

"아직 대답하지 않으셨습니다. 왜 제게 물으시는 건가요, 올리베라 양?"

제인이 말했다.

"왜냐하면 선생님은 기묘한 표정을 하고 계세요……. 마치 뭔가 미안해하는 것 같은, 뭔가…… 앞으로 다가올 무엇을 알고 있는 것 같은 표정을요……."

그녀가 말을 멈추었다.

"자, 어서 말씀해 보세요."

그녀가 다시 재촉했다.

에르퀼 푸아로는 천천히 고개를 저었다.


푸아로가 집에 도착하자, 조지가 말했다.

"재프 경감님께서 와 계십니다, 주인님."

재프는 푸아로가 방으로 들어서는 것을 보자 애처로운 표정으로 싱긋 웃었다.

"내가 왔네, 친구. 어서 와서 얘기 좀 해 보게. '자네는 경이롭지 않나? 어떻게 지냈어? 이건 어떻게 생각해?' 이런 것들 말이야."

"그걸 다? 잠깐 진정하고, 피로회복제 좀 마시겠나? 시럽? 아니면 위스키?"

"위스키면 충분해."

잠시 후 그는 잔을 들어 올리며 말했다.

"언제나 정확한 에르퀼 푸아로를 위하여!"

"아니, 아냐, 몬 아미(친구)."

"멋진 자살 사건이 있었지. 에르퀼 푸아로의 말로는 살인사건이고. 살인사건으로 보고 싶어 하고, 젠장 맞게도 살인사건이야!"

"아, 그럼 자네도 결국 동의하는 건가?"

"그러게, 아무도 날 보고 옹고집이라고 할 순 없어. 증거에 반항할 순 없지. 문제는 전에는 증거가 없었다는 거라네."

"그럼 지금은?"

"그래, 자네 말대로 진정한 자부심으로서 판결을 번복하고, 더불어 자네에게 토막 뉴스를 전달하러 왔다네."

"좀이 쑤시는군, 재프."

"그래, 이제 시작하지. 토요일에 프랭크 카터가 블런트를 쏘려고 했던 권총은 몰리를 죽인 권총과 똑같은 총이야!"

푸아로는 뚫어지게 쳐다보았다.

"아니, 이건 정말 훌륭한 성과로군!"

"그래, 프랭크 도련님으로서는 도리어 오점이지."

"확증이 아니로군."

"그래, 그렇지만 자살 판결을 재고하게 만들 만큼 충분해. 그 총은 외제이고 또 흔치 않거든!"

에르퀼 푸아로는 빤히 쳐다보았다. 그 눈썹이 초승달 같았다. 이윽고 그가 말했다.

"프랭크 카터라고? 아냐…… 확실히 아냐!"

재프는 화를 내며 한숨을 토했다.

"도대체 왜 그러나, 푸아로? 몰리가 살해된 것이지 자살한 것이 아니라는 사실은 자네한테 처음 알리는 거야. 그리고 내가 와서 자네한테 이렇게 얘기를 하는 것은 자네의 의견을 듣고 싶어서 그러는 건데, 자네는 우물쭈물하면서 얘기를 피하고 있구먼."

"자네는 정말 프랭크 카터가 몰리를 살해했다고 생각하나?"

"그게 앞뒤가 맞지 않나. 우리가 처음부터 알고 있었듯이 카터는 몰리에게 원한이 있었어. 그는 그날 아침 퀸 샬럿 가에 갔었다네…… 나중에 둘러대길 일자리를 구했다는 말을 애인에게 하러 갔었다고 했네만, 그 당시 일자리를 구하지 못했다는 것을 우리가 알아냈어. 그날 늦게야 일자리를 구했거든. 지금은 그런 사실을 인정하고 있어. 이런 식으로 첫 번째 거짓말이 나왔다네. 그리고 12시 25분 이후에 어디에 있었는지 설명을 못하고 있어. 메릴본 거리를 걷고 있었다고 하는데, 그가 증명할 수 있는 것은 단지 1시 5분에 한 술집에서 술을 마시고 있었다는 것뿐이야. 그런데 바텐더 말이 살인자의 전형적인 상태를 보였다고 하더군, 그러니까 손을 부들부들 떨리고 얼굴은 백짓장같이 하얗게 질려 있고 말이야!"

에르퀼 푸아로는 한숨을 내쉬며 고개를 설레설레 흔들었다. 그리고 중얼거렸다.

"내 생각은 좀 다르네."

"자네 생각은 뭔데?"

"자네가 말한 내용이 몹시 거슬리는군. 몹시 거슬려. 왜냐하면, 만약 자네 말이 맞다면……."

문이 조용히 열리고 조지가 공손하게 소곤거렸다.

"죄송합니다, 주인님……."

그는 그 이상 말을 잇지 못했다. 글래디스 네빌 양이 그를 옆으로 밀치고 흥분한 기색으로 방으로 들어왔기 때문이다. 그녀는 울고 있었다.

"오, 무슈 푸아로……."

"이쪽으로, 나는 나가려던 참이었습니다."

재프가 황급히 말하고는 다급하게 방을 나갔다.

글래디스 네빌은 악의에 찬 시선으로 그의 등을 쏘아보았다.

"저 사람이 그 사람이에요……, 런던 경시청의 징글맞은 재프 경감. 가엾은 프랭크를 상대로 전체 사건을 날조한 자가 바로 저 사람이에요."

"자, 자, 흥분하지 마세요."

"정말 그랬다고요. 처음에는 프랭크에게 블런트 씨를 죽이려고 했다는 누명을 씌우더니 그것도 모자라 가엾은 몰리 선생님을 죽였다고 고소를 했어요."

에르퀼 푸아로는 헛기침을 했다.

"아시다시피, 블런트 씨가 저격당했을 때, 나도 엑셈에 있었어요."

글래디스 네빌은 뭔가 약간 혼란스러워하며 말했다.

"하지만 설사 프랭크가 했다고 해도, 그런 어리석은 일을 했다고 해도……, 그저 제국주의에 빠진 한 사람일 뿐이에요. 그들은 깃발을 들고 우스꽝스러운 경례를 하지요. 블런트 씨의 부인은 악명 높은 유대인이었고, 당연히 이 가엾은 남자를 부추겼을 거예요. 프랭크처럼 순진한 젊은 남자들을요……. 급기야 그들은 뭔가 훌륭하고 애국적인 일을 한다고 생각하게 되었고요."

"그게 카터 씨의 변명인가요?"

에르퀼 푸아로가 물었다.

"아뇨, 프랭크는 그저 자기가 아무 짓도 안 했으며 그 권총을 결코 본 적이 없다고 맹세하고 있어요. 만나게 해 주질 않으니 물론 프랭크와 얘기를 하진 못했지만, 프랭크는 사무 변호사(법정 변호사와 소송 의뢰인 사이에서 재판 사무를 취급하는 하급 변호사로서 법정에 나서지는 않음 ― 옮긴이)를 선임했고, 그 변호사가 프랭크가 한 얘기를 전해줬어요. 프랭크는 이 모든 것이 음모라고 말하고 있어요."

푸아로가 중얼거렸다.

"그리고 하급 변호사는 의뢰인이 좀더 그럴듯한 이야기를 생각하는 것이 좋다는 의견이고요?"

"변호사들은 너무 어려워요. 그들은 그 어떤 말도 단도직입적으로 안 해요. 다만 제가 걱정하는 것은 살인 혐의예요. 아! 무슈 푸아로, 저는 프랭크가 몰리 선생님을 죽이지 않았다는 것을 확신해요. 정말이에요……, 그럴 이유가 전혀 없어요."

"그날 아침 프랭크가 찾아왔을 때, 일자리를 구하지 못했던 것이 사실인가요?"

푸아로가 물었다.

"무슈 푸아로, 저는 정말 중요한 것은 그 부분이 아니라고 생각해요. 프랭크가 일자리를 오전에 구했건 오후에 구했건, 그게 무슨 상관이에요?"

푸아로가 말했다.

"하지만 그의 말은 좋은 소식을 전하러 왔다는 거였습니다. 그런데 지금은 그게 아닌 것 같아서요. 그렇다면 왜 왔었나요?"

"무슈 푸아로, 그 가엾은 사람은 풀이 죽어 낙담하고 있었어요. 그리고 솔직히 말씀드리자면, 그가 약간 술을 마셨던 것 같아요. 가엾은 프랭크는 의지가 약한 데다……, 또 술을 마셔서 기분도 우울

하고 그래서 뭔가 공연히 소동을 일으키고 싶다고 느꼈을 거예요. 그래서 몰리 선생님과 거리낌 없이 얘기를 해 보려고 퀸 샬럿 가에 왔던 거였어요. 왜냐하면 아시다시피, 프랭크는 너무나도 예민해서 몰리 선생님이 자기를 인정하지 않고 또 제게 편견을 심어 준다고 느끼면서 엄청 실망했거든요."

"그럼 몰리 씨의 진료 시간 중에 추태를 부릴 생각을 하고 있었단 말입니까?"

"그게……, 그렇죠. 그럴 생각이었던 것 같아요. 물론 그런 생각을 했다는 자체가 프랭크의 잘못이지요."

푸아로는 눈앞에서 눈물을 글썽이는 금발의 여자를 생각에 잠긴 표정으로 쳐다보다 이윽고 말했다.

"프랭크 카터가 권총 하나……, 아니 권총 두 자루를 가지고 있었다는 것을 알고 계셨나요?"

"몰랐어요, 무슈 푸아로. 정말 몰랐어요. 그리고 그건 사실이 아니라고 생각해요."

푸아로는 난처한 기색으로 천천히 고개를 가로저었다.

"무슈 푸아로, 저희를 도와주세요. 우리 편인 사람은 오직 당신뿐이라고 느껴지니……."

푸아로가 말했다.

"저는 어느 편도 아닙니다. 오직 진실의 편입니다."

글래디스 네빌을 보낸 다음, 푸아로는 경시청에 전화를 걸었다.

재프는 아직 돌아오지 않았지만 베도스 경사가 정중하게 소식을 알려 주었다.

경찰은 아직 프랭크 카터가 엑셈 습격 이전에 권총을 소지하고 있었다는 것을 입증할 만한 어떤 증거도 입수하지 못했다고 했다.

푸아로는 생각에 잠겨 수화기를 들고 있었다. 이것은 카터에게 유리한 부분이었다. 하지만 아직까지는 이것만이 유일하게 유리한 정보였다.

그는 프랭크 카터가 엑셈에서 정원사로 일한 것에 관한 좀 더 자세한 진술을 베도스에게 들었다. 프랭크 카터는 첩보원 일에 대한 줄거리를 여전히 강력하게 주장하고 있었다. 미리 선불을 받으며 수석 정원사인 맥앨리스터 씨에게 지원을 하라는 지시를 들었으며, 정원사 능력을 보증하는 추천장까지 받았다는 것이다. 그가 받은 명령은 다른 정원사들의 대화를 엿듣고 그들의 '좌익' 성향을 조사하는 것이며 또 그 자신도 '좌익'인 체 위장하는 것이었다. 그를 면접하였으며 스스로를 QH56이라고 밝힌 한 여성으로부터 업무 지시를 받았다. 스스로를 철저한 반공주의자로 소개한 그녀는 어두침침한 불빛 아래 그를 인터뷰했으며 그는 그녀를 다시 만나리라고 생각하지 않았다. 그녀는 짙은 화장에 머리는 붉은색이었다.

푸아로는 신음소리를 냈다. 필립스 오펜하임의 필치가 다시 재현되는 것 같았다.

그는 반스 씨에게 이 문제를 의논해 보고 싶었다. 반스 씨는 이런 일들이 종종 있다고 했다.

마지막으로 그에게 날아온 편지는 더욱 곤혹스러운 일을 가져다 주었다.

허트포드셔(잉글랜드에 위치한 작은 주 — 옮긴이) 직인이 찍히고 엉성한 육필로 쓰여진 싸구려 봉투 하나가 배달된 것이다. 푸아로 는 봉투를 뜯고 편지를 읽었다.

안녕하세요.

번거롭게 해드려 죄송합니다만, 걱정이 너무 많이 되고 또 어찌해 야 할 바를 모르겠어서요. 어쨌든 저는 경찰과 연루되는 것은 싫습니 다. 제가 알고 있는 사실을 말씀드려야 한다는 것은 알지만, 사람들 이 주인님께서 총으로 자살을 하셨다고 말하고 있는 상황에서, 저는 네빌 양의 애인을 곤란하게 하고 싶지도 않았고 또 한동안 그 청년 이 그랬을 것이라는 생각은 꿈에도 하지 않았습니다. 그런데 이제 보 니 그 청년이 시골에서 어떤 신사분을 쐈다는 혐의로 체포되었네요. 지금 그 청년은 제정신이 아닐 테니 제가 말씀을 드려야겠지만, 우선 편지를 써야 한다고 생각했습니다. 선생님은 네빌 양의 친구분이시고 지난번에 제게 무슨 일이 없었느냐고 특별히 물어봐 주셨는데, 그때 말씀을 드렸더라면 얼마나 좋았을까 후회가 됩니다. 그렇지만 이 일 로 경찰과 연루되는 것은 싫습니다. 제가 그런 것을 싫어하는 데다 저 희 어머니도 싫어하실 것이기 때문입니다. 어머니는 언제나 빈틈없이 꼼꼼하셨습니다.

그럼 이만 줄입니다.

푸아로는 혼자 중얼거렸다.

"누군가와 관계가 있다는 것은 처음부터 알고 있었어. 그런데 잘못 짚었군."

**열다섯, 열여섯,**

**부엌의 하녀들**


아그네스 플래처와의 면담은 허트포드에 있는 약간 황량한 다방에서 이루어졌다. 아그네스가 몰리 양의 무서운 눈길을 받으며 얘기하는 것을 불안해했기 때문이다.

처음 15분은 아그네스의 어머니가 얼마나 꼼꼼했는지 그 얘기를 듣느라 시간이 모두 지나갔다. 또 아그네스의 아버지는 술집 주인이면서도 경찰과 마찰이 한 번도 없었으며, 경찰은 폐점 시간을 엄격하게 감시했었다는 얘기도 주구장창 들었다. 아그네스의 아버지와 어머니는 실제로 글로스터셔의 좁은 달링햄 지역에서 많은 사람의 존경과 인정을 받고 있었을 뿐 아니라 플래처 가족의 육남매(둘은 어려서 죽었다) 중 그 누구도 부모에게 걱정을 끼친 이는 없었다. 그렇기에 만약 아그네스가 어떤 식으로든 경찰과 연루된다면, 그녀의 부모는 아마도 제 명에 살지 못할 것이다. 그녀가 말한 대로, 그들은 언제나 한점 부끄럼 없이 살아 왔으며 경찰과 문제를 일으킨 적이 한 번도 없었기 때문이다.

이런 이야기를 좀 더 반복하고, 또 몇 번의 다양한 윤색을 거친 끝에, 마침내 아그네스와 면담의 주제에 가까이 다가갈 수 있었다.

"몰리 양에겐 아무 말도 하고 싶지 않아요, 선생님. 아시다시피, 몰리 양은 제가 진작 얘기를 했어야 한다고 말씀하실 게 뻔하기 때문이지요. 그렇지만 저와 요리사는 수없이 얘기를 했고 우리와 상관없는 일이라고 생각했어요. 주인님이 약 처방을 잘못하셔서 총으로 자살을 하셨으며 권총이 주인님의 손에 들려져 있었다는 얘기 등등 그 모든 것을 신문에서 아주 분명하게 읽었기 때문이에요. 그렇게 보이잖아요, 안 그래요, 선생님?"

"다르다고 느낀 것이 언제인가요?"

푸아로는 너무 직접적이지 않은 질문으로 유도함으로써 새로운 사실에 조금 더 가까이 다가가길 기대했다.

아그네스는 즉시 대답했다.

"프랭크 카터, 그러니까 네빌 양의 애인에 관한 신문 기사를 보면서요. 그 사람이 정원사로 일하면서 그 신사를 쐈다는 기사를 읽으면서, 그 사람 머리가 조금 돌았나 보다고 생각했어요. 왜냐하면 그렇게 되는 사람들이 있으니까요. 자기가 혹사당하고 있다거나, 뭐 그런 생각을 하는 사람들이요. 그리고 적들에게 에워싸여 있다고 생각하고요. 그래서 결국은 그런 사람들을 집에 두는 것이 위험하고, 보호 시설에 보내야 하잖아요. 저는 프랭크 카터라는 사람이 그런 사람이라고 생각했어요. 왜냐하면 그 사람은 몰리 선생님에 대해 악담을 하고 몰리 선생님이 자신을 미워해서 네빌 양과 떼어놓으려고 한다고 말하곤 했으니까요. 하지만 네빌 양은 그런 말은 들은 적이 없을 거예요. 우리들도 그렇게 생각하고요……, 엠마와 저 말이에요. 왜냐하면 카터 씨가 아주 잘생겼고 또 신사라는 건 분명하니까요. 그래서 당연히 우리 둘 다 그 사람이 정말 몰리 선생님에게 무슨 짓을 했다고는 생각하지 않았어요. 그저 약간 이상하다고 생각했을 뿐이죠."

푸아로는 끈기 있게 물었다.

"뭐가 이상했지요?"

"그날 아침이었어요, 몰리 선생님이 총으로 쏘신 날요. 저는 아래로 내려가서 우편물을 받아야 하나 말아야 하나 고민하고 있었어요. 우편 집배원이 왔지만 앨프리드는 편지를 가지고 올라오지 않았어요. 원래 몰리 양이나 몰리 선생님의 편지가 없으면 안 가져오거든요. 엠마와 제 편지일 경우엔 점심 시간이 되어야 겨우 가지고 올라오고요.

그래서 저는 층계참으로 나가서 계단 아래를 내려다보았어요. 몰리 양은 저희들이 복도로 내려오는 것을 아주 싫어하세요. 주인님의 진료 시간에는요. 하지만 앨프리드가 환자분을 모시고 주인님께 가는 것을 보았기 때문에 저는 그 애가 다시 돌아올 때 부를 참이었죠."

아그네스는 숨을 헐떡거리며 심호흡을 한 다음 다시 덧붙였다.

"바로 그때 그 사람을 봤어요……, 프랭크 카터요. 그는 계단 중간에 있었어요. 그러니까 우리 집 계단, 주인님의 방 위층 계단 말이에요. 거기 서서 아래를 내려다보고 있더라고요. 시간이 갈수록 뭔가 이상하다는 느낌이 점점 더 들었어요. 귀를 곤두세우고 듣고 있는 것 같았어요. 무슨 말인지 아시죠?"

"그게 몇 시였지요?"

"거의 12시 30분이 되어가고 있을 때였어요. 저는, '어머, 프랭크 카터 씨가 있네. 네빌 양이 오늘 휴무라서 실망하지 않으려나.' 라고 생각했어요. 그리고 내려가서 말을 해 줘야 하나 말아야 하나 고민했죠. 멍청한 앨프리드 놈은 잊어버리고 알려 주지 않은 것 같았어요. 그게 아니면 그 사람이 그렇게 네빌 양을 기다리고 있지 않을 것이라 생각했거든요. 제가 막 망설이던 찰나, 카터 씨가 마음을 정한 듯 황급히 계단을 내려가더니 복도를 따라 주인님의 진료실 쪽으로 갔어요. 그래서 '저는 주인님이 그런 건 싫어하실 텐데.'라고 생각하고 혹시 소란이 일어나면 어쩌나 걱정했어요. 바로 그때 엠마가 저를 부르더니 뭘하고 있느냐고 묻기에 저는 다시 올라갔고, 그러고 나서 주인님이 총 쏘는 소리를 들었어요. 전 말할 것도 없이 머릿속이 하얘졌지요. 하지만 나중에 경감이 다녀간 뒤에야, 제가 엠마에게 말했어요. 오늘 아침 카터 씨가 주인님과 같이 있었다는 말을 하지 않았다고요. 그랬더니 엠마는 '정말 그랬어?' 하고 물었고, 저는 그렇다고 대답했지요. 엠마는 숨겨서는 안 된다고 했지만, 제가 조금 기다려 보는 게 좋겠다고 했더니 엠마도 그러자고 했어요. 왜냐하면 우리 둘은 프랭크 카터 씨가 곤란해지는 것은 원치 않았거든요, 할 수만 있다면요.

그리고 심리가 열려 주인님이 실수로 약을 잘못 주사하였고, 그런 소용돌이에 휘말리자 스스로 총을 쐈다고 판결이 났어요. 아주 자연스러운 거죠……. 물론 그때는 무슨 말을 할 필요도 없었어요. 그런데 이틀 전에 신문에서 그 기사를 읽다가……, 아! 정말 질겁했어요! 저는 혼자 중얼거렸답니다, '그 사람이 스스로 학대를 받고 있다고 생각하고 돌아다니며 사람들을 총으로 쏘는 그런 미치광이들 중 한 사람이라면, 결국 그 사람이 주인님을 쐈겠구나!' 하고요."

불안하고 겁에 질린 그녀의 눈동자가 간절하게 에르퀼 푸아로를 바라보았다. 그는 가급적 목소리에 힘을 주어 말했다.

"나한테 털어놓은 것은 아주 잘한 일입니다, 아그네스."

"마음의 짐을 덜었다는 말씀을 꼭 드려야 할 것 같아요. 말을 해야 할 때 혼자 스스로 삭였어요. 그리고 나서는 만약 경찰에 연루된다면 어머니가 하실 말씀을 생각했고요. 어머니는 우리 식구들에 관해 항상 너무 까다로우세요……."

"그렇군요, 그래요."

에르퀼 푸아로가 황급히 말했다.

그는 오후 내내 지독한 아그네스의 어머니에게 시달린 것 같은 기분이었다.


푸아로는 런던 경시청에 들러 재프를 만나게 해 달라고 했다. 경감의 방으로 안내된 에르큌 푸아로가 말했다.

"카터를 만났으면 하네."

재프는 곁눈으로 흘끗 쳐다보고는 말했다.

"무슨 기발한 생각이라도 떠올랐나?"

"별로 내키지 않나?"

재프는 어깨를 으쓱했다.

"아, 반대를 할 수는 없지. 그랬다간 좋을 게 없을 테니 말이야. 내무부 장관이 총애하는 사람이 누구지? 바로 자네 아닌가. 내각의 절반을 쥐고 흔드는 건 또 누구고? 그 또한 자네지. 그들의 스캔들을 무마하면서 말일세."

푸아로의 머릿속으로 잠시 '아우게이아스 왕의 외양간(크리스티 전집 51권,『헤라클레스의 모험』에 수록 — 옮긴이) 사건'이라고 명명한 사건이 스치고 지나갔다. 그는 스스로 만족하여 중얼거렸다.

"끝내줬지, 안 그래? 그건 인정해야 해. 뛰어난 상상력이었지."

"오직 자네만이 그런 일을 생각해 낼 수 있어! 푸아로, 가끔 난 자네가 양심의 가책이 조금도 없다는 생각이 드네!"

푸아로의 얼굴이 갑자기 심각해졌다.

"그렇지 않아."

"그래, 그래, 푸아로. 그런 뜻은 아니었어. 그렇지만 자네는 간혹 자네의 그 빌어먹을 천재성을 너무 자랑스러워하는 것 같네. 그나저나 카터는 왜 보려고 하나? 정말 몰리를 죽였는지 물어보게?"

놀랍게도 푸아로는 단호하게 고개를 끄덕였다.

"그래, 그게 바로 이유야."

"그럼 자네는 그 친구가 순순히 실토를 할 거라고 생각하나?"

재프는 말을 하면서 껄껄 웃었다. 하지만 에르퀼 푸아로는 여전히 진지했다.

"그래, 실토할 걸세."

재프는 호기심에 찬 표정으로 그를 쳐다보며 말했다.

"자네도 알다시피, 난 오래 전부터 자네를 알아왔어……. 20년? 그 정도 될 걸세. 그런데 아직도 자네가 어디로 튀는지 따라잡을 수가 없어. 자네가 프랭크 카터에 관해 뭔가 골똘히 생각하고 있다는 것만 알 뿐이야. 어떤 이유인지 모르겠지만 자네는 그를 범인으로 몰고 싶어 하지 않는군."

에르퀼 푸아로는 단호하게 고개를 가로저었다.

"아니, 아니, 자네는 잘못 생각하고 있어. 이건 다른 방식의……."

"아마도 그 친구의 여자 때문인 것 같은데, 금발의 아가씨 말이야. 그런 면에서 자네는 감상적인 숙맥이야……."

푸아로는 당장에 벌컥 화를 냈다.

"감상적인 쪽은 내가 아냐! 그건 오히려 영국의 단점이지! 젊은 연인과 죽어가는 어머니, 애정 어린 자녀들 때문에 울고 짜고 하는 것은 영국에서나 하는 짓이야. 나로 말할 것 같으면 논리적이라고. 만약 정말 프랭크 카터가 살인범이라면, 나는 감상적으로 그 살인범에게 예쁘고 평범한 아가씨를 결혼시키고 싶어 하지 않을 걸세. 그리고 그가 교수형을 당한다면, 그 아가씨는 일이 년 내에 그를 잊고 다른 사람을 만날 것이라 믿는 편이라고!"

"그럼 왜 그 친구가 범인이라고 믿고 싶지 않은 건가?"

"나는 그 친구가 범인이라고 믿고 싶네."

"자네 말은 그가 무죄라는 것을 입증하는 결정적인 무언가를 가지고 있다는 의미가 아닌가? 아니라면 왜 방해를 하는데? 자네, 우리와는 공정한 플레이를 해야 하네, 푸아로."

"난 자네와 공정한 플레이를 하고 있어. 이제 곧 자네에게 기소에 꼭 필요한 증인의 이름과 주소를 알려주겠네. 그 증인의 증거가 그의 혐의를 벗겨줄 걸세."

"아니, 그럼…… 아! 자네가 날 옭아매 두었어, 정말. 왜 그 친구를 그렇게 보고 싶어 하는 건가?"

"내 스스로 확인하기 위해서야."

에르퀼 푸아로가 말했다.

그리고 더는 말이 없었다.


백짓장 같은 얼굴에 초췌한 모습으로 여전히 걸핏하면 고래고래 소리를 질러대는 프랭크 카터는 예기치 않은 손님을 노골적으로 싫은 내색을 하며 쳐다보았다.

"당신이었군요, 지긋지긋한 땅딸보 외국인 같으니. 당신이 원하는 게 뭐요?"

"당신을 보고 얘기를 하고 싶습니다."

"그래, 보는 건 실컷 보시죠. 하지만 난 얘기하고 싶지 않아요. 변호사가 없이는 절대 안 해. 문제 있어요? 그건 당신도 어쩔 수 없을 겁니다. 난 사무 변호사가 오기 전엔 한 마디도 하지 않을 권리가 있어요."

"물론 있죠. 원하면 얼마든지 변호사를 부를 수 있습니다만 그러지 않았으면 좋겠군요."

"그럴 수는 없죠. 올가미를 씌워서 불리한 자백을 하게 하려는 거, 맞죠?"

"지금은 우리 두 사람뿐입니다."

"그건 좀 이상하군. 보나마나 당신의 경찰 친구들이 듣고 있겠죠."

"아니, 이건 당신과 나 사이의 개인적인 면담이에요."

프랭크 카터는 소리 내어 웃었다. 그는 교활하고 불쾌한 인상이었다.

"속이 뻔히 들여다보인다고요! 그런 진부한 거짓말로 날 속일 순 없을 겁니다."

"혹시 아그네스 플래처라고 하는 아가씨, 기억나나요?"

"그런 이름은 들어본 적도 없습니다."

"기억할 텐데요, 물론 눈여겨보지는 않았겠지만. 그 아가씨는 퀸 샬럿 가 58번지의 하녀입니다."

"그래서, 그게 어쨌다고요?"

에르퀼 푸아로는 천천히 말을 꺼냈다.

"몰리 씨가 총에 맞은 날 아침에, 아그네스는 맨 꼭대기 층에서 우연히 계단 난간 너머로 아래를 내려다보고 있었습니다. 그녀는 당신이 계단에서 귀를 기울이고 있는 것을 보았어요. 그리고 당신이 몰리 씨의 방으로 가는 것도 보았고요. 그 시각은 대략 12시 26분쯤이었지요."

프랭크 카터는 심하게 몸을 떨었다. 이마에 땀방울이 맺혔다. 그 어느 때보다 수상쩍게 그의 눈동자가 좌우로 심하게 움직였다. 그는 화난 목소리로 소리쳤다.

"거짓말이야! 거짓말! 당신이 그 하녀를 매수했어……, 경찰도 그녀를 매수했고! 날 봤다고 하라고 말이야."

"당신 말로는……."

에르퀼 푸아로가 말했다.

"그 시간에 당신은 치과를 나와 메릴본 거리를 걷고 있었지 않습니까."

"그랬어요! 그 여자가 거짓말을 하고 있는 거예요. 그녀는 날 볼수가 없었어요. 이건 더러운 음모야! 만약 그게 사실이라면 왜 진작 그 얘기를 안 했대요?"

에르퀼 푸아로가 조용히 말했다.

"그 아가씨는 그때 그 얘기를 친구이자 동료인 요리사에게 했습니다. 두 사람은 걱정하고 당황하면서 어찌해야 할 바를 몰랐죠. 자살 판결이 내려졌을 때, 그들은 마음을 놓고 어떤 얘기도 할 필요가 없다고 생각했지요."

"절대 믿을 수 없어! 그들은 공범이에요, 그뿐이야. 거짓말이나 하는 더러운 년들……."

그는 펄펄 뛰며 욕설을 퍼부었다.

에르퀼 푸아로는 잠자코 기다렸다.

카터의 목소리가 마침내 가라앉자, 푸아로는 여전히 침착하고 차분한 어조로 다시 말을 꺼냈다.

"분노와 어리석은 욕설은 도움이 안 돼요. 그 아가씨들은 그 얘기를 할 테고 사람들은 그 말을 믿을 겁니다. 왜냐하면 그들은 진실을 말하고 있으니까. 아그네스 플래처는 당신을 봤습니다. 당신은 그 시각에 그 계단에 있었고, 치과를 나간 것이 아니었습니다. 그리고 몰리 씨의 방으로 들어갔지요."

그는 숨을 돌리고 나서 조용히 물었다.

"그때 무슨 일이 있었습니까?"

"거짓말!"

에르퀼 푸아로는 너무 피곤하고…… 너무 나이가 들었다고 느꼈다. 그는 프랭크 카터와는 달랐다. 프랭크 카터가 몹시 싫었다. 그가 보기에 프랭크 카터는 뚱쟁이에 거짓말쟁이, 그리고 사기꾼이었다. 이 세상에 없어도 아무 지장 없는 그런 청년이었다. 에르퀼 푸아로는 뒤로 물러서서 이 청년이 거짓말을 계속 우겨대도록 내버려둘 수밖에 없었다. 그럼 이 세상의 불쾌한 거주민 한 사람이 제거되리라…….

에르퀼 푸아로가 말했다.

"사실을 말해 줘요……."

그는 문제를 아주 분명하게 깨달았다. 프랭크 카터는 원래 어리석었지만, 계속 부인하는 것만이 최선이며 가장 안전한 길이라고 생각할 만큼 어리석진 않았다. 12시 26분에 그 방으로 들어갔다는 것을 인정하게 하자. 그럼 그는 심각한 위험에 봉착하게 된다. 그 다음에는 그가 어떤 말을 해도 거짓말로 간주될 뿐이리라.

또는, 그가 계속 부인하도록 내버려두자. 그렇게 되면, 에르퀼 푸아로의 의무는 끝이 나리라. 프랭크 카터는 틀림없이 헨리 몰리의 살해범으로 교수형에 처해질 가능성이 백퍼센트이며, 당연히 교수형에 처해질 것이다.

에르퀼 푸아로는 이제 자리에서 일어나 가기만 하면 된다.

프랭크 카터가 다시 말했다.

"그건 거짓말이야!"

잠깐 침묵이 흘렀다. 에르퀼 푸아로는 일어나 가지 않았다. 일어나 떠나고 싶었다. 그러고 싶은 마음이 굴뚝같았다. 그럼에도 불구하고 그는 남아 있었다.

그는 상체를 앞으로 숙였다. 그리고 말을 잇는 그의 목소리에는 강한 개성에서 나오는 카리스마가 담겨 있었다.

"난 당신에게 거짓말을 하고 있지 않습니다. 날 믿어요. 만약 당신이 몰리를 죽이지 않았다면, 당신의 유일한 희망은 그날 아침 있었던 정확한 사실을 내게 털어놓는 일입니다."

푸아로를 바라보는 비열하고 불성실한 얼굴이 동요하기 시작했다. 프랭크 카터는 입술을 빨아당겼다. 그의 눈동자는 겁에 질린 동물처럼 좌우로 마구 움직였다.

아슬아슬한 순간이었다…….

그리고 문득 자신이 마주하고 있는 인물의 위세에 압도당한 프랭크 카터는 항복을 했다.

그가 쉰 목소리로 말했다.

"좋아요……, 말할게요. 만약 날 실망시키면, 당신은 저주를 받을 거예요! 그래요, 난 병원 안으로 들어가서 계단을 올라가 그가 혼자 있게 될 때까지 기다렸어요. 몰리의 방으로 가는 층계참에서 기다렸어요. 그런데 어떤 놈이 들어갔다 나왔어요, 뚱뚱한 놈이. 내가 막 가려고 결심할 때……, 또 다른 놈이 몰리의 방에서 나와 역시 밑으로 내려갔어요. 난 서둘러야 했기 때문에, 노크도 하지 않고 그의 방으로 뛰어 들어갔죠. 나는 몰리에게 직접 따질 만반의 준비를 하고 있었거든요. 주변을 어슬렁거리고, 내게서 애인을 떼어놓고……. 빌어먹을 자식."

그가 말을 멈추었다.

"그래서요?"

에르퀼 푸아로가 물었다. 그의 목소리는 다급했다.

카터의 목소리가 불안하게 흔들렸다.

"그런데 방 안에 누워 있었어요……, 죽은 채로. 정말이에요! 맹세컨대 사실이에요! 심리에서 말한 대로 그렇게 누워 있었어요. 처음에는 내 눈을 믿을 수가 없었어요. 손은 얼음처럼 차가웠고 이마의 총구멍엔 까만 피딱지가 묻어 있었어요……."

기억을 되살리는 순간 그의 이마엔 다시 땀방울이 맺혔다.

"그때 내가 곤경에 처했다는 걸 알았죠. 사람들이 내가 그랬다고 할 테니까요. 나는 그의 손과 문 손잡이만 빼놓고는 아무것도 만지지 않았어요. 그래서 손수건으로 두 곳을 닦은 다음 밖으로 나와서, 있는 힘을 다해 재빨리 계단을 몰래 빠져나온 거예요. 복도에는 아무도 없었고 나는 밖으로 나와 최대한 빨리 도망쳤어요. 당연히 어질어질했죠."

그는 숨을 돌렸다. 겁에 질린 눈동자가 푸아로를 향했다.

"이건 사실이에요. 맹세컨대 사실이에요……. 그는 이미 죽어 있었어요. 내 말을 믿어 줘요!"

푸아로는 자리에서 일어섰다. 말을 꺼내는 그의 목소리는 지치고 서글프게 들렸다.

"난 당신을 믿습니다."

그는 문을 향해 움직였다.

프랭크 카터가 소리쳤다.

"저들이 날 교수형에 처할 거예요……. 내가 거기 있었다는 걸 알면 분명 교수형에 처할 거라고요!"

푸아로가 말했다.

"당신은 진실을 말했기 때문에 교수형에서 스스로를 구한 겁니다."

"그럴 것 같지 않은데요, 저들 말로는……."

푸아로는 그의 말을 가로막았다.

"당신의 얘기는 내가 알고 있는 사실을 확인해 주었어요. 이제 나한테 맡겨요."

그는 밖으로 나갔다.

그는 조금도 행복하지 않았다.


6시 45분, 그는 일링에 있는 반스 씨의 집에 도착했다. 반스 씨가 그 시간이 좋다고 했던 말을 떠올렸다.

반스 씨는 정원에서 일을 하고 있었다.

인사 겸 그가 말을 건넸다.

"비가 와야 해요, 무슈 푸아로……. 비가 와야 해요."

그는 생각에 잠긴 표정으로 손님을 쳐다보다 말했다.

"안색이 별로 좋지 않으시군요, 무슈 푸아로?"

"가끔, 해야 할 일이 참 싫을 때가 있지요."

푸아로가 말했다.

반스 씨는 호의적으로 고개를 끄덕이고는 말했다.

"압니다."

에르퀼 푸아로는 꽃들이 만발한 깔끔한 정원을 막연히 둘러보았다. 그리고 중얼거렸다.

"아주 질서정연하군요, 이 정원이. 모든 것이 일정한 비율에 맞춰져 있네요. 작지만 꼼꼼해요."

반스 씨가 말했다.

"장소가 협소하면, 최대한 활용을 해야 하니까요. 계획단계에서 실수를 해선 안 되지요."

에르퀼 푸아로는 고개를 끄덕였다.

반스가 덧붙였다.

"범인을 잡으셨더군요?"

"프랭크 카터요?"

"네, 정말 의외였습니다."

"설마 사사로운 살인이라고 생각하진 않으셨겠지요?"

"네, 솔직히 그렇게 생각하진 않았습니다. 엠버라이어티스와 앨리스테어 블런트가 있는 것으로 미루어……, 스파이 활동이나 대스파이 활동이 연관되어 있다고 확신했습니다."

"우리가 처음 만났을 때 제게 자세히 설명해 주셨던 얘기지요."

"그렇습니다. 그땐 그렇게 확신하고 있었지요."

푸아로는 천천히 말을 이어갔다.

"그런데 잘못 생각하셨습니다."

"네. 다시 생각나게 하지 마십시오. 문제는 누구나 자기 경험에 의해 생각을 하는 법이라는 거죠. 저는 그런 종류의 일에 워낙 많이 연루되다 보니 어디서나 그렇게 보는 경향이 있습니다."

푸아로가 말했다.

"지난번 얘기에서 반스 씨는 마법사가 카드 한 장을 꺼내는 것을 예를 들었지요, 안 그렇습니까? 말하자면……, 상대가 특정한 카드를 내도록 유도하는 상황 말입니다."

"네, 물론이죠."

"그게 여기서 일어난 일입니다. 몰리의 죽음에 대한 사적인 이유를 생각할 때마다, 자, 보세요 하며 한 장의 카드를 내지 않을 수 없

지요. 엠버라이어티스, 앨리스테어 블런트, 경찰의 동요, 온 나라의
불안……."

그는 어깨를 으쓱했다.

"반스 씨는 그 누구보다 더 나를 헷갈리게 했습니다."

"아, 무슈 푸아로, 죄송합니다. 인정해요."

"당신은 알 만한 자리에 있었어요. 그래서 당신의 말에 무게가 실
렸었지요."

"글쎄요, 나는 내가 한 말을 믿었어요. 사과를 한다면 그 점을 사
과해야겠지요."

그는 말을 멈추고 한숨을 쉬었다.

"어쨌든 순전히 사적인 동기였나요?"

"그렇습니다. 살인 동기를 알아내는 데 아주 많은 시간이 걸렸어
요. 결국 아주 결정적인 증거를 알게 됐지만요."

"그게 뭡니까?"

"짧은 대화예요. 그 당시 그 중요성을 깨달을 만한 지각이 있었다
면 아주 빛나는 수훈이 됐을 텐데."

반스 씨는 생각에 잠긴 채 흙묻은 손으로 코를 긁적거렸다. 작은
흙덩어리가 그의 코에 묻었다.

"약간 애매모호하네요, 그렇죠?"

그가 싹싹하게 물었다.

에르퀼 푸아로는 어깨를 으쓱하며 말했다.

"당신이 내게 좀 더 솔직하지 않아서 기분이 나쁘군요."

"제가요?"

"그렇습니다."

"무슈 푸아로……. 저는 카터가 유죄라는 생각은 눈곱만큼도 해본 적이 없습니다. 내가 알기로 그 친구는 몰리가 살해되기 훨씬 전에 그 집을 나왔어요. 그런데 그가 치과에서 나왔다고 말한 그 시각에 치과 안에 있었다는 것을 알아낸 건가요?"

푸아로가 말했다.

"카터는 12시 26분에 그 집에 있었어요. 실제로 범인을 봤고요."

"그럼 카터가 아니라……."

"카터가 살인범을 봤다니까요!"

반스 씨가 말했다.

"범인을 알아보던가요?"

에르퀼 푸아로는 천천히 고개를 가로저었다.

## 열일곱, 열여덟,
## 시중드는 하녀들


다음 날 에르퀼 푸아로는 잘 아는 어느 연예 기획자와 몇 시간을 보냈다. 오후에는 옥스퍼드에 갔다가 또 그 다음 날은 차를 몰고 시골로 갔다. 그리고 늦게야 도착을 했다.

그는 떠나기 전에 전화를 걸어 그날 저녁 앨리스테어 블런트 씨와 약속을 잡았다.

그가 고딕 하우스에 도착한 것은 9시 30분이었다.

푸아로가 들어갔을 때 앨리스테어 블런트는 서재에 혼자 있었다.

그는 악수를 나누면서 몹시 궁금한 얼굴로 푸아로를 쳐다보았다.

"자, 그래서요?"

에르퀼 푸아로는 천천히 고개를 끄덕거렸다.

블런트는 놀랄 만큼 정중한 표정으로 푸아로를 바라보았다.

"그 여자를 찾았습니까?"

"네, 그렇죠. 찾았습니다."

푸아로는 자리에 앉고서, 한숨을 쉬었다.

앨리스테어 블런트가 말했다.

"피곤하십니까?"

"네, 피곤합니다. 그리고 이제부터 제가 드릴 말씀도 별로 유쾌하진 않습니다."

블런트가 말했다.

"그 여자가 죽었습니까?"

"그건, 당신이 어떻게 보느냐에 따라 달라집니다."

에르퀼 푸아로가 천천히 말했다.

블런트는 눈살을 찌푸렸다.

그리고 말했다.

"무슈 푸아로, 사람은 죽었거나 살았거나 둘 중 하나입니다. 세인즈버리 실 양은 죽지 않았으면 살아 있는 거죠!"

"아, 그런데 세인즈버리 실 양이 누굽니까?"

앨리스테어 블런트가 되물었다.

"그럼 그런 사람이 아예 없다는 말씀이십니까?"

"아뇨, 그건 아닙니다. 그런 사람은 있어요. 그녀는 캘커타에 살았고, 웅변술을 가르쳤습니다. 자선 사업에 파묻혀 살았지요. 그리고 마하라나 호를 타고 영국으로 왔고요. 엠버라이어티스 씨가 탔던 배와 같은 배지요. 두 사람은 비록 같은 등급석에 있진 않았지만, 엠버라이어티스 씨는 그녀에게 뭔가 도움을 주었습니다. 짐을 들어준다고 법석을 떠는 그런 일이었겠지요. 그는 사소한 것에는 친절한 사람이었던 것 같습니다. 그리고 블런트 씨, 간혹 친절은 예기치 않은 방법으로 보답을 받게 되지요. 엠버라이어티스 씨의 경우도 그랬어요. 그는 런던의 거리에서 그 여자를 다시 만나게 됩니다. 마음의 여유를 느끼던 그는 그녀에게 사보이 호텔로 점심 식사 초대를 했습니다. 그녀로서는 예기치 않은 대접이었어요. 또 엠버라이어티스 씨로서도 뜻밖의 횡재고요! 그의 친절이 사전에 계획된 것이 아닌 만큼, 그는 이 시들어가는 중년의 여인이 금광에 맞먹는 선물을 주리라곤 꿈에도 몰랐을 겁니다. 어쨌든 그녀는 그런 선물을 주었지요. 막상 그녀 자신은 그 사실을 전혀 몰랐지만 말입니다.

그 여자는 머리가 좋은 편은 아니었어요. 착하고 악의는 없지만, 꽤나 멍청했던 것 같습니다."

블런트가 말했다.

"그럼 채프먼 부인을 죽인 사람이 그 여자가 아니었나요?"

푸아로가 천천히 말했다.

"그 문제를 어떻게 설명해야 할지 참 어렵습니다. 말하자면, 그 문제가 시작된 곳에서 다시 출발해야겠지요. 구두부터!"

블런트는 어리둥절한 표정으로 물었다.

"구두라뇨?"

에르퀼 푸아로는 고개를 끄덕였다.

"네, 버클이 달린 구두 말입니다. 제가 치과에서 진료를 받고 나와서 퀸 샬럿 가 58번지 계단에 서 있을 때였습니다. 택시 한 대가 멈추더니, 문이 열리고는 어떤 여자의 발이 먼저 나오는 게 보였지요. 저는 여자의 발과 발목을 볼 줄 아는 남자예요. 발목도 가늘고 비싼 스타킹을 신은 예쁘장한 발이었어요. 그런데 구두가 영 아니더군요. 새로 사서 반짝이는 에나멜 가죽 구두였어요. 크고 화려한 버클이 달리고 전혀 고급스럽지 않은……, 세련미와는 영 거리가 먼 구두였지요!

그 구두를 지켜보는 동안 그 여자의 나머지 모습도 눈에 들어왔어요……. 솔직히 실망했습니다. 매력도 없고 옷도 엉망진창으로 입은 중년 여자였으니까요."

"세인즈버리 실 양 말씀이십니까?"

"네. 그런데 그 여자가 차에서 내리는 동안, 뜻밖의 사고가 일어났습니다. 구두의 버클이 문에 걸려 떨어진 겁니다. 저는 그것을 주워서 그녀에게 주었지요. 그게 전부였어요. 그렇게 끝이었습니다. 그날 늦게, 저는 재프 경감과 함께 그 여자를 만나러 갔어요.(그런데 아직 버클을 꿰매지 않았더군요.) 같은 날 저녁, 세인즈버리 실 양은 자신의 호텔에서 걸어 나가 사라졌어요. 말하자면 이것이 1부의 끝입니다.

2부는 재프 경감이 킹 레오폴드 맨션으로 저를 불렀을 때 시작됐어요. 그곳의 한 아파트에 모피 보관용 궤짝이 있었고, 그 궤짝에 시신 한 구가 들어 있었어요. 제가 방으로 들어가, 그 궤짝으로 다가갔을 때, 제일 먼저 제 눈에 띈 것은 초라한 버클이 달린 낡은 구두였습니다!"

"그래서요?"

"아직 문제의 핵심을 못 보셨군요. 닳아빠져서 초라한 구두 말입니다. 세인즈버리 실 양이 킹 레오폴드 맨션에 왔었던 날은 바로 그날 저녁, 몰리 씨가 살해된 날이었지요. 아침만 해도 그 구두는 새 구두였는데……, 저녁이 되자 헌 구두가 되어 있었어요. 구두가 하루 만에 낡아 버리는 경우는 없습니다, 아시겠어요?"

앨리스테어 블런트는 시큰둥하게 말했다.

"그녀가 구두를 두 켤레 가지고 있던 것일 수도 있지 않습니까?"

"아, 하지만 그건 아니었어요. 재프와 저는 글렌가우리 코트에 있는 그녀의 방에 올라가서 소지품을 모두 검사해 봤지요……. 그런데 버클이 달린 구두는 없었어요. 실제 헌 구두 한 켤레를 가지고 있었을 수도 있겠죠. 피곤한 하루를 보낸 다음 저녁에 외출하기 위해 구두를 바꿔 신었을 수도 있고요. 만약 그랬다면, 다른 구두 한 켤레가 호텔에 남아 있었어야 합니다. 신기하지 않습니까?"

"그건 중요한 것 같지 않은데요."

"네, 중요하지 않습니다. 전혀 중요하지 않아요. 그러나 사람은 설명할 수 없는 것은 좋아하지 않습니다. 모피 궤짝 앞에 서서 구두를 쳐다봤더니, 최근에 버클을 손으로 꿰매 단 흔적이 있더군요. 솔직히 말해서 그 순간 잠깐 의심을 했어요. 혼자 중얼거렸지요. 에르퀼 푸아로, 넌 오늘 아침 경솔했어. 장밋빛 안경으로 세상을 봤어. 그렇다 하더라도 헌 구두가 새 구두로 보였단 말이야?"

"그게 앞뒤가 맞는 설명 아닐까요?"

"아닙니다. 제 눈은 못 속이지요! 저는 계속해서 그 여자의 시신을 조사했는데 역시 마음에 안 드는 부분이 있어요. 어째서 일부러 잔인하게 얼굴을 뭉개어 알아볼 수 없게 만들었을까?"

앨리스테어 블런트는 불안하게 들썩거렸다. 그리고 말했다.

"그걸 또 되풀이해야 합니까? 그거야 이미……."

에르퀼 푸아로가 단호하게 말했다.

"필요합니다. 제가 마침내 진실을 발견하게 된 그 과정을 블런트 씨에게 보여줘야 합니다. 저는, '뭔가 잘못됐어. 이건 세인즈버리 실 양의 핸드백과 옷을 입고 죽은 여자야. 혹시 구두는 아닐 수도……? 하지만 왜 얼굴을 못 알아보게 만들었을까? 혹시 얼굴은 세인즈버리 실 양의 얼굴이 아니기 때문일까?' 하고 생각했어요. 그리고 당장에 그 다른 여자의 인상착의에 대해 들었던 내용을 한데 꿰맞추기 시작했습니다. 아파트 주인이라는 그 여자 말입니다. '혹시 다른 여자가 죽어서 여기 누워 있는 것은 아닐까?' 하는 생각이 들었어요. 그래서 그 '다른 여자'의 침실로 가서 조사를 했지요. 그 여자가 어떤 여자일지 떠올려보려고 했습니다. 외적인 인상착의로는 세인즈버리 실 양과 아주 많이 달랐어요. 세련되고, 화려하게 옷을 입고, 화장을 진하게 하는 여자. 하지만 기본적으로는 그다지 다르지 않았지요. 머리카락, 체격, 나이……. 그러나 한 가지 다른 점이 있었어요. 앨버트 채프먼 부인은 구두 사이즈가 5였어요. 제가 알기로 세인즈버리 실 양은 25센티미터 사이즈의 스타킹을 신었어요. 그건 그녀가 적어도 6사이즈(한국 사이즈로 255mm — 옮긴이)의 구두를 신는다는 뜻이지요. 채프먼 부인은 세인즈버리 실 양보다 발이 작았던 겁니다.

저는 다시 시신이 있는 곳으로 가 봤습니다. 만약 제 추측이 맞다면, 시신은 세인즈버리 실 양의 옷을 입고 있는 채프먼 부위의 시신일 테고, 구두도 아주 클 테죠. 저는 구두 한쪽을 벗겼습니다. 그런데 구두는 헐겁지 않고 꼭 맞는 게 아닙니까. 그걸 보니 어쨌든 세인즈버리 실 양의 시신인 것 같았어요! 하지만 그 경우라면, 어째서 얼굴이 꼴사납게 손상되었을까? 그녀의 신원은 이미 핸드백으로 확인이 되었지요. 핸드백은 쉽게 없어질 수 있는 물건인데 없어지지 않았고 말입니다.

수수께끼였습니다……, 얽히고설킨. 저는 절망감 속에서 채프먼 부인의 수첩을 뒤졌지요. 치과의사는 죽은 여자가 누구인지를 결정적으로 증명해 줄 수 있는 유일한 사람이었어요. 우연히도 채프먼 부인의 치과의사는 몰리 씨였습니다. 몰리는 죽었지만 신원확인은 가능했고, 그 결과는 블런트 씨도 아는 바입니다. 검시관 재판소에서 시신은 몰리 씨의 후임자에 의해 앨버트 채프먼 부인으로 것으로 확인이 됐고요.”

블런트는 조바심을 내며 안절부절 못했지만, 푸아로는 모른 척했다. 그리고 계속 덧붙였다.

“저는 심리적인 문제에 봉착했습니다. 마벨르 세인즈버리 실은 과연 어떤 여자였을까? 그 질문에는 두 가지 대답이 있었어요. 하나는 평생을 인도에서 살았던 사실과 친한 친구들의 증언으로 미루어 짐작할 수 있는 분명한 대답입니다. 즉 성실하고 양심적이며, 약간 멍청한 여자라는 것이지요. 그럼 또 다른 세인즈버리 실 양은? 그건 겉으로 보이는 모습이죠. 유명한 외국 요원과 점심을 먹고, 길거리에서 당신에게 아는 척을 하고, 당신 부인과 친한 친구라는 누가 봐도 뻔한 거짓말을 우기는 여자. 살인사건이 일어나기 직전에 한 남자의 집을 나온 여자, 이미 살해되었을 여자를 그날 저녁에 찾아간 여자, 그 후로 영국 경찰이 자신을 찾고 있다는 것을 뻔히 알면서도 사라진 여자라는 것입니다. 이 모든 행동들이 그녀의 친구들이 말한 그녀의 성격과 일치할까요? 전혀 아닙니다. 따라서 만약 세인즈버리 실 양이 짐작과는 달리 착하고 상냥한 인물이 아니라면, 그녀는 피도 눈물도 없는 살인범이거나 사건의 공범일 가능성이 아주 높다고 할 수 있지요.

한 가지 기준이 더 있습니다. 마벨르 세인즈버리 실 양을 직접 만나 얘기를 해 보며 제가 개인적으로 받은 인상입니다만. 어떤 인상을 받았는지 아십니까? 블런트 씨, 그건 대답하기 가장 어려운 질문입니다. 그녀가 말한 모든 것, 말하는 스타일, 태도, 제스처, 모든 것이 그녀의 성격과 완벽하게 일치했어요. 그러면서도 어떤 역할을 아주 잘 소화해 내는 똑똑한 여배우의 모습과도 일치했지요. 어쨌든 배우로 인생을 시작한 마벨르 세인즈버리 실이니 납득은 가는 부분입니다.

역시 바로 그날, 퀸 샬럿 가 58번지의 환자였던 일링의 반스 씨와 대화를 나누면서 아주 깊은 인상을 받았습니다. 우격다짐으로 겨우 얻어들은 그의 이론은 몰리의 죽음과 엠버라이어티스의 죽음은 우연한 일일 뿐이며, 말하자면 계획상의 희생자는 블런트 씨 당신이라는 말이었지요."

앨리스테어 블런트가 말했다.

"그건 너무 억지군요."

"그럴까요, 블런트 씨? 지금 이 순간도 당신이 제거되는 것이 절대 필요한 사람들이 많이 있지 않습니까? 당신이 영향력을 더 이상 행사할 수 없도록?"

블런트가 말했다.

"아, 네, 그건 사실입니다. 헌데 몰리의 죽음과 그 일이 무슨 상관입니까?"

푸아로가 말했다.

"어떻게 말씀을 드려야 할지……. 왜냐하면 이 사건에는 확실히 사치스럽고 무절제한 면이 있기 때문이지요. 비용은 아무래도 좋다, 인간의 목숨은 아무래도 좋다, 이런 면이 말입니다. 네, 분명 무모함, 무절제가 있어요. 즉 대규모 범죄를 암시하고 있어요!"

"혹시 몰리가 실수 때문에 총으로 자살을 한 거라고 생각하진 않으십니까?"

"그런 생각은 한 번도 하지 않았습니다……, 단 한순간도. 몰리는 살해됐고, 엠버라이어티스도 살해됐고, 얼굴이 뭉개진 여자도 살해된 것이지요. 어떤 이유로? 무언가 거창한 일 때문이겠지요. 이에 대한 반스의 이론이 바로 누군가가 몰리나 그의 동업자를 매수하여 당신을 제거하려고 했다는 것이죠."

앨리스테어 블런트가 날카롭게 외쳤다.

"터무니없는 소리!"

"터무니없다고요? 어떤 사람이 누군가를 제거하고 싶어 한다고 칩시다. 그런데 그 누군가가 사전에 미리 경고를 받고 무장을 해서 접근하기 어려워졌을 경우, 그 사람을 죽이려면 의심을 받지 않고 그에게 접근해야 하겠지요……. 그럴때 치과 의자만큼 의심받지 않을 곳이 또 있을까요?"

"그렇고 보니 맞는 말이군요. 그런 생각은 미처 못했습니다."

"맞습니다, 저도 어렴풋이 알고 있던 사실을 이제 깨달았지요."

"그럼 반스의 이론을 인정하시는 건가요? 그나저나 반스는 어떤 인물입니까?"

"반스는 라일리 의사에게 12시에 예약된 환자였습니다. 그는 내무부에서 은퇴해서 현재는 일링에 살고 있어요. 시시하고 땅딸막한 사람이지요. 그리고 제가 그의 이론을 인정했다는 건 잘못된 표현입니다. 전 인정하지 않았어요. 다만 그 이론의 원리를 받아들였을 뿐이지요."

"그게 무슨 말씀입니까?"

에르퀼 푸아로가 말했다.

"저는 지금까지 내내 길을 잃고 헤맸습니다. 우연히 그럴 때도 있었고, 또 일부러 그랬을 때도 있었지요. 그러면서 분명히 알게 되었습니다. 이 사건은 당신이 말하는 대중의 범죄라는 사실을 말입니

274

다. 말하자면, 블런트 씨, 당신은 그 모든 것의 중심이었습니다. 공인으로서, 은행가 금융의 통제자이며 보수적인 전통의 지지자로서!

하지만 모든 공인들도 사생활은 있지요. 그것이 저의 실수였습니다. 사생활이 있다는 사실을 잊었던 것 말입니다. 몰리를 죽일 만한 사적인 이유도 있을 수 있지요, 가령 프랭크 카터의 경우처럼.

또한 당신을 죽일 만한 사적인 이유도 있을 수 있겠지요……. 당신은 당신이 죽은 뒤에 돈을 상속받을 친척들이 있으니까 말입니다. 당신을 사랑하는 사람도 있고 미워하는 사람도 있어요. 공인이 아닌 한 남자로서 말입니다.

이렇게 해서 저는 '내지 않을 수 없는 카드'를 손에 쥐고 있는 최후의 단계에 직면했습니다. 프랭크 카터가 당신을 습격했다고 하는 그 사건, 만약 그 습격이 진짜라면…… 그건 정치범이지요. 다른 설명이 있습니까? 있을 수도 있어요. 그 숲에는 두 번째 사내가 있었으니까요. 급히 달려가서 카터를 잡은 사람. 어렵지 않게 총을 쏜 다음 카터의 발에 권총을 던져서 카터로 하여금 총을 줍게 만들고 또 그 총을 손에 든 채 발각되게 했을 수 있는 사람 말입니다…….

그래서 하워드 레이크스의 문제를 생각해 봤습니다. 레이크스는 몰리가 죽던 날 아침에 퀸 샬럿 가에 있었습니다. 그는 당신이 지지하고 현재 속해 있는 모든 것에 강력히 대응하는 적이지요. 그렇지만 레이크스는 그보다 더한 무엇이 있습니다. 레이크스는 당신의 조카딸과 결혼할 수도 있는 청년이며, 당신이 죽게 되면 당신의 조카딸은 막대한 돈을 상속받게 되지요. 물론 그녀가 원금에 손을 댈 수 없도록 당신이 조치를 취한다고 해도 말입니다.

이 모든 것이 사적인 이익, 사적인 만족을 위한 사적인 범죄가 아 닌가요? 저는 왜 공공 범죄라고 생각했을까요? 왜냐하면 한 번이 아니라, 여러 번 그 생각이 떠올라서 '낼 수밖에 없는 카드'처럼 어 쩔 수 없이 내려진 결론이었기 때문입니다…….

거기까지 생각이 닿았을 때가 진실을 어렴풋이 알게 되기 시작한 때였습니다. 그때 전 교회에서 찬송가를 부르고 있었는데, 밧줄이 달린 올가미가 쳐졌다는 가사의 찬송이었지요.

올가미가? 나를 위해 쳐졌다고? 그래, 그럴 수도 있지……. 하지 만 그렇다면 누가 그 올가미를 쳤을까? 그럴 만한 사람이 꼭 한 사 람 있지만, 그건 말이 안 돼……. 아니 말이 되나? 그럼 내가 사건을 거꾸로 봤단 말인가? 돈은 문제가 안 된다?

바로 그겁니다. 인명을 경시하는 것도 상관없다? 바로 그거죠! 범 인이 걸고 있는 상금이 워낙 크기 때문입니다.

하지만 이 새로운 생각이 맞다면, 이 생각이 모든 것을 설명해야 합니다. 가령 세인즈버리 실 양의 이중적인 성격의 미스터리도 풀 려야 하지요. 버클 달린 구두의 수수께끼도 풀려야 해요. '세인즈버 리 실 양은 지금 어디 있을까'라는 질문에 대한 대답도 해 줄 수 있 어야 합니다.

에 비엥(그렇습니다)……. 그 질문이 이 모든 것이며 그 이상이란 말입니다. 세인즈버리 실 양은 사건의 발단이며 몸통이며 끝이에요. 제겐 당연히 마벨르 세인즈버리 실이 두 사람인 것처럼 보였어요.

그리고 세인즈버리 실 양은 두 명이었어요. 친구들이 확실히 보증하는 착하고 어수룩하고 상냥한 여자가 있었고, 또 다른 여자가 있었지요. 두 살인 사건에 연루되었으며 거짓말을 하고 수수께끼처럼 사라진 여자.

킹 레오폴드 맨션의 수위가 예전에 세인즈버리 실 양이 한번 왔다 갔었다고 말했던 것을 생각해 보세요…….

사건을 재구성해 보니, 그 당시가 유일한 시간이었어요. 그녀는 킹 레오폴드 맨션을 떠난 적이 없었어요. 또 다른 세인즈버리 실 양이 그 자리를 대신한 것뿐입니다. 그 다른 마벨르 세인즈버리 실은 같은 종류의 옷을 입고, 원래의 구두는 너무 크기 때문에 같은 버클이 달린 새 구두를 신은 다음, 바쁜 시간을 골라 러셀 스퀘어 호텔로 가서 죽은 여자의 옷가지를 챙기고서는 계산을 하고 떠난 겁니다. 그러고는 글렌가우리 코트 호텔로 갔어요. 그 동안에 실제 세인즈버리 실 양의 친구들 중에서는 그녀를 본 사람이 아무도 없었습니다. 그렇게 그녀는 일주일도 넘게 마벨르 세인즈버리 실 흉내를 낸 거지요. 마벨르 세인즈버리 실의 옷을 입고, 마벨르 세인즈버리 실의 목소리로 말을 했지만, 이브닝 구두만은 원래보다 작은 것을 사야 했어요. 그런 다음 사라졌어요. 몰리가 살해된 날 저녁, 그녀가 킹 레오폴드 맨션에 다시 들어가는 것이 목격되었을 때가 마지막으로 나타난 날이었어요."

"그럼 지금 말씀은 그 아파트에 있던 시신이 결국 마벨르 세인즈버리 실이라는 말씀인가요?"

"물론입니다! 아주 교묘한 이중 속임수지요. 뭉개진 얼굴은 여자의 신원에 문제를 제기하기 위한 것이었습니다!"

"그럼 치과의 증거는요?"

"아! 그 얘길 해 봅시다. 증거를 준 사람은 담당 치과의사가 아니었어요. 몰리는 죽어서 자신의 일에 관련된 증거를 줄 수가 없지요, 죽은 여자가 누구인지 그는 알았을 텐데. 증거로 제출된 것은 단지 병원 차트뿐이었죠……. 그런데 그 차트는 가짜였어요. 두 여자 모두 그의 환자였고, 그 모든 일이 차트를 재분류하기 위해서였던 거지요. 이름을 교체하는 것 말입니다."

에르퀼 푸아로가 덧붙였다.

"당신이 그 여자가 죽었느냐고 물었을 때, '경우에 따라 다르다'고 한 내 말뜻을 이제 아시겠습니까? 당신이 세인즈버리 실 양의 얘기를 할 때, 어느 여자를 말하는 것인지 알 수 없기 때문이죠. 글렌가우리 코트 호텔에서 사라진 여자인지, 아니면 진짜 마벨르 세인즈버리 실인지."

앨리스테어 블런트가 말했다.

"압니다, 무슈 푸아로, 그런 면에선 탁월하시다는 것을. 저는 무슈 푸아로가 이 훌륭한 가설에 대한 근거를 가지고 계시리라 믿습니다. 그러나 이건 그저 가설에 불과하죠. 제가 보기엔 터무니없는 공상일 뿐입니다. 지금 당신은 마벨르 세인즈버리 실이 살해되었고, 몰리 역시 죽은 그녀의 신원을 확인할 수 없도록 하기 위해 살해되었다고 말하고 있습니다. 하지만 왜죠? 그게 바로 제가 알고 싶은 것입니다. 여기 한 여자가 있어요, 아무 해도 끼치지 않는 중년 여자……. 친구는 많지만 적은 없을 것 같은 여자 말입니다. 왜 그런 여자를 제거하려고 그렇게 철저한 음모를 꾸몄을까요?

"왜냐고요? 네, 그것이 문제이지요. 왜? 당신 말대로, 마벨르 세인즈버리 실은 파리 한 마리 해치지 못하는 착한 사람이었지요! 그런데 왜 그녀를 그토록 잔인하고 교묘하게 죽였을까요? 이제부터 제 생각을 말씀드리지요."

"정말입니까?"

에르퀼 푸아로는 앞으로 몸을 숙였다.

"마벨르 세인즈버리 실이 살해된 것은 그녀가 여러 사람의 얼굴을 기억하는 기억력이 뛰어났기 때문입니다."

"그게 무슨 소립니까?"

에르퀼 푸아로가 말했다.

"우리는 두 사람을 따로 분리해서 생각했었지요. 인도에서 온 착한 여자가 있습니다. 하지만 그 역할에 꽤나 어울리지 않는 사고가 있었습니다. 몰리 씨의 집 현관에서 블런트 씨에게 말을 걸었던 쪽은 어느 세인즈버리 실 양입니까? 그녀는 '부인의 친한 친구'라고 주장했었지요. 지금 그 주장은 그녀의 친구들에 의해서, 그리고 일반적인 가능성으로 봤을 때 사실이 아닌 것으로 밝혀졌습니다. 그렇다면 이렇게 추론할 수밖에 없겠지요. 그녀의 주장이 거짓이다. 그런데 실제 세인즈버리 실 양은 거짓말을 하지 않는다. 그러므로 그녀 자신의 목적을 위해 거짓말을 한 것이지요."

앨리스테어 블런트는 고개를 끄덕였다.

"네, 그 추리가 명확하군요. 어떤 목적이었는지는 아직 모르지만 말입니다."

푸아로가 말했다.

"아, 죄송합니다만 먼저 반대로 생각해 봅시다. 그것은 진짜 세인즈버리 실 양이었습니다. 그녀는 원래 거짓말을 하지 않지요. 그렇기 때문에 그 이야기는 사실이어야 합니다."

"당신은 그렇게 생각할 수 있겠지만 사실은 전혀 그럴 것 같지가 않군요……."

"당연히 그렇지 않아야죠! 하지만 반대의 가정을 사실로 받아들이면……, 그녀의 얘기는 사실입니다. 즉, 세인즈버리 실 양은 당신의 부인을 알고 있었다고요. 아주 잘 알고 있었습니다. 따라서 당신의 부인은 세인즈버리 실 양이 아주 잘 알고 있는 그런 타입의 여자분이셨을 겁니다. 그녀와 비슷한 지위에 있는 사람 말입니다. 영국계 인도 사람, 선교사, 혹은 조금 더 나간다면 여배우. 그러므로 레베카 안홀트는 아니겠지요!

자, 블런트 씨. 이제 사적인 삶과 공적인 삶에 관한 말을 할 때 제가 의미한 바를 아시겠습니까? 당신은 거물급 은행가입니다. 하지만 돈 많은 여자와 결혼한 남자이기도 하지요. 그리고 결혼하기 전의 당신은 회사의 젊은 동업자일 뿐이었습니다, 옥스퍼드에서 내려온 지 얼마 안 되는.

아시다시피 저는 이 사건을 제대로 파악하기 시작했습니다. 비용은 문제가 아니라고요? 당신에겐……, 당연히 아니겠지요. 사람 목숨에도 개의치 않아요. 당신은 사실상 오랫동안 독재자였고 독재자에게 자신의 목숨은 지나치게 중요한 반면 다른 사람의 목숨은 중요하지 않기 때문입니다."

앨리스데어 블런트가 말했다.

"무슨 말씀을 하시려는 겁니까, 무슈 푸아로?"

푸아로가 조용히 말했다.

"당신이 레베카 안홀트와 결혼했을 때, 당신은 이미 결혼한 상태였습니다. 그토록 막강한 부와 권력에 현혹된 당신은 그런 사실을 숨기고 중혼의 범죄를 저지른 것이지요. 당신의 진짜 부인은 마지못해 그런 상황을 묵인했고요."

"그럼 실제 아내는 누군가요?"

"앨버트 채프먼 부인이라는 이름하에 킹 레오폴드 맨션에서 살고 있던 사람이지요. 첼시 강둑에 있는 당신의 집에서 걸어서 5분 거리에 있는 편리한 지점이고요. 당신은 부인에게 정보원 일을 하는 남편이 있는 체하면 도움이 될 거라고 생각하고 실제 첩보원의 이름을 빌렸어요. 당신의 계획은 완벽하게 성공했습니다. 한 번도 의심을 산 적이 없었지요. 그럼에도 불구하고 진실은 남아 있었어요. 당신은 법적으로 레베카 안홀트와 결혼한 게 아니었으며 중혼의 죄를 저질렀습니다. 그토록 오랜 세월이 흐른 뒤 위험이 찾아오리라곤 꿈에도 생각하지 못하고서요. 하지만 위험은 느닷없이 찾아왔지요. 거의 20년이란 세월이 흐른 뒤, 당신을 친구의 남편으로 기억하는 어느 피곤한 여자 때문에 말입니다. 그녀는 우연히 이 나라에 돌아왔고, 우연히 퀸 샬럿 가에서 당신을 만났던 것이지요. 당신의 조카딸이 당신과 함께 있다가 그녀가 당신에게 한 말을 들은 것은 우연이었습니다. 그렇지 않았다면 저도 짐작조차 못했을 겁니다."

"그런 제 자신의 상황에 대해 얘기한 적이 있을 텐데요, 푸아로."

"그렇지 않습니다. 어떻게든 말을 하고 싶어 한 사람은 당신의 조카였고 당신은 혹시 의심을 살까 봐 그것을 강력하게 막을 수가 없었던 것 뿐이지요. 그 만남 이후에, 당신의 관점에서는 더 끔찍한 우연이 발생했습니다. 마벨르 세인즈버리 실이 엠버라이어티스를 만나 점심을 먹으면서 친구의 남편을 만났다는 쓸데없는 말을 한 겁니다. '세월이 그렇게 오래 지났는데!', '물론 나이는 더 들어 보였지만 거의 변하지 않았더라고요!'라고 하면서요. 물론 순전히 제 추측이긴 하지만 마벨르 세인즈버리 실은 그 순간 자신의 친구가 결혼했던 블런트 씨가 세계 금융계의 이름만 알려진 거물이라는 사실은 몰랐을 겁니다. 그 이름은 드문 이름이 아니니까요. 하지만 엠버라이어티스는 스파이 활동 외에 공갈 협박도 하는 자였습니다. 이런 자들은 은밀한 냄새를 맡는 초인적인 코를 가지고 있게 마련이지요. 엠버라이어티스는 곰곰 생각했어요. 블런트 씨가 누구인지 알아내는 것은 쉬운 일일 테고, 그래서 당신에게 편지를 보냈거나 전화를 했겠지요……. 당연히 엠버라이어티스에게는 금광을 발견한 셈이니까요."

푸아로는 숨을 돌렸다. 그리고 다시 덧붙였다.

"유능하고 노련한 공갈범을 처리하는 유일하고도 효과적인 방법
이 있습니다. 그의 입을 막는 것이지요.

그것은 제가 처음 생각했던 것 같은 '블런트를 제거해야 한다.'는
그런 사건이 아니었습니다. 오히려 그 반대, '엠버라이어티스를 제
거해야 한다.'는 거였지요. 하지만 방법은 마찬가지였습니다! 사람
에게 접근하는 가장 쉬운 길은 방심하고 있을 때 접근하는 겁니다.
그리고 그 사람이 치과 진료 의자에 앉아있을 때보다 더 방심할
때가 있을까요?"

푸아로는 다시 말을 멈추었다. 그의 입가에 희미한 미소가 떠올
랐다. 그가 말했다.

"이 사건에 관한 진실은 일찍이 언급되었습니다. 급사인 앨프리
드가 '11시 45분의 죽음'이란 탐정 소설을 읽고 있을 때였지요. 그
것을 징조로 받아들였어야 했는데 말입니다. 그것이 바로 몰리가
살해된 시각이기 때문입니다. 당신은 치과를 나가면서 그를 봤지요.
그러고서 버저를 누르고, 세면기의 수돗물을 틀어 놓고 방을 나왔
습니다. 당신은 앨프리드가 가짜 마벨르 세인즈버리 실을 엘리베이
터로 안내하는 동안 계단을 내려가게끔 정확히 시간을 맞추었습니
다. 그리고 현관문을 열고 밖으로 나갔지만, 엘리베이터 문이 닫히
고 엘리베이터가 올라가자, 다시 안으로 몰래 들어가 계단으로 올
라갔어요.

저는 직접 치과를 가 보았기 때문에 앨프리드가 환자를 데리고
올라 간다는 것을 알고 있습니다. 앨프리드는 진료실을 노크한 다

음, 문을 열고 환자가 들어가도록 뒤에 서 있지요. 방 안에는 물 흐르는 소리가 들리고, 몰리는 평소처럼 손을 씻고 있다고 당연히 추측이 됐겠지요. 하지만 앨프리드가 그를 볼 수는 없었습니다.

앨프리드가 엘리베이터를 타고 다시 내려가자마자, 당신은 진료실로 몰래 들어갔어요. 당신과 당신의 공범은 시신을 들어서 옆방으로 옮겼지요. 그리고 서둘러 파일을 뒤져, 채프먼 부인과 세인즈버리 실 양의 차트를 교묘히 위조했어요. 당신은 하얀 리넨 가운을 입었고, 당신 부인은 아마도 화장을 했겠지요. 그다지 많은 것이 필요하진 않았습니다. 그날은 엠버라이어티스가 몰리에게 처음 진료를 받는 날이었고, 그는 또한 당신을 만난 적이 없었습니다. 당신의 사진이 신문에 난 적이 거의 없었으니까요. 게다가 그가 의심을 할 이유가 뭐가 있겠습니까? 공갈범은 치과의사를 무서워하지 않지요.

세인즈버리 실 양은 아래층으로 내려갔고 앨프리드는 그녀가 나가는 것을 봤습니다. 버저가 울리고 엠버라이어티스가 올라갔습니다. 그는 문 뒤에서 의사가 익숙한 동작으로 손을 씻는 것을 봤어요. 그리고 의자로 안내되었고, 아픈 치아를 보여 주었습니다. 당신은 예의 쓸데없는 잡담을 늘어놓고요. 그러면서 잇몸에 마취를 하는 것이 좋겠다고 했습니다. 프로카인과 아드레날린이 그곳에 있었어요. 당신은 그를 죽일 만큼 충분한 양을 주사했지요. 그리고 우연히도 그는 당신의 동작에서 어설픈 점을 발견하지 못했습니다!

눈곱만큼도 의심을 하지 않은 엠버라이어티스는 병원을 떠났지요. 당신은 몰리의 시신을 꺼낸 다음 카펫 위로 끌어 혼자 힘으로도 가볍게 바닥에 눕혀 놓을 수 있었습니다. 그리고 권총의 지문을 닦아 몰리의 손에 쥐어 주었습니다. 당신의 지문이 남아 있지 않도록 문의 손잡이도 닦고요. 당신이 사용했던 기구는 모두 소독기에 넣고서 진료실을 빠져나와 계단을 내려와서 적절한 시간에 현관문을 통해 나왔지요. 그것이 유일하게 위험했던 순간이었습니다.

모든 것이 빈틈없이 끝났어야 했습니다! 당신의 안전을 위협했던 두 사람……, 그리고 그 두 사람의 죽음. 세 번째 사람의 죽음 역시 당신의 관점에서 볼 때는 불가피했습니다. 그 모든 것이 너무 쉽게 설명이 되지요. 몰리의 자살은 그 스스로가 엠버라이어티스에게 저지른 실수로 인해 납득이 되면서 두 죽음은 상쇄가 되었고요. 유감스러운 사고로서 말입니다.

하지만 슬프게도, 제가 현장에 있었습니다. 저는 수상하게 생각하고 이의를 제기했습니다. 모든 것이 범인이 기대한 대로 그렇게 쉽게 가진 않을 거라고요. 틀림없이 제2의 방어선이, 그리고 필요하다면 분명 희생양이 있을 거라고. 당신은 이미 몰리의 주변 사람들에 관해 굉장히 자세하게 알고 있었습니다. 그리고 그 사람, 프랭크 카터가 있었죠. 이렇게 당신의 공범은 프랭크 카터를 첩보 명목의 정원사로 알쏭달쏭하게 끌어 들였습니다. 만약 나중에 그가 그런 어처구니없는 이야기를 한다 해도, 아무도 믿지 않을 테고, 머지않아 모피 궤짝에 있던 시신은 밝혀지겠지요. 처음에는 세인즈버리 실 양의 시신이라고 여겨질 테지만, 치아가 증거로 채택될 것이고, 세상은 깜짝 놀라게 되겠지요! 그것은 불필요하고 귀찮은 문제처럼 보일 수도 있습니다만, 분명 필요합니다. 당신은 영국의 경찰이 사라진 앨버트 채프먼 부인을 수색하길 원치 않으실 테니까요. 아니, 채프먼 부인은 죽은 것으로 하고, 경찰은 마벨르 세인즈버리 실을 계속 찾기를 바라시겠지요. 경찰은 절대로 그녀를 찾지 못할 테고요. 게다가 당신은 영향력을 발휘해 그 사건을 종결시키게 할 수도 있었습니다.

당신은 실제로 그렇게 했어요. 그러나 제가 하고 있는 일을 알 필요가 있었기 때문에, 절 불러 실종된 여인을 찾아보라고 독촉을 했습니다. 그리고 저로 하여금 '카드를 내도록' 계속 강요를 한 것입니다. 그리고 당신의 공범은 제게 전화를 해서 신파조의 경고를 했어요. 그녀는 아주 똑똑한 배우였어요, 당신의 부인 말입니다. 보통, 목소리를 자연스럽게 변장하려면 다른 목소리를 흉내 내야 하지요. 부인은 올리베라 부인의 억양을 흉내 냈어요. 그래서 제가 그렇게 많이 당황했던 겁니다.

그리고 전 엑셈으로 불려갔지요. 마지막 공연이 무대에 올려졌습니다. 월계수 사이에 장전한 권총을 올려놓기란 식은 죽 먹기죠. 그래서 한 사내가 월계수를 깎다가 우연히 권총을 건드렸고, 그 총은 그의 발밑에 떨어졌어요. 설명이 더 필요합니까? 그는 현행범으로 잡혔고, 어처구니없는 스토리가 몰리를 썼던 것과 똑같은 권총과 함께 드러나는 것이지요.

그리고 에르퀼 푸아로의 발아래 쳐 놓은 모든 올가미도."

앨리스테어 블런트는 의자에서 약간 몸을 흔들었다. 그의 얼굴 표정이 심각했으며 약간 슬펐다.

"제 말을 오해하지 마십시오, 무슈 푸아로. 얼마나 짐작하고 계십니까? 실제로, 얼마나 알고 계십니까?"

푸아로가 말했다.

"옥스퍼드 근처 동사무소에서 발행한 결혼 증명서를 가지고 있습니다. 마틴 앨리스테어 블런트와 게르다 그랜트. 프랭크 카터는 12시 25분 직후에 두 남자가 몰리의 진료실을 나가는 것을 보았습니다. 첫 번째는 뚱뚱한 사내, 즉 엠버라이어티스였고, 두 번째는 물론 당신이었습니다. 프랭크 카터는 당신을 몰라봤어요. 위에서 내려다봤으니까요."

"어지간하시군요!"

"진료실로 들어간 프랭크는 몰리의 시신을 발견했습니다. 손은 차디찼고 상처 주변에는 피가 말라붙어 있었습니다. 그것은 몰리가 죽은 지 어느 정도 시간이 지났다는 걸 뜻하지요. 그러므로 엠버라이어티스를 치료한 의사는 몰리일 수가 없고 몰리를 살해한 범인이어야 합니다."

"다른 사항이 더 있습니까?"

"네, 오늘 오후에 헬렌 몬트레서가 체포됐습니다."

앨리스테어 블런트는 움찔했다. 그러곤 미동도 하지 않다가 이윽고 말했다.

"계획이 빗나갔군요."

에르퀼 푸아로가 말했다.

"그렇습니다. 당신의 먼 친척인 진짜 헬렌 몬트레서는 7년 전에 캐나다에서 죽었습니다. 당신은 그 사실을 은폐하고 이용했지요."

앨리스테어 블런트의 입술에 미소가 떠올랐다. 그는 자연스럽고도 천진난만하게 말했다.

"내 아내는 이 모든 걸 아주 재미있어 해요. 당신은 아주 현명한 분인 만큼, 그걸 알았으면 합니다. 나는 주변 사람들 모르게 결혼을 했어요. 그녀는 레퍼토리대로 연기를 하고 있는 것이고요. 내가 들어가기로 되어 있던 회사의 사람들은 엄격했지요. 그녀는 계속 연기를 했어요. 같은 회사에 있었던 마벨르 세인즈버리 실만은 우리에 대해 잘 알고 있었어요. 그러다가 그녀는 연극 극단과 함께 해외로 갔지요. 아내는 한두 번 인도에서 오는 그녀의 편지를 받았어요. 그러다 서신이 끊겼지요. 마벨르는 웬 인도 사람과 연루가 되었다지요. 그녀는 늘 멍청하고 남을 쉽게 믿었어요.

내가 레베카를 만나고 결혼하기까지의 일을 당신에게 이해시킬 수 있었으면 좋겠습니다. 게르다는 이해해 주었어요. 굳이 설명을 하자면 왕족이 되는 기회와 같았다고 할까요. 나는 여왕과 결혼해서 여왕의 부군, 아니 심지어 왕의 역할을 할 수 있게 된 겁니다. 내 결혼이 게르다에게도 귀천상혼(貴賤相婚)이라고 보았어요. 나는 그녀를 사랑했고 그녀를 떠나보내고 싶지 않았어요. 그리고는 모든 것이 더할 나위 없이 완벽하게 흘러갔지요.

나는 레베카도 매우 좋아했어요. 그녀는 돈의 흐름에 관한 한 최고급 두뇌를 소유했고 내 머리도 그에 못지않았지요. 우리는 환상

적인 팀이었어요. 정말이지 손에 땀을 쥐게 했습니다. 그녀는 훌륭
한 동반자였고 나는 그녀를 행복하게 해 주었다고 생각합니다. 그
녀가 죽었을 때는 정말 슬펐어요.

이상한 것은 게르다와 내가 은밀히 만나는 것을 점점 즐기게 되
었다는 사실입니다. 우리는 온갖 교묘한 수단을 다 동원했어요. 그
녀는 타고난 배우여서 예닐곱 명의 인물 역할을 소화했지요. 앨버
트 채프먼 부인은 그들 중 하나입니다. 파리에선 미국인 미망인 역
할도 했고요. 사업상 파리에 가면 거기서 그녀를 만났지요. 그녀가
또 화가로서 그림과 관련해 노르웨이에 가곤 했을 때는 나도 낚시
하러 노르웨이에 갔지요. 그리고 나중에는 내 조카인 체 했어요, 헬
렌 몬트레서 말입니다. 우리 두 사람에겐 아주 큰 재미였습니다. 레
베카가 죽은 이후 우리는 정식으로 결혼할 수도 있었지만 그러고
싶지 않았어요. 게르다는 내 공식적인 생활을 함께 하기가 힘들 것
같다고 했어요. 물론 과거 일이 폭로될 위험도 있었지만, 진짜 이유
는 은밀함을 즐기고 싶었기 때문입니다. 공개적인 가정 생활은 재
미가 없었을 테니까요."

블런트는 말을 멈추고 숨을 돌렸다. 그리고 다시 말을 시작하는
그의 목소리는 딱딱하게 변해 있었다.

"그런데 그 멍청한 어떤 여편네가 모든 일을 엉망으로 만들었습
니다. 세월이 그렇게 흘렀는데도 나를 알아보다니! 게다가 엠버라
이어티스에게 말까지 전하고 말입니다. 당연히 손을 쓸 수밖에요!
그것은 내 자신의 이기적인 관점에서만이 아닙니다. 만약 내가 파

산하고 망신을 당한다면…… 이 나라, 내 나라 역시 타격을 입습니다. 나는 영국을 위해 꽤나 큰 일들을 하고 있기 때문이지요, 무슈 푸아로. 내가 영국의 경제를 안정되게 유지했고 영국이 지불 능력을 유지하도록 노력한 덕에 영국은 독재자, 파시즘, 공산주의의 지배를 받지 않습니다. 나는 사실 돈을 돈으로서 좋아하지 않아요. 나는 권력을 좋아하며, 통치하는 것을 좋아합니다. 하지만 압제는 원하지 않습니다. 영국은 진정한 민주주의 국가이니까요. 우리는 우리가 생각하는 것을 말할 수 있고 불평할 수 있으며 정치인들을 비웃을 수도 있습니다. 나는 이 모든 것을 좋아하지요. 그리고 이는 내 필생의 사업이었습니다. 하지만 내가 떠난다면 무슨 일이 생길지 모릅니다. 내가 필요합니다, 무슈 푸아로. 그리고 그 빌어먹을 그리스 공갈범은 내 필생의 사업을 망치려고 했지요. 게르다도 그걸 알고 있었고.

세인즈버리 실이란 여자에 관해서는 우리 두 사람 모두 유감으로 생각합니다. 하지만 그녀는 스스로의 입을 다물지 못했으니 이렇게라도 그녀의 입을 막는 수밖에 없었습니다. 게르다가 그녀를 찾아가 차를 마시러 오라고 했습니다. 채프먼 부인의 집에 머물고 있으니 채프먼 부인의 집으로 오라고 했지요. 마벨르 세인즈버리 실은 아무런 의심 없이 왔을 테고, 사실 그녀는 아무것도 몰랐습니다. 홍차에 메디날을 넣었어요. 고통은 전혀 없이 그냥 잠이 들고 깨어나지 못하는 약이지요. 얼굴은 나중에 했습니다. 조금 구역질나긴 하지만 필요하다고 생각해서. 이로서 채프먼 부인은 영원히 사라졌지요. 내 '사촌'인 헬렌에겐 오두막에서 살게 했어요. 얼마 있지 않아 결혼할 생각이었습니다. 하지만 먼저 엠버라이어티스를 제거해야 했고 그 일은 순조롭게 끝났어요. 그는 내가 진짜 치과의사가 아니라는 것을 눈곱만큼도 의심하지 않았지요. 나는 신중하게 처리했어요. 드릴을 쓰지 않았고 주사를 놓은 다음에도 그는 내가 하는 일을 의심하지 못했습니다."

푸아로가 물었다.

"권총은요?"

"권총은 미국에서 데리고 있던 비서의 총이었지요. 비서가 해외에서 구입한 것인데, 떠나면서 잊어버리고 두고 간 것입니다."

잠시 침묵이 흘렀다. 이윽고 앨리스테어 블런트가 물었다.

"더 알고 싶으신 게 있습니까?"

에르퀼 푸아로가 말했다.

"몰리는요?"

앨리스테어 블런트가 말했다.

"몰리 일은 유감입니다."

에르퀼 푸아로가 말했다.

"네, 그렇군요……."

긴 침묵이 흘렀다. 그리고 블런트가 말했다.

"자, 무슈 푸아로, 그리고 또 뭐가 있죠?"

푸아로가 말했다.

"헬렌 몬트레서는 이미 체포됐습니다."

"그럼 이제 내 차례인가요?"

"네, 그런 것 같군요."

블런트가 조용히 말했다.

"하지만 당신은 즐겁지가 않습니다, 그렇죠?"

"네, 전혀 즐겁지가 않습니다."

앨리스테어 블런트가 말했다.

"나는 세 사람을 죽였습니다. 그러니 아마도 교수형을 당하겠지요. 하지만 당신은 내 변론을 들었습니다."

"정확하게……, 어느 것을?"

"나의 온 마음과 영혼을 다해 내가 믿는 것, 그리고 이 나라의 지속적인 평화와 안녕을 위해 내가 필요하다는 것."

에르퀼 푸아로는 고개를 끄덕였다.

"그럴지도 모르겠군요……."

"당신도 동의하시는군요, 그렇지요?"

"동의합니다, 네, 당신은 제 마음 속에 중요한 모든 것들을 대표하고 있습니다. 건전함과 균형, 안정과 정직한 거래."

앨리스테어 블런트가 조용히 말했다.

"고맙습니다."

그가 덧붙였다.

"그래서, 어떻습니까?"

"지금 사건에서 손을 떼라고 제안하시는 건가요?"

"그렇습니다."

"그럼 당신 부인은요?"

"연줄이 있어요. 사람을 잘못 알아봤다고 하면 됩니다."

"만약 거절한다면?"

"그럼, 나로서도 어쩔 도리는 없지 않겠습니까."

앨리스테어 블런트가 간단히 말했다.

그리고 덧붙였다.

"당신 손에 달렸습니다, 푸아로. 당신 손에 달렸습니다. 하지만 이 것만은 말하겠습니다. 이건 본능적 자위가 아닙니다. 세상이 날 필 요로 해요. 그 이유는 당신도 알지 않습니까? 난 정직한 사람이고 상식적인 사람이기 때문입니다. 그리고 딴 속셈이 있는 게 아니란 말입니다."

푸아로는 고개를 끄덕였다. 이상하게도 그 모든 것이 믿어졌다.

푸아로가 말했다.

"그래요, 한편으로는 그렇습니다. 당신은 그 자리에서 꼭 필요한 사람이지요. 당신은 건전함과 균형과 분별력을 가지고 있습니다. 하 지만 다른 측면이 있어요. 죽은 세 사람 말입니다."

"그렇습니다. 하지만 그 사람들을 생각해 봐요. 마벨르 세인즈버 리 실, 당신 스스로 새대가리 같은 여자라고 하지 않았습니까. 엠버 라이어티스, 사기꾼에 공갈범!"

"그럼 몰리는?"

"당신한테 말했잖습니까. 미안하다고. 어쨌든 그는 죄없는 친구 고 좋은 의사였습니다. 하지만 의사는 많아요."

"그래요."

푸아로가 말했다.

"의사는 많아요. 그럼 프랭크 카터는? 당신은 그 친구 역시 죽게 할 참이었습니까? 아무 가책도 없이?"

블런트가 말했다.

"나는 그 친구를 동정하지 않아요. 그는 쓸 만한 구석이 없습니다. 철저한 건달이라고요."

푸아로가 말했다.

"하지만 인간은……."

"아, 그래요, 우리 모두 인간입니다……."

"네, 우리 모두 인간이지요. 바로 그것이 당신이 기억하지 못한 사실이고요. 당신은 마벨르 세인즈버리 실을 어리석은 인간이라고 했고 엠버라이어티스는 사악하며 프랭크 카터는 쓰레기같은 인간이라고 했어요. 그리고 몰리……, 몰리는 그저 치과의사일 뿐이고 치과의사는 얼마든지 있다고 했지요. 그것이 바로 당신과 제가 다른 점입니다. 제겐 그 네 사람의 목숨이 당신의 목숨만큼 소중하기 때문입니다."

"당신은 잘못 생각하고 있어요."

"아니, 전 잘못 생각하고 있지 않습니다. 당신은 정직하고 청렴한 사람이며, 한 번 탈선을 했을 뿐 외견상 그것이 아무 영향을 미치지 않겠지요. 당신은 공적으로 여전히 한결같았고 고결했으며, 진실했고 정직했습니다. 하지만 마음속에선 사랑의 힘이 저항할 수 없는 절정을 향해 커지고 있었어요. 그래서 당신은 네 사람의 목숨을 희생하고 돌아보지 않았던 거지요."

"온 나라의 안전과 행복이 내 손에 달려 있다는 걸 모르십니까, 푸아로 씨?"

"제게 중요한 것은 나라가 아니라, 다른 사람에 의해 빼앗기지 않을 권리가 있는 개인의 목숨입니다."

푸아로는 자리에서 일어났다.

"그럼 그것이 당신의 대답이군요."

앨리스테어 블런트가 말했다.

에르퀼 푸아로가 피곤한 목소리로 말했다.

"그렇습니다, 그것이 제 대답입니다……."

그는 일어서서는 걸어 나가 문을 열었다. 두 사내가 안으로 들어왔다.

에르퀼 푸아로는 한 여자가 기다리고 있는 곳으로 내려갔다.

제인 올리베라, 그녀의 얼굴은 백짓장처럼 하얗고 부자연스러웠다. 벽난로 장식에 기대 서 있는 그녀 곁에는 하워드 레이크스가 있었다.

그녀가 말했다.

"어떻게 됐어요?"

푸아로가 나직히 말했다.

"다 끝났습니다."

레이크스는 귀에 거슬리는 목소리로 말했다.

"무슨 뜻입니까?"

푸아로가 말했다.

"앨리스테어 블런트 씨는 살인죄로 체포되었습니다."

레이크스가 말했다.

"당신을 매수할 줄 알았는데……."

제인이 말했다.

"말도 안됩니다, 그런 생각을 하다니."

푸아로는 한숨을 쉬고 나서 말했다.

"이 세상이 당신들 것입니다. 새로운 하늘과 새로운 땅. 당신들의 새로운 세상에서, 자유와 연민이 가득하게 해요……. 내가 바라는 것은 그것뿐입니다."

## 열아홉, 스물,
## 내 접시가 비었다네

에르퀼 푸아로는 인적이 끊긴 거리를 따라 집을 향해 걸었다.

한 사람이 조심스레 그에게 다가왔다.

"어?"

반스 씨가 말했다.

에르퀼 푸아로는 어깨를 으쓱하며 두 손을 내밀었다.

반스가 말했다.

"뭐라고 하던가요?"

"모든 걸 인정하고 변론했습니다. 이 나라가 자신을 필요로 한다고 하더군요."

"그건 그렇지요."

반스 씨가 말했다.

그리고 잠시 후 그가 덧붙였다.

"무슈 푸아로는 그렇게 생각하지 않으십니까?"

"나도 그렇게 생각합니다."

"그렇다면야."

"우리가 잘못 생각할 수도 있겠지요."

에르퀼 푸아로가 말했다.

"난 그런 생각은 해 본 적이 없습니다."

반스 씨가 말했다.

그들은 잠시 함께 걸었다. 그러다가 반스 씨가 궁금한 듯 물었다.

"무슈 푸아로는 어떻게 생각하십니까?"

에르퀼 푸아로는 성경 구절을 인용했다.

"네가 여호와의 말씀을 거역했으니, 여호와도 너를 왕이 되지 않게 하셨도다."

"음……, 알았어요."

반스 씨가 말했다.

"아멜렉에서 승리한 사울……. 그래요, 당신은 그것을 그런 식으로 생각할 수 있군요."

그들은 조금 더 걸었다. 그리고 반스 씨가 말했다.

"나는 여기서 지하철을 탑니다. 안녕히 가세요, 무슈 푸아로."

그가 말을 멈추었다가 거북하게 이었다.

"사실은 하고 싶은 말이 있었어요."

"그래요, 몬 아미(친구)?"

"빚을 진 것 같군요. 의도하지 않았습니다만은. 그 문제 말입니다.

앨퍼트 채프먼, 그러니까 QX912요."

"네?"

"내가 앨버트 채프먼입니다. 그래서 그 사건에 꽤나 관심이 있었던 겁니다. 마누라가 있었던 적은 한 번도 없지만."

그는 킬킬 웃으며 황급히 사라졌다.

충격을 받은 푸아로는 한동안 그 자리에 서 있었다. 그의 눈이 커지고 눈썹이 치켜 올라갔다.

푸아로가 혼자 중얼거렸다.

"열아홉, 스물, 내 접시가 비었다네……."

그는 집으로 돌아갔다.

〈끝〉

**옮긴이 | 유혜경**

한국 외국어대학교 통역번역대학원 한서과 석사 학위를 받고 동 대학원 번역학 박사를 수료하였다. 현재 대구 가톨릭 대학교 국제실무학부 겸임교수로 재직 중이며 주요 역서로 『너만의 명작을 그려라』, 『튤립 피버』, 『쉐클턴의 항해 모험』, 『침대 밑 악어』, 『개를 살까 결혼을 할까』, 『지문』, 『사랑의 수첩』, 『여자의 영혼은 뇌에서 길들여진다』, 『갈색 양복의 사나이』 등 다수가 있다.

애거서 크리스티 전집

# 하나, 둘, 내 구두에 버클을 달아라

3판 1쇄 찍음  2017년 1월 18일
3판 2쇄 펴냄  2023년 10월 17일

**지은이 |** 애거서 크리스티
**옮긴이 |** 유혜경
**발행인 |** 박근섭
**편집인 |** 김준혁
**펴낸곳 |** 황금가지

**출판등록 |** 2009. 10. 8 (제2009-000273호)
**주소 |** 135-887 서울 강남구 신사동 506 강남출판문화센터 5층
**전화 |** 영업부 515-2000 **편집부** 3446-8774 **팩시밀리** 515-2007
**홈페이지 |** www.goldenbough.co.kr

도서 파본 등의 이유로 반송이 필요할 경우에는 구매처에서 교환하시고
출판사 교환이 필요할 경우에는 아래 주소로 반송 사유를 적어 도서와 함께 보내주세요.
06027 서울 강남구 도산대로 1길 62 강남출판문화센터 6층 민음인 마케팅부

© ㈜민음인, 2013. Printed in Seoul, Korea
ISBN 978-89-8273-752-7 04840
ISBN 978-89-8273-700-8 04840 (set)

㈜민음인은 민음사 출판 그룹의 자회사입니다.
황금가지는 ㈜민음인의 픽션 전문 출간 브랜드입니다.